Atef Abu Saif

Frühstück mit der Drohne

Zu diesem Buch

Am 7. Juli 2014 beginnt der bisher letzte der vielen Kämpfe um den Gazastreifen. Inmitten aller Pressestimmen zum Geschehen tauchen in den führenden Zeitungen der Welt Tagebuchtexte auf. Ihr Autor: Atef Abu Saif, ein in der arabischen Welt bekannter Romancier. Er hält fest, was um ihn herum geschieht. Wie er mit seiner Frau den Alltag bewältigt. Wie er seinen Kindern zu erklären versucht, warum sie nicht mehr auf die Straße dürfen. Wie er mit der Angst kämpft, wenn vor dem Fenster die Drohne surrt. In einundfünfzig Tagebucheinträgen, vom ersten bis zum letzten Tag des Kriegs, ohne Polemik, ohne Schuldzuweisungen, erzählt Atef Abu Saif das Unvorstellbare. Von Tragödien, von Verzweiflung, von gegenseitiger Hilfe, von heiteren Momenten trotz allem und von einer unausrottbaren Zuversicht der Menschen.

»Mit den streckenweise poetischen Notaten hat der Autor nicht nur die erste literarische Erfahrung des Drohnenkriegs aus Sicht eines Zivilisten formuliert. Saif hat auch ein Fanal der Hoffnung verfasst, das nie in Polemik oder Zynismus verfällt.«
Heinz Gorr, Bayern 2

Der Autor

Atef Abu Saif ist 1973 in Jabalia im Gazastreifen geboren. Er studierte Englisch an der Universität in Birzeit, Politikwissenschaften in Bradford und promovierte in Soziologie am Europäischen Hochschulinstitut in Florenz. An der Universität von Gaza-Stadt unterrichtet er Politikwissenschaften und Kreatives Schreiben, ist Journalist und Schriftsteller. Sein fünfter Roman *A Suspended Life* stand 2015 auf der Shortlist für den International Prize for Arab Fiction (»Arab Booker«). Er lebt mit seiner Frau und seinen fünf Kindern im Gazastreifen.

Die Übersetzerin

Marianne Bohn ist 1982 an der Nordsee geboren und dort aufgewachsen. Nach dem Magisterstudium in Leipzig war sie als Dozentin in mehreren arabischen Ländern und als Buchhändlerin in Hamburg tätig. Sie arbeitet im Buchhandel und als Übersetzerin in Berlin.

Mehr über den Autor und sein Werk auf *www.unionsverlag.com*

Atef Abu Saif

Frühstück mit der Drohne

Tagebuch aus Gaza

Aus dem Englischen von Marianne Bohn

Unionsverlag

Für meine kleine Jaffa
Möge deine Zukunft besser sein als die Gegenwart

Die Originalausgabe erschien 2015
bei Comma Press, Manchester.

Im Internet
Aktuelle Informationen, Dokumente und Materialien
zu Atef Abu Saif und diesem Buch
www.unionsverlag.com

Unionsverlag Taschenbuch 768

www.commapress.co.uk
Originaltitel: The Drone Eats with Me

Neptunstrasse 20, CH-8032 Zürich
Telefon +41 44 283 20 00
mail@unionsverlag.ch

Die erste Ausgabe dieses Werks im Unionsverlag
erschien am 8. September 2015
Reihengestaltung: Heinz Unternährer
Umschlag: Video Still, Manchester Literature Festival;
ilbusca (Hintergrund)
Umschlaggestaltung: Heike Ossenkop
Druck und Bindung: CPI – Clausen & Bosse, Leck
ISBN 978-3-293-20768-4

Der Unionsverlag wird vom Bundesamt für Kultur mit einem
Verlagsförderungs-Strukturbeitrag für die Jahre 2016–2020 unterstützt.

Auch als E-Book erhältlich

INHALT

Sonntag, 6. Juli

Es beginnt

Wenn er kommt, spürst du zunächst seinen Geruch, seine besondere Note. Schon als Kind lernst du, ihn zu erkennen, wenn du in diesen engen Straßen aufwächst. Du entwickelst ein Talent dafür, ihn zu wittern, ihn in der Luft zu schmecken. Du kannst ihn beinahe sehen. Wie ein Hexentier lauert er in jedem Schatten, folgt dir auf dem Fuß bei jedem Schritt. Wer diese Fähigkeit nicht verlernt, kann voraussagen, dass er kommt. Manchmal Stunden, manchmal Tage, bevor er wirklich da ist. Du kannst dich nicht täuschen. Es ist Krieg

Wir sitzen vor Abu Annas' Haus, mit drei Freunden – Tarik, Sohail und Abdallah. Abu Annas ist seit fünfzehn Jahren Schuldirektor der Ahmad-al-Shukairi-Oberschule, ich kenne ihn allerdings seit der Ersten Intifada. Von hier bis zum Haus meines Vaters sind es zwei Minuten zu Fuß. An diesem Ort, in diesem Flüchtlingslager, bin ich aufgewachsen. Es ist ein warmer Abend. Zwei Bäume vor dem Haus spenden Schatten.

Abu Annas und Tarik spielen Backgammon. Von Zeit zu Zeit schauen sie auf und beteiligen sich am Gespräch. Der Klang der Würfel auf dem Holzbrett hypnotisiert mich. Ich habe nie Backgammon gespielt. Aber ich liebe das Schauspiel der Würfel, die klappernd übers Holz rollen und von der Umrandung zurückprallen. Ein betagtes blaues Sony-Radio steht zwischen uns und spielt ein klassisches Lied von Fayza Ahmad: »O Mutter, vor der Türe wartet der Mond und zündet die Kerzen an. Soll ich die Türe abschließen? Soll ich sie öffnen?« Seit den 1970er-Jahren hütet Abu Annas sein Radio wie seinen Augapfel, es steckt immer noch im braunen Original-Lederfutteral.

Alle fünf sind wir in Kriegszeiten geboren – im Gazastreifen ist die Wahrscheinlichkeit dafür hoch. Das dicht besiedelte Flüchtlingslager, in dem wir aufgewachsen sind, ist den Bewohnern Gazas als Jabalia bekannt. Zuerst war es eine einfache Zeltlandschaft, dann entstand ein Wald aus Baracken, nun ist es ein Dschungel von in den Himmel ragenden, eng beieinanderstehenden Wohngebäuden. Immer wieder wurde Jabalia von Kriegen heimgesucht. Seit 1948, nein, eigentlich schon vorher, seit 1917, als die britische Besatzung begann, verging in Gaza praktisch kein Jahrzehnt ohne Krieg, und manchmal lagen kaum zwei Jahre Pause zwischen den Kriegen. Jeder hier trägt sie in seiner Erinnerung, wie Marksteine stehen sie an deinem Lebensweg: Der eine Krieg ist unverrückbar mit deiner Kindheit verbunden, ein oder zwei der nächsten mit deiner Jugend, und so fort … An ihnen misst du die vergehende Zeit wie an den Jahresringen eines Baumstamms. Leider markiert für viele einer dieser Kriege auch das Ende ihres Lebens. Leben ist für uns, was zwischen diesen Kriegen an Zeit bleibt.

Heute Nacht beginnt ein weiterer Krieg. SMS mit den neuesten Informationen unterbrechen unsere abendliche Unterhaltung mit einem harmlosen »Ping«. Während die Dunkelheit hereinbricht, folgen sie dichter und dichter aufeinander, lassen uns zusammenzucken, unsere Beklemmung immer mehr wachsen. Der letzte Dauerangriff auf den Gazastreifen erstreckte sich über acht Tage im November 2012. Der davor über dreiundzwanzig Tage im Dezember 2008 und im Januar 2009. Er wurde von den Israelis »Gegossenes Blei« genannt. Wie viele Tage wird dieser anhalten? Wie wird er sein im Vergleich zu den vorherigen? Das sind die Fragen, über die ich gerne reden möchte, aber zumindest Abu Annas ist keineswegs überzeugt, dass es zum Krieg kommt. »Es wird nur eine kleine Militäraktion«, sagt er, »eine begrenzte Operation.«

Zohdi, Abu Annas' zweiter Sohn, der auch mein Barbier ist, macht für uns alle die Shisha bereit. Wenn ich ihn sehe, greife ich unwillkürlich an mein Haar und meine Bartstoppeln – es ist erst drei Tage her, dass ich rasiert wurde. Zohdis Laden liegt direkt neben Abu Annas' Haus, und als ich ihn unter der Türe sehe mit dem blitzenden Stahl in der Hand, spüre ich auf der Haut das Rasiermesser. Aber dann erkenne ich, dass es nur die Stahlzangen für die Holzkohle sind.

Tarik, ein Veteran im Kampf für die Arbeiterrechte, beugt sich über die Wasserpfeife, bläst in die Kohle und sagt, dass alle Vorzeichen auf Krieg deuten. Sohail ist sich nicht sicher. Er hat in jungen Jahren viel Zeit in israelischen Gefängnissen verbracht, im Lager war er einer der PLO-Führer und diente während der 1980er-Jahre in der geheimen Miliz der Fatah. Schließlich seien wir schon im heiligen Monat Ramadan, beharrt er, und der richtige Krieg würde aufs Monatsende verschoben. Eine kontrollierte »Eskalation der Spannung« allerdings könnte in den nächsten Wochen durchaus stattfinden. Abdallah, der einen Doktortitel in Psychologie hat, teilt diese Meinung.

Und ich?

Nun ja, sage ich ihnen, ich kann ihn riechen. Ich spüre, dass er im Anzug ist.

Und dann stellt sich heraus, dass er schon da ist. Bevor wir überhaupt davon zu reden begonnen hatten.

Gegen neun Uhr abends griff eine Drohne gut drei Kilometer nördlich von Jabalia eine Gruppe von Menschen an. Niemand wurde verletzt. Eine halbe Stunde später feuerte eine andere Drohne auf drei Personen, die auf einer Straße im Westen von Gaza-Stadt unterwegs waren. Darüber wurde zunächst berichtet, als seien es Einzelfälle, so wie man schlimme Verkehrsunfälle vermeldet. So etwas kommt nun einmal vor, wenn auch üblicherweise nicht innerhalb einer halben Stunde. Aber zwei Drohnenangriffe machen noch keinen Krieg. In den Nachrichten nennt man das »zunehmende Spannungen«, und auf dem Sender geht die Debatte über die Probleme der Jugendlichen in Gaza weiter. Der Studiogast beginnt eine Diskussion über die Verzweiflung, die so viele junge Menschen angesichts ihrer Zukunft empfinden. Sie fühlten sich gefangen, da sie weder reisen noch woanders studieren oder Karriere machen können. Doch dann, gegen elf Uhr, werden seine Ausführungen abgeschnitten, ein patriotisches Lied ertönt, die Stimmung im Radio ist völlig umgeschlagen.

Einige Minuten später trifft eine Nachricht auf Abu Annas' Mobiltelefon ein. Eine dritte Attacke. »Zwei junge Männer im Flüchtlingslager Bureij bei Angriff getötet.« Wir schauen uns an. Das ist mehr als bloß »zunehmende Spannungen«. Im nächsten Augenblick macht uns der Krieg seine Aufwartung. Aus nördlicher Richtung hören wir eine Explosion, deren Echowellen über die Stadt rollen. Wenn man im richtigen Leben nach Jahren wieder eine Bombenexplosion hört, ist das, als erleide man den Flashback einer posttraumatischen Belastungsstörung. Der Schock katapultiert dich zurück, dorthin, wo du zwei Jahre, fünf Jahre, vier Jahrzehnte zuvor warst, zur allerersten oder jüngsten Detonation, die du erlebt hast. Als diese neue Explosion verhallt, bleibt das Sirren der Drohne zurück, unausweichlich, und so nahe, dass man meint, sie sei direkt neben dir. Es ist, als wolle sie diesen Abend mit uns verbringen, sich auf einen unsichtbaren Stuhl in unsere Runde setzen.

Zum Suhur – das in diesem Ramadan gegen halb vier Uhr morgens stattfindet – müssen wir wach sein, deshalb verbringen wir die meisten Nächte mit Gesprächen, rauchen Wasserpfeife und essen Süßigkeiten wie Awama, Knafeh und Baklawa. Jetzt im Hochsommer ist es ohnehin viel angenehmer, draußen unter einem Baum zu sitzen, als drinnen zu schwitzen.

Als wir uns heute Abend trafen, waren viele junge Männer unterwegs, die Ramadan-Lieder sangen und dazu auf Plastikdosen trommelten. Es sind schöne Lieder, auch ich habe sie als Junge gesungen. Diese Tradition beginnt drei Tage vor

Ramadan und dauert den ganzen Monat bis zum 'Id, dem Fest des Fastenbrechens. Wahrscheinlich versetzen diese Lieder jeden Palästinenser – ob er nun besonders gläubig ist oder nicht – in eine sehnsüchtige Stimmung.

Aber nun ist die Straße leer, der Explosionslärm wird lauter. Niemand will sich jetzt noch im Freien aufhalten. Tarik meint, auch wir sollten nach Hause gehen, aber Abu Anas widerspricht: »Mach dir keine Sorgen. Das ist normal.« Selbstverständlich ist es das, aber wir sollten uns trotzdem auf den Weg machen. Meine Frau Hanna ruft mich an, weil sie überall Detonationen hört. Sie möchte jetzt nicht alleine sein. »Die Kinder schlafen«, sagt sie mit zitternder Stimme.

Tarik fährt mich schnell nach Hause. Der Bezirk Saftawi liegt im Westen des Lagers von Jabalia. Die Bewohner sämtlicher Bezirke, die sich um das Lager herum befinden, sind im Lager aufgewachsen. Das Flüchtlingslager von Jabalia ist mit seinen hunderttausend Einwohnern auf nicht einmal anderthalb Quadratkilometern das größte in ganz Palästina und hat vor allem durch die zahlreichen Konflikte zwischen den israelischen Besatzungstruppen und den Palästinensern Berühmtheit erlangt. Die Erste Intifada brach in seinen engen Gassen aus. Die wachsende Bevölkerung ließ neue Bezirke in seiner unmittelbaren Umgebung entstehen, wie Alami, Tel al-Zaatar, Salahin, Beir al-Na'aja und Saftawi. In vielerlei Hinsicht gehören sie eigentlich zum Lager dazu. Wie seine Kinder.

Tarik fürchtet, dass ein Krieg in der Sommerzeit, und auch noch während des Ramadan, besonders hart wird. Bevor ich aussteige, erinnert er mich an unsere Verabredung morgen Abend, zwei Stunden vor Sonnenuntergang. Seit Beginn des Ramadan fahren wir täglich zum Hof seiner Familie im Westen von Beit Lahia, wo er Obst und Gemüse anbaut. Dort verbringen wir die letzten Sonnenstunden des Tages. Die schwersten Stunden im Ramadan sind immer die letzten beiden vor dem Iftar, dem Fastenbrechen, deshalb tut eine Ablenkung in dieser Zeit gut.

Ich muss über seine Erinnerung lächeln.

»Und wenn Krieg ist?«

»Das kann nicht sein«, meint Tarik.

Hanna hockt auf der Sofakante, vor Angst und Sorgen ganz steif. Sie hört Nachrichten. Ihr Blick sagt mir: »Es ist Krieg.« Ich koche Kaffee und lege für die Kinder einige Stücke Katayef bereit. Hanna und ich beginnen ein Gespräch, wie es in dieser Stunde wohl alle Erwachsenen in Gaza führen: Und wenn das nun wirklich Krieg ist? Wie lange wird er dauern? Wird er härter als die früheren werden? Werden wir überleben? Wen von unseren Lieben werden wir verlieren?

Hanna sagt, ich soll die Kinder zum Suhur wecken.

Es ist halb vier Uhr morgens am Montag, 7. Juli 2014. Ein Datum, das man sich merken sollte.

Im Takt von Trommeln und Bomben

Seit Mitternacht haben Beschuss und Bombardement nicht nachgelassen. Heute ist der Musaharati nirgends zu sehen. Der Musaharati ist eine der ältesten Traditionen im heiligen Monat Ramadan: Ein älterer Mann dreht in der Nachbarschaft seine Runde und hat eine Trommel bei sich, an der oft eine Laterne baumelt. Mit einer sanften, gut ausgebildeten Stimme singt er ein bestimmtes Lied, um uns zu wecken.

Jedes Viertel im Lager hat seinen eigenen Musaharati. Am Ende des Monats klopft er an deine Tür und bittet um eine Spende – Geld oder etwas zu essen – als Gegenleistung für seinen Verdienst.

Heute Nacht hat eine Gruppe junger Männer aus meinem Bezirk diese Rolle übernommen. Ein neues Phänomen. Gegen zwanzig Minuten vor drei Uhr spielen sie auf. Sie singen das Suhur-Lied und flechten unsere Namen ein. So wird die Melodie für fast jeden in der Straße zu einem persönlichen Weckruf.

Die Männer stehen vor unserem Wohnblock und beginnen, die Namen der Bewohner zu singen. Wir sind erst vor drei Jahren in dieses Haus gezogen, und in den ersten zwei Jahren standen unsere Namen noch nicht auf der Liste. Zu Beginn dieses Ramadan hatte ich den Musaharati um die Überarbeitung seiner Unterlagen gebeten. Die Namen meiner vier Söhne sollten nicht fehlen – Talal, Mustafa, Na'im und Yasser. Meine Jüngste, Jaffa, ist erst neunzehn Monate alt und noch zu klein, ihr Name wurde nicht aufgenommen.

Das Wissen, dass ihre Namen dieses Jahr endlich auch gesungen würden, hatte meine Jungen in große Aufregung versetzt, und in der ersten Ramadan-Nacht schliefen sie kaum vor lauter Erwartung. Die Begeisterung, ihre Namen zu hören, hielt die erste Woche an. Inzwischen stehen sie nicht mehr auf und warten ungeduldig am Fenster. Wenn die Zeit des Suhur gekommen ist, muss ich sie wecken. Na'im fragt schläfrig: »Waren die Musaharatis schon da?« Nein, und ich weiß, dass sie wahrscheinlich nicht mehr kommen, daher hat es keinen Sinn, die Jungen früh aufstehen zu lassen, damit sie sie hören. Aber ich will Na'im nicht beunruhigen, und so sage ich einfach, dass er sie verpasst hat. Noch glaubt er mir.

Es ist Nachmittag, und in den achtzehn Stunden seit Beginn der Angriffe wurden elf Menschen getötet und viele weitere verletzt. Mit jeder Stunde steigt die Zahl der Opfer. Nach dem Aufstehen redeten Hanna und die Kinder ungefähr eine Stunde über den letzten Krieg und unsere Erinnerungen daran. Dieser Krieg ist der dritte, den meine Kinder innerhalb von fünf Jahren erleben. Der Krieg von 2008/2009 kam sogar nach israelischen Maßstäben aus heiterem Himmel. An einem kalten Dezembermorgen hielt ich vor jungen Männern und Frauen am anderen Ende der Stadt eine Vorlesung über Menschenrechte und Demokratie. Das Zentrum für Menschenrechte, in dem ich unterrichtete, ist in der Nähe von Jawazat, Gazas wichtigstem Militär- und Polizeistützpunkt. Dieses Gelände war 2008 einer der ersten Orte im Gazastreifen, der schwer bombardiert wurde. Als wir die Explosion hörten, war ich mitten in einer Vorlesung. Die Studenten begannen zu schreien.

Wir brachen den Unterricht ab und eilten auf das Dach, um zu sehen, was passierte. Ganz Gaza bebte. Überall waren Explosionen zu hören. Rauchsäulen stiegen in den Himmel, wohin man auch sah. Ich wusste, dass Talal und Mustafa in der Schule waren, und Hanna rief mich voller Angst an, damit jemand sie nach Hause brachte. Kurz bevor sie auflegte, hörten wir zu unserer beider Erleichterung die Türklingel.

Hanna öffnete und war überglücklich, die zwei Jungen zu sehen, unversehrt. Das geschah am 27. Dezember 2008, und der Krieg dauerte bis zum 18. Januar 2009.

Der nächste Krieg, von den Israelis »Säule der Verteidigung« genannt, brach am 14. November 2012 aus. Gleich in der ersten Offensive wurde, unter anderen, Ahmad Jabari, der Militärchef der Hamas, getötet. Zu dieser Zeit befand ich mich an der Saraya-Kreuzung. Ich ging gerade über die Straße, auf das Karawan-Café zu – mein Lieblingscafé in Gaza-Stadt –, als es eine schwere Explosion in einer der Gassen zwischen der Saraya-Kreuzung und dem Stadtpark gab. Vor diesem Angriff hatte es keine Warnung gegeben. Alle auf der Straße handelten automatisch, erinnerten sich instinktiv, was man im Falle eines Luftangriffs zu tun hat, wo man hinrennen soll. Noch bevor die Rettungskräfte den Ort erreichen konnten, regneten bereits die ersten Geschosse aus F16-Kampfflugzeugen und Drohnen auf den Bezirk nieder.

Wird dieser Krieg anders sein? Keiner kann das sagen. Der Rhythmus der Explosionen letzte Nacht und tagsüber erschien mir schneller als vorher, schwerer. In unseren Unterhaltungen erlaubten wir uns den Luxus einiger Vergleiche. Einer der Unterschiede bisher ist, dass die gegenwärtigen Übergriffe nach und nach kommen – letzte Nacht in Abu Annas' Haus konnten wir nicht sagen, ob es Krieg war oder nur die Eskalation eines Gewaltausbruchs, ein Handstreich oder ein Schuss vor den Bug.

Die erste Regel in Kriegszeiten lautet: Geh nicht nach draußen. Oder zumindest nur, wenn du musst. Die Kinder dürfen natürlich auf keinen Fall das Haus verlassen.

Meine Schwester Amina hat heute Nachmittag einen Operationstermin im Krankenhaus von Beit Hanun. Auf dem Weg zu ihr höre ich vereinzelte Explosionen im Norden der Stadt und auf der Straße zum Krankenhaus sehe ich am Ufer des Wadis einen Schuttberg. Dort hatte einmal ein Haus gestanden, das im Krieg von 2012 beschädigt und nicht wieder vollständig aufgebaut wurde. Nun hat eine Drohne die Arbeit erledigt.

Zu Hause sagt Hanna mir, dass wir uns mit Vorräten wie Gemüse, Fleisch, Hühnchen eindecken müssen, alle anderen tun dies auch. Also mache ich in Richtung des Markts kehrt. Aber bevor ich den Saftawi-Platz erreiche, kommt Explosionslärm aus nördlicher Richtung. Schutz suchend renne ich unter das Vordach eines nahe gelegenen Gebäudes. Minuten später höre ich das Echo weiterer Explosionen. Nach einer Viertelstunde scheint es vorüber zu sein, und die Stille kehrt zurück. Abgesehen von dem Sirren der Drohnen.

Als ich nach Hause komme, bereiten wir die Mahlzeit für das Fastenbrechen vor. Sogar die Kinder kommen zu Hanna und mir in die Küche, um uns zur Hand zu gehen. Es hilft, sich in Zeiten wie diesen nützlich zu machen. Von den Kindern fasten nur Talal und Mustafa. Und sie sind am Verhungern, können kaum abwarten, bis die Sonne hinterm Horizont verschwunden ist.

Plötzlich sagt Hanna: »Du willst doch nicht etwa nach dem Fastenbrechen bei deinem Vater vorbeigehen?« Tatsächlich hatte ich vor, meinen Vater in seinem Stadtteil zu besuchen. Ich sage ihr, dass ich ihn und die Familie sehen muss, aber Hanna beharrt darauf, es sei zu gefährlich. Ich antworte: »Ganz Gaza ist gefährlich.«

Dienstag, 8. Juli

Mahlzeiten

Den Angriffen wohnt eine eigenartige Ironie inne. Die schwersten Einschlagserien des Rund-um-die-Uhr-Bombardements finden immer genau dann statt, wenn wir die beiden Mahlzeiten – Suhur und Iftar – servieren. Die Attacken geraten außer Kontrolle. Von allen Seiten regnen sie auf uns nieder – es ist wie ein Monsun, vor dem wir gerade geflüchtet sind, um zu essen. Das Gebäude zittert. Der Horizont tanzt im Fenster. Bin ich es, der sich bewegt, oder ist es die Stadt? Explosionen hören wir ununterbrochen, Tag und Nacht, aber wenn wir morgens um halb vier Uhr für Suhur und abends um zwanzig Minuten vor acht für das Iftar decken, kommt es uns vor, als ob eine Fanfare für die Mahlzeiten erklingt. Zu beiden Zeitpunkten ist die Sonne kurz hinter dem Horizont. Die von den roten und blauen Zungen des Feuers gefärbte Dämmerung wird von den Bomben ausgeleuchtet.

Während Hanna und ich an diesem Morgen das Suhur vorbereiten, hören wir Explosionslärm irgendwo ganz in der Nähe. Vermutlich kommt er aus Maqosi, das zum Bezirk Nasser gehört, in dem hohe Gebäude dicht an dicht stehen. Weitere Angriffe. Mustafa wacht von allein auf – die donnernden Geschosse haben das erledigt, was normalerweise die Musaharatis getan hätten. Er weckt seine Brüder, lässt nur Jaffa weiterschlafen. Später hält mich das allgegenwärtige Sirren einer Drohne wach. Mir wird bewusst, wie die Kinder sich bereits der Logik des Krieges angepasst haben. Sie lernen Dinge, die ich vor langer Zeit auch einmal lernen musste.

Am Nachmittag spielen wir alle zusammen Karten, um ein wenig Zeit totzuschlagen.

Anscheinend zielt die Armee nur auf Wohngebäude. Heute haben die F16-Kampfjets nur Häuser beschossen und sie dem Erdboden gleichgemacht. Im östlichen Khan Yunis wurde ein Haus der Familie Abdallah vollständig zerstört. Viele weitere in Gaza und Rafah wurden getroffen. Auch zwei Moscheen. Aber die größte Tragödie an diesem Tag war der Angriff auf die Familie Kawari' in Khan Yunis. Ein Kampfjet bombardierte das Haus, als die Kinder und Eltern gerade das Fastenbrechen vorbereiteten. Die F16 ließ diese Familie nicht glücklich beisammen sein, sie ihr Leben weiterleben, dem Krieg zum Trotz. Sie hat es beendet.

Im Nordosten von Jabalia, östlich von Beit Lahia unweit des Sheikh-Zayed-Wohnungsbauprojektes, fuhr um sechs Uhr abends ein Mann mit seinem Toktok die Straße entlang und wurde direkt von einer Rakete getroffen. Nicht viel mehr als ein Krater im Boden blieb von ihm übrig. Auch ein junger Mann, der Chips, Schokolade und andere Leckereien an Kinder verkaufte, stellte in den Augen des Drohnenpiloten eine Gefahr für Israel dar und wurde damit zu einem gültigen Ziel. Jeder Einzelne – ob er nun zu Fuß geht, mit einem Fahrrad fährt, mit dem Toktok unterwegs ist oder am Steuer seines Autos sitzt – ist jetzt eine Bedrohung für Israel. Wir alle sind schuldig, bis das Gegenteil bewiesen wird. Aber wie in aller Welt sollen wir das machen? Deine Unschuld kümmert keinen, erwarte das ja nicht. Überleben ist das Einzige, was zählt.

Nach dem Iftar besuche ich meinen Vater. Da er mit dem Ramadan-Abendgebet beschäftigt ist, gehe ich hinüber zu Faraj, den ich seit meiner Kindheit kenne. Er schlägt vor, das Halbfinale der Fußballweltmeisterschaft zwischen Deutschland und Brasilien bei Ayman anzuschauen. Ayman ist ein großer Fußballfan. Nicht einmal der Dritte Weltkrieg könnte ihn davon abhalten, sich ein so wichtiges Spiel wie dieses anzusehen. Aymans Haus in Jabalia hat nach vorne hinaus ein großes, nahezu unmöbliertes Zimmer mit einem Fernseher.

Als wir ankommen, sind bereits mehr als dreißig Menschen dort, wie in einem Café. Mein Sohn Mustafa ist ebenfalls ganz verrückt nach Fußball. Er bittet mich in einer SMS, ihn irgendwohin mitzunehmen, um das Spiel zu sehen. Aber es ist zu gefährlich. Wir beide zusammen wären nicht in der Lage, uns schnell genug zu bewegen, wenn ein Angriff startet. Letzte Woche, noch bevor der Krieg ausgebrochen war, habe ich meine Jungen mitgenommen, um das Achtelfinale zwischen Algerien und Deutschland anzuschauen. In einem großen Café, das an allen vier Wänden das Spiel auf riesigen Plasma-Bildschirmen zeigte, feuerten meine Söhne stundenlang tanzend und schreiend Algerien an. Ich hatte ihnen versprochen, sie zu den Übertragungen der nächsten Runden mitzunehmen: Viertelfinale, Halbfinale … Manche Versprechen darf man brechen.

Nach diesem Spiel, einer 1:7-Niederlage für Brasilien, gehe ich auf dem Weg nach Hause bei Abu Annas vorbei. »Er spielt Schach mit dem Nachbarn.« Zohdi steht im Eingang seines Geschäftes, eine Schere in der Hand. Er beäugt mein langes Haar und bietet mir eine Rasur und einen Schnitt an, gleich hier. Ich lehne ab. »Bis der Krieg zu Ende ist, lasse ich das Haar und den Bart wachsen.« Zohdi lacht und sieht keinerlei Zusammenhang zwischen Krieg und dem Haar eines Mannes. Ich widerspreche grinsend. »Die beiden hängen sehr eng zusammen!«

Zohdi lässt die Schere klappern. »Los!«

»Nein«, sage ich.

Mittwoch, 9. Juli

Geisterstadt

Es scheint ein längerer Krieg zu werden. Niemand spricht über einen Waffenstillstand. In den vorangegangenen Kriegen begannen die Gespräche über eine Feuerpause innerhalb von vierundzwanzig Stunden. Heute ist Tag vier, und keiner hat auch nur das Wort in den Mund genommen. In einigen europäischen Städten hat es kleinere Demonstrationen gegeben, aber in der internationalen Politik findet der Krieg keine Erwähnung. Nicht einmal in den arabischen Ländern gab es Kundgebungen, nur die offiziellen Verurteilungen. Worte und Proteste helfen nicht viel, aber sie geben dir das Gefühl, dass jemand da draußen an dich denkt. Man kann nichts tun, zeigt aber, dass das Töten einem nicht egal ist und du das Recht hast, in Frieden zu leben.

»Gehen wir nach dem Ramadan wieder zur Schule?« Mein Sohn Na'im liebt die Schule. Er erzählt mir, wie sehr er seine Klassenkameraden vermisst. Ich weiß nicht, wie er darauf kommt, dass der Krieg so lange dauern könnte. Na'im hat ein schlechtes Gefühl, was den Krieg angeht. Lächelnd versichere ich ihm: »Sei nicht albern, der Krieg endet morgen oder übermorgen, dann ist alles okay.« Er hält dagegen, dass ich immer »morgen« sage, wenn ich gefragt werde, wann es vorbei ist. »Der Krieg wird ganz bald aufhören«, sage ich. »Bald.«

»Bevor die Schule wieder anfängt.«

»Natürlich.«

»Können wir wieder zur Schule gehen, auch wenn der Krieg bis dahin noch nicht zu Ende ist?«

»Mach dir keine Sorgen über den ersten Schultag«, lache ich. Mein Sohn ist ein richtiger Streber. »Es wird dann vorüber sein.«

Ich wünsche mir jemanden, der mir versichert, dass ich mein Kind nicht anlüge, dass ich ihm die Wahrheit sage. Aber niemand kann das, nicht einmal ich selbst.

Letzte Nacht starben sechs Mitglieder der Familie Hamad aus Beit Hanun bei einem Luftangriff[1]. Darunter zwei Frauen und zwei Kinder. Mein Freund Akram gehört ebenfalls zur Familie Hamad. Als ich versuche, ihn zu erreichen, komme ich nicht durch. Das Mobilfunknetz funktioniert nicht. Während der Drohnenangriffe passiert das oft. Das Netz stört die Kommunikation der Israelis, also schalten sie es einfach ab.

Heute Morgen wurden wir von schweren Einschlägen überall in Saftawi und in Beir al-Na'aja geweckt. Bis mittags waren schon einundzwanzig Personen ums Leben gekommen, unter ihnen ein achtzehn Monate altes Baby namens Nariman Abdel Ghafour[2] und der zweieinhalbjährige Mohammad Malake.[3] Letzterer wurde zusammen mit seiner Mutter getötet, auf deren Schoß er saß. Sie konnte ihn nicht beschützen.

Soll das immer so weitergehen, frage ich mich. Nur wenige Menschen außerhalb Gazas scheint das zu interessieren.

Nachdem die Kinder endlich eingeschlafen sind, sitzen Hanna und ich im Dunkeln. Akram schreibt in einer SMS, dass er dem Schicksal seiner Cousins entkommen ist und sich in Gaza-Stadt in Sicherheit befindet. Normalerweise würden wir jetzt Hannas Ramadan-Lieblingsserie im Fernsehen anschauen, aber wir haben keinen Strom. Eine unserer Hausregeln ist, keine Kerzen anzuzünden. Hanna ist in die-

1 Es starben Hafez Hamad (37), seine Frau Suha Hamad (31), seine Mutter Fawzia Hamad (70), seine Brüder Ibrahim (35) und Mahdi (41) sowie Mahdis Tochter Dina, ein Teenager. Überlebt haben Hafez (11), sein Bruder Nour (5) und seine Schwester Lamis (5 Monate), die in ein Krankenhaus gebracht wurden. www.al-monitor.com/pulse/originals/2014/07/israel-gaza-strikekills-hamad-family.html

2 www.imemc.org/arvvticle/68406_1404949025

3 http://humanizepalestine.com/2014/07/09/in-memory-mohammadhanaa-malake/

sem Punkt sehr streng. Sie möchte nicht aufwachen und ihre Kinder im Feuer sterben sehen, sagt sie. Seit Israel vor sieben Jahren das Elektrizitätswerk in Gaza bombardiert hat, haben Energie- und Treibstoffengpässe wiederholt zu Stromabschaltungen geführt. Katastrophen ereignen sich, weil die Bewohner Gazas sich für mindestens acht Stunden am Tag wieder mit einem Leben wie im 19. Jahrhundert arrangieren mussten. Ganze Familien starben im Schlaf bei durch Kerzen verursachten Wohnungsbränden. Wie viele Familien können wir uns einen Generator leisten, den wir bis vor Kurzem auf dem Balkon untergebracht hatten. Allerdings gab es aufgrund unsachgemäßen Gebrauchs dieser Generatoren viele Unfälle. Man hört erschreckende Geschichten: von Explosionen, von Feuer, von Menschen, die durch einen Stromschlag verstümmelt werden oder ums Leben kommen. Nach einem Jahr beschlossen wir, den Generator nicht mehr zu benutzen. Es war zu gefährlich. Ohne Generator und Kerzen aber müssen wir die Hälfte der Zeit im Dunkeln verbringen. Alles ist jedoch besser als Verbrennungen dritten Grades oder ein Stromschlag.

Das Thema muss ich mit Hanna noch einmal besprechen, damit ich wenigstens nachts für mein Schreiben Kerzen anzünden darf. Nur fürs Schreiben. Aber dann stelle ich mir vor, wie das Papier Feuer fängt, also lasse ich es erst einmal, versuche, mit der Dunkelheit zu leben.

Mangels Fernseher stellen Hanna und ich uns ans Fenster und blicken gemeinsam auf die Stadt hinunter. Finstere Felder in alle Richtungen. Eine Geisterstadt. Die einzigen Lichter sind die der F16-Kampfjets und der Drohnen, die über uns schweben.

Ein Spiel schauen

Gestern Abend, als meine Freunde und ich bei Ayman in Kasasib das zweite Halbfinale zwischen den Niederlanden und Argentinien ansahen, taten andere befreundete Männer das Gleiche in einem Café am Strand von Khan Yunis. Das Café hieß »Sahar al-Layali«, was »die ganze Nacht aufbleiben« bedeutet – nach dem Lied der libanesischen Sängerin Fairuz. Wie wir rauchten sie Shisha, feuerten ihre Lieblingsmannschaft an, beklagten sich über die Fehler der Stars, griffen sich an den Kopf bei Fehlpässen und verpassten Chancen. Kaum vorstellbar, dass sie an den Kampfhubschrauber dachten, der ihnen im Dunkeln auflauerte, oder an die Wut, die er aufbaute, als sie jubelnd und juchzend das Spiel feierten. Kaum möglich, dass sie an seinen Schlund dachten, das gähnende Maul seines Geschützturms, das geifernd nach ihren Seelen verlangte.[4]

Sechs von ihnen waren sofort tot, vierzehn weitere verstümmelt. Der Sand um das Café herum war von ihrem Blut durchtränkt, das langsam Richtung Meer rann. Die roten Kohlestückchen ihrer Wasserpfeifen flogen erst hoch in die Luft, dann wieder herab, noch immer brennend, wie Sternschnuppen. Bis zum Morgen hatten drei der Schwerverletzten sich zu den Toten gesellt. Das Finale der Weltmeisterschaft sollten sie nicht erleben. Keiner ihrer Lieblingsspieler würde je von ihrem Tod erfahren.

4 Die Opfer dieses Angriffs waren: Mohammed Khalid Qanann (25) und sein Bruder Ibrahim Qanann (24), Mohammad Al-'Acad (24), Suleiman al-Astal (55), Hamdi Kamel Sawali, Ahmad Sawali, Ibrahim Sawali, Salim Sawali, Ahmed al-Astal und Musa al-Astal (Alter unbekannt).

Gegen neun Uhr erwache ich und erfahre aus den Nachrichten, dass während der frühen Morgenstunden über dreißig Menschen getötet wurden. Die Opferzahl steigt stetig. Ein einziger Angriff kostet immer mehr Menschen das Leben. Sie sterben zu fünft, zu siebt, zu neunt. Das Ziel ist nicht der Einzelne, sondern Wohngebäude, Häuser von Familien. Sie werden bombardiert, bis nichts mehr übrig ist.

Mittags lässt eine donnernde Explosion das Haus erbeben. Offensichtlich ist am Saftawi-Platz ein Auto beschossen worden. Drei der Insassen sind tot, der vierte ist lebensgefährlich verletzt.

Hanna, die Kinder und ich wollen das Beste aus den wenigen Stunden machen, in denen wir Strom haben, und wir setzen uns für eine Weile vor den Fernseher und schauen uns Cartoons an. »Sponge Bob Schwammkopf« und »Gumball«. Man muss die Welt draußen vergessen oder zumindest so tun, als hätte man die Gabe der Vergesslichkeit. Nach etwa einer Stunde erschüttert eine Detonation im Osten das Haus, der Blitz erhellt den Raum einen Sekundenbruchteil vor dem Knall. Einen Augenblick später dringt eine dicke Sandwolke durch das Fenster hinter uns ins Wohnzimmer. Offenbar haben sie die Orangenplantage einige Hundert Meter entfernt angegriffen. Die Bäume wurden in die Luft geschleudert und fielen dann übereinander, ein Haufen zerborstener Äste. Als ich mir später den Schaden ansehe, stelle ich fest, dass Tonnen von Sand unterhalb der Plantage fehlen. Ein paar Kilo bedecken nun unseren Fußboden und die Möbel im Wohnzimmer.

Genau so fühlt es sich an: als würden wir uns in einer dahindriftenden Wolke aus Sand befinden. Zentimeter für Zentimeter bewegen wir uns vorwärts, fahrig, sehen nicht einmal einen Meter weit, und wenn wir an einem Haufen Orangenbäume vorbeikommen, die wie Anschlagsopfer versprengt vor unseren Füßen liegen, schätzen wir uns glücklich. Man hat sie mit uns verwechselt. Der Tod ist so nah, dass er uns nicht mehr sieht. Er hält dich für einen Baum, und den Baum für dich. Dankesgebete für diesen seltsamen Nebel, diese Blindheit.

Yasser bittet mich, ihm ein Eis zu kaufen. Er ist sicher, dass die Eisdiele am Saftawi-Platz geöffnet hat. »Sie ist geschlossen«, sage ich.

»Öffnet sie nach dem Iftar?«

Ich hatte den Kindern versprochen, mit ihnen Eis essen zu gehen. Die Eisdielenkette der Familie Abu Zatoun hat eine neue Filiale aufgemacht. Ein weiteres Versprechen, das ich brechen muss. Dann hat Yasser eine Idee. »Gehst du mit uns, wenn die Zanana weg ist?«

»Abgemacht.«

Als ich ihn später zudecke, bin ich sicher, dass er mit gespitzten Ohren lauscht, ob das Sirren der Drohne verschwindet. Er schläft ein, die Eisdiele bleibt geschlossen, die Drohne schwebt über uns.

Freitag, 11. Juli

Flutlichter

Überall Licht. Flutlichter, Suchlichter, Lichtblitze …

Blitzeinschläge.

Donnernde Detonationen.

Das Gebäude zittert. Die Glasscheiben der Fenster zerspringen, eine nach der anderen. Die Rahmen biegen sich knirschend. Das Metall splittert.

Dunkelheit ist ein Dämon, der unsere Ruhe zerkaut, zernagt, zermalmt. Sorgen zersetzen unsere Venen. Das Ungewisse zerbeißt unsere Gelassenheit.

Eine weitere Explosion, näher als die anderen. Dann das Geräusch herausbrechender Fenster, der Fußboden ist übersät mit Scherben. Ich schrecke hoch, nicht sicher, ob sich die Splitter tatsächlich in meine Haut bohren oder ob ich mir das einbilde. Sofort bin ich bei den Kindern, doch noch schlafen sie tief. Ich stelle das Radio an. Stelle es laut.

Der Reporter Mohammad al-Battish gibt bekannt: »Weitere Explosionen in Al-Zarka. Zwei Raketen.«

Der Reporter Mohammad Al-Ashkar: »Eine Explosion in Al-Tiwam.«

Und die Explosion, die gerade unsere Fenster aus den Rahmen gedrückt hat?!

Ein dritter Reporter: »Ich befinde mich im Nordwesten. Israelische Kampfflugzeuge haben ein Gebäude nahe dem Karama-Krankenhaus angegriffen, östlich der Karama-Hochhäuser.« Anscheinend berichtet er von der gleichen Explosion wie Al-Ashkar, nur aus einer anderen Perspektive.

Ein Vierter: »Am Himmel wimmelt es von Tieffliegern. An der Küste vor Beit Lahia bewegt sich etwas, Kriegsschiffe werden zusammengezogen.«

Eine heisere Stimme: »Der Hafen steht immer noch in Flammen. Gerade höre ich von einem neuen Angriff in der Ahmad-Yasen-Straße. Ja …, ja, dort sind zwei Raketen in einem Wohngebäude eingeschlagen und haben es stark beschädigt.«

Einige Fernsehkanäle machen fröhlich weiter wie bisher, vom Chaos offensichtlich vollkommen ungerührt. Auf MBC, einem Fernsehsender, der in der ganzen arabischen Welt zu sehen ist, läuft ein Ramadan-Drama. Trotz allem versuche ich, mich darauf zu konzentrieren, trotz der Glutbälle, die wie Lavafetzen am Fenster vorbeizischen. Die Zeit zu vertreiben, ist in solchen Situationen die größte Herausforderung, eine wahre Mission – dich von der Panik abzulenken, dich in leichte Unterhaltung einzumummeln, deine Furcht zum Schweigen zu bringen, indem du versuchst, dem vorhersehbaren Ausgang einer billigen Ramadan-Serie mit einem schrecklichen Plot zu folgen. Eine harte Mission in harten Zeiten. Trotzdem versuchst du es.

Mehr Flutlichter.

Flutlichter.

Blitze.

Donner.

Ein Raketeneinschlag. Ich werde vom Sofa hochgeschleudert. Die Fernbedienung, die ich eben noch in der Hand gehalten habe, kracht auf den Boden, ihre Einzelteile fliegen in alle Richtungen. Tiefe Finsternis. Ich habe Angst, aufzustehen, fürchte, dass der Fernseher von seiner kleinen Halterung herunterfällt und zerschmettert, schalte die Taschenlampe an.

Hanna und die Kinder schlafen jetzt im Flur gegenüber der Küche. Vor einigen Tagen haben wir dort Matratzen und Bettzeug ausgebreitet. Der Flur läuft mitten durch Wohnung,und ist damit am weitesten von der Außenwand entfernt. Wahrscheinlich ist es der sicherste Platz. Der Knall der letzten Explosion lässt alle von ihren Matratzen aufspringen, sich in Panik umsehen. Ich eile durch den Flur, die Blicke meiner Kinder treffen mich. Überall Glas, den ganzen Flur entlang. Ich weiß nicht, von welchem Fenster es kommt. Ein Kind nach dem anderen suche ich nach Schnitten, Wunden, Blut ab. Ich überprüfe jeden einzelnen Körperteil in Höchstgeschwindigkeit, ihr Haar, ihre Arme, ihre Füße. Winzige Splitter glitzern auf ihren Kissen, ihren Laken. Nach einer Weile wird mir klar, dass es das Glas aus der Balkontür des Badezimmers ist. Es ist durch das Badezimmer hindurch in den Flur geflogen.

Ich sehe in die Augen der kleinen Jaffa, fürchte mich für sie mit, aber versuche, in meinem Blick ein wenig Ruhe zu bewahren, um unserer beider willen.

Die Reporter versorgen unsere Wohnung noch immer mit Eilmeldungen.

»Eine Rakete schlug in Ackerland der Familie Mokat ein.«

»Ein Flügel des Wafa-Krankenhauses östlich von Gaza-Stadt wurde ebenfalls getroffen.«

Für einen Moment erhellt grelles Licht die ganze Stadt.

Ich sehe Feuerbälle aus großer Höhe hinunterfallen.

Ich sehe Lavafetzen einfliegen, aus dem Westen, waagerecht, vom Meer.

Mehr Flutlicht. Mehr Explosionen.

Das Gebäude wackelt hin und her wie bei einem Erdbeben. Detonationen jagen sich gegenseitig, wie ein Albtraum den anderen. Die Reporter keuchen. Sie klingen zugleich ängstlich und erschöpft, können nicht länger genau sagen, wo die Raketen einschlagen. Dunkelheit ist ein Dämon. Ich habe das Bedürfnis, ein Feuer anzuzünden, die Wohnung niederzubrennen, nur um ein bisschen Licht zurückzubringen.

Wie soll man denn schlafen, wenn der Himmel mit tausend Lichtpunkten gesprenkelt ist, wenn der Radioempfang wellenartig im Takt der Detonationen gestört wird. Der konstante Beschuss der Kriegsschiffe … bumm, bumm, bumm. Ein hohler Klang, der deinen Herzschlag nachäfft, während du daliegst und ihm lauschst.

Ein Reporter appelliert an die Rettungskräfte, nach Zeitoun zu fahren.

Im Sheikh-Radwan-Friedhof schlägt eine Rakete ein. Der Reporter kommentiert das sonderbare Schicksal der dort beigesetzten Menschen, von denen viele bei vorangegangenen Bombardements getötet wurden. Nun werden sie erneut angegriffen.

Die Kinder und Hanna sitzen aneinandergeschmiegt auf dem Sofa und heften den Blick in die Dunkelheit.

Jetzt, wo alles um mich herum zusammenbricht, fühle ich mich in der Wohnung wie ein Gefangener. Die Welt explodiert. Dreht durch. Verliert den Halt und zerfällt zu einem Haufen Schutt. Ich kann den Kindern nicht garantieren, dass das nächste Geschoss unser Haus verschont. Folge jeder Rakete auf ihrem beleuchteten Beutezug. Sie fliegen einen Bogen, eine Parabel, oder eine Kurve, die du vorherbestimmen kannst. In dem Sekundenbruchteil, in dem ich sie zum ersten Mal sehe, versuche ich, ihre Bahn auszumachen. Schließlich zwinge ich mich, damit aufzuhören.

Na'im steht auf und geht zum Fenster, bevor ich realisieren kann, was er tut. Ich renne hin und ziehe ihn weg. Hanna sagt, es sei Zeit für das Suhur. Donner und Dunkelheit begleiten uns in die Küche, wo wir unser Bestes tun, um das Essen vorzubereiten.

Das Telefon klingelt. Manchmal funktioniert das Festnetz sogar trotz eines Stromausfalls. Am anderen Ende ist eine Frauenstimme mit einem starken französischen Akzent. »Ist dort Gaza?«

»Ja.«

»Sind Sie Palästinenser?«

»Ja.«

»Ich bin Französin. Ich möchte meine Solidarität zum Ausdruck bringen.«

»Danke schön. Ich meine … merci.« Offenbar ist sie sehr erfreut, dass ich ein Wort auf Französisch kenne.

»Sprechen Sie Französisch?«

»Ein wenig.«

Dann folgt ein sehr langer Satz auf Französisch, den ich überhaupt nicht verstehe, aber sein Sinn ist klar: Sie möchte uns beistehen, und tut das in einer leidenschaftlichen Art und Weise. Sie hat von einer palästinensischen Solidaritätsgruppe eine willkürlich ausgewählte Telefonnummer aus Gaza bekommen, um in Krisenzeiten dort anzurufen.

Ich antworte: »Vielen Dank für Ihre Solidarität.«

»Keine Ursache.«

Etwas später geht der Strom wieder an. Der Fernseher erwacht zum Leben, und ich krabbele auf dem Fußboden herum, um die überall verstreuten Teile der Fernbedienung aufzusammeln, damit ich den Ton leiser stellen kann. Bevor ich alle Teile gefunden habe, ist der Strom wieder weg.

Der Gesang des Muezzins der nächsten Moschee erklingt, ruft zum Gebet.

Samstag, 12. Juli

Der siebte Tag

Die Kinder haben seit Tagen kaum geschlafen. Niemand hat das. Hier und da ein paar Stunden, das reicht nicht, vor allem nicht, wenn das bisschen Schlaf von der Angst zerrieben wird. Jedes Mal, wenn du deine Lider schließt, lässt die Unruhe ein Unwetter hinter ihnen aufziehen. Erst wenn es vorüber ist, beruhigen sich deine Hände. Und dann, endlich, umfängt der Schlaf dich, dich und die Deinen einhüllend wie ein euch sanft umkreisender Wind.

Auf das Vergnügen, meine friedlich schlafenden Kinder zu betrachten, muss ich verzichten. Dafür habe ich die gespenstischen Bilder des gestrigen Tages vor Augen. Ein Haus in der Nachbarschaft, das von einer Drohne unter starken Beschuss genommen wurde, Fotos von chaotischen Zuständen in den Medien, zu ausführliche Beschreibungen eines Augenzeugen. Meine Kinder beim Schlafen zu beobachten, liebe ich sehr. Keine Ahnung, wie viel Zeit ich damit schon verschwendet habe, meiner Tochter Jaffa dabei zuzusehen, wie sie inmitten der Wolken ihrer Träume dahinschwebt. Bei der geringsten Bewegung muss ich schmunzeln – beim gelegentlichen Zucken eines Beins oder Arms, beim zaghaften Lächeln, das auf ihren Lippen tanzt. Für mich der glücklichste Augenblick. Doch jetzt kann ich nur noch daran denken, dass meine Kinder jeden Moment sterben könnten, dass sie zu einem der Bilder im Fernsehen werden. Das ist zu viel.

Während der letzten Nächte hätte ich sie sogar am liebsten geweckt, weil ich es kaum ertragen konnte, dass sie so still sind. Sind sie wach – spielen, schreien, schaffen sich eigene Welten –, helfen sie mir, mit meiner eigenen Hilflosigkeit fertig zu werden. Ihr Lärm, das Tohuwabohu, ihre Rufe und das Herumsausen, all das macht mein Leben ein wenig leichter. Sie stehlen den schrecklichen Geräuschen da draußen die Show.

Heute schlafen sie bestimmt schnell ein. Der Schlafmangel der letzten Nacht wiegt schwer auf ihren Schultern. Strom gibt es nicht. Höchstens das schwache Leuchten meiner Taschenlampe, das mit mir in der Wohnung umherwandert, könnte sie stören. Wegen der Dunkelheit kann man kaum das Gesicht seines Gegenübers erkennen. So leise ich kann, schließe ich die Tür zum Flur.

Im Wohnzimmer öffne ich ein Fenster. Es tut gut, frische Luft auf dem Gesicht zu spüren. Eine Pause zu machen vom ständigen Starren an die Zimmerdecke, für kurze Zeit die Angst in den Augen deiner Lieben zu vergessen.

Hanna und ich sitzen auf dem blauen Sofa und lassen die Finsternis nicht aus den Augen. Kein Licht, keine Einzelheiten sind zu erkennen. Nur Schwärze und die dunklen Umrisse der Gebäude auf der anderen Straßenseite.

Langsam dämmert uns, dass der Rest des Hauses unbewohnt ist. Hanna äußert es zuerst. Heute Morgen sind die Nachbarn ausgezogen, die in der Wohnung gegenüber leben. Umm Nour hatte Hanna am Telefon Bescheid gesagt, dass sie nun bei ihrem Vater in Rimal wohnt. Jetzt fällt Hanna auf, dass sie auch aus der Wohnung über uns keinen Laut mehr vernommen hat. Und auch die Absätze der Dame am anderen Ende des Hausflurs hat sie nicht mehr gehört. Wir spielen die Ereignisse, Geräusche und Bewegungen des Tages noch einmal durch. Sie lassen nur einen Schluss zu: Wir sind die einzigen Bewohner des Gebäudes, und das Gebäude – das seit dreieinhalb Jahren unser Zuhause ist – ist nicht sicher.

Der Ernst der Lage zieht die Menschen zunehmend ins Zentrum des Gazastreifens. Man sollte sich nicht an der Ostgrenze oder im Norden aufhalten. Aber auch nicht in Strandnähe. Oder in Reichweite von Regierungsgebäuden. Das ohnehin schon total überfüllte Lager von Jabalia, aus dem sowohl Hannas als auch meine Familie stammen, bleibt uns als einzige Möglichkeit. Hannas Logik ist unschlagbar.

Menschen suchen sich immer etwas, das ihnen ein Gefühl der Sicherheit gibt. Etwas, das ihre Welt noch ein bisschen länger aufrechterhält, bevor sie unweigerlich zusammenbricht. Unser Schicksal liegt in den Händen eines Drohnenpiloten, der irgendwo jenseits der israelischen Grenze in einem Militärstützpunkt sitzt. Dieser Pilot blickt auf Gaza wie ein freches Kind auf ein Computerspiel. Er drückt eine Taste und vernichtet einen ganzen Straßenzug. Er kann über Leben und Tod eines Passanten entscheiden oder einen Baum auf einer Plantage entwurzeln, der noch nicht einmal Früchte getragen hat. Der Pilot wählt Ziele nach eigenem Ermessen aus, angetrieben durch das Vertrauen und die Macht, die seine Vorgesetzten in seine Hände gelegt haben.

Gaza auf dem Monitor – Tausende Bilder, die von einer umherrasenden Drohne festgehalten und auf einen Computer, vielleicht auf einen Laptop, weitergeleitet wurden. Die Bilder können sehr detailgetreu sein. Eins zeigt Hanna und mich auf unserem blauen Sofa, wie wir die Finsternis im Auge behalten. Auf einem anderen, im richtigen Winkel durch das Badezimmerfenster aufgenommen, sind unsere im Flur schlafenden Kinder zu sehen. Ich stelle es mir sehr unterhaltsam für die Soldaten vor, uns auf ihren Bildschirmen zu beobachten. Das beste Videospiel aller Zeiten. Bestimmt losen sie oft aus, wer als Erster schießen darf.

Die Drohne leistet uns die ganze Nacht Gesellschaft. Sie sirrt und sirrt und sirrt ohne Unterlass. Als wollte sie uns daran erinnern, dass sie noch da ist, uns nicht verlässt. Der Abstand zwischen ihr und unseren Köpfen ist nicht besonders groß.

Wir bereiten das Suhur vor. Es wird im Wohnzimmer auf dem Boden serviert, in tiefer Dunkelheit. Nacht, umgeben von Nacht. Das fahle Licht der Taschenlampe kann der Dunkelheit nicht viel entgegensetzen, aber es hält stand.

Ich wecke die Kinder und bringe sie herein. In unserer Mitte stehen fünf Schüsseln: weißer und gelber Käse, Hummus, Orangenmarmelade, Oliven. Die Finsternis isst mit uns. Furcht und Angst essen mit uns. Das Unbekannte isst mit uns. Die F16 isst mit uns. Die Drohne und ihr Pilot, irgendwo in Israel, essen mit uns.

Unsere Hände zittern. Unsere Blicke heften sich auf die Teller vor uns. Von einer Moschee irgendwo draußen in der Dunkelheit dringt der Klang des Morgengebets zu uns ins Zimmer. Plötzlich wird uns unser Appetit bewusst, wir stürzen uns, alle auf einmal, auf die köstliche, gnädige Mahlzeit.

Wächter der Dunkelheit

Nach Mitternacht. Der Beschuss der Küste nimmt zu. Explosionen zerfetzen den Strand und viele Grundstücke an der Uferpromenade. Feuerklumpen, von den Kriegsschiffen ausgespien, überqueren das Wasser, nehmen ihren Zwilling, ihr Spiegelbild in den Wellen, stets mit sich.

In meiner Wohnung spüre ich jede einzelne Detonation, obwohl ich auf dem blauen Sofa am Westfenster fast zwei Kilometer vom Strand entfernt sitze. Ich sehe nichts. Nur Feuer. Ich höre nichts. Nur Bomben. Das komische blaue Sofa ist der perfekte Aussichtspunkt, um über die Dunkelheit zu wachen. Ich sitze hier und mustere sie, und wenn das Feuer einer Explosion auflodert, erhellt sich der ganze Raum, badet mich und das Blau des Sofas im Licht. Die Gestaltung des Wohnzimmers ähnelt mit ihren zwei kleinen Fenstern nach Westen und Osten und dem großen nach Süden einem Gotteshaus in klassisch-islamischer Bauweise. Um Mitternacht in meinem Gotteshaus sehe ich das Meer im Westen. Das Meer, das Freund oder Feind, Friedensstifter oder Kriegstreiber, treu oder trügerisch sein kann.

In die Finsternis hinein berichtet der Reporter von einer Erstürmung des Strandes durch israelische Soldaten. Sie sind hier.

Vor wenigen Stunden wurden achtzehn Mitglieder der Familie Batash[5] im Viertel Toufah in Gaza-Stadt von einer F16

5 Die achtzehn getöteten Mitglieder der Familie Batash waren: Naahed Na'im (41), Baha Majid (28), Qusay 'Essam (12), Aziza Joseph (59), Mohammed 'Essam (17), Ahmed Na'aman (27), Yahya Alaa (18), Jalal Majid (26), Mahmoud Maajed (22), Marwa Maajid (25), Majed Sabhi (Alter unbekannt), Khalid Maajid (20), Ibrahim Maajid

getötet. Einige Stunden später starben sieben Menschen in Sheikh Radwan[6]. Tief in meinem Herzen weiß ich, dass ich nur durch Zufall noch am Leben bin, dass auch mein Tod durch Zufall eintreffen wird. Wie viele dieser Zufälle trägt die Zukunft für mich in ihrer Tasche? Wie viele Zufälle habe ich schon verbraucht?

Hier auf meinem Sofa fühle ich mich wie ein Wächter der Dunkelheit. Beschützer der Stille gegen die herannahende Wand aus Lärm, ein Posten, der das Unbekannte vor dem Ansturm der Gegenwart verteidigt. Ich versuche, Bedeutung aus diesem trüben Gedankenstrudel herauszufiltern.

Ab und an den Fernseher einzuschalten, ist keine Hilfe. Leichenteile, eine abgetrennte Hand im Rinnstein, Gedärme, die aus einem schlaffen Körper hängen, ein blutüberströmtes Gesicht, ein gespaltener Schädel … Der Aufschrei eines Mitglieds der Familie Abu Namous. Der Reporter erklärt, dass der Kopf, den der Mann in den Händen trägt, der seines Sohnes ist. Das Gehirn quillt heraus. Der Vater schreit, er bittet seinen Sohn, aufzuwachen, um das Spielzeug auszuprobieren, das er ihm gekauft hat.[7] Armer Junge. Armer Vater. Sein Sohn ist tot, und von welchem Spielzeug auch immer er spricht, es ist nun blanker Hohn. Zerstörung. Schutt. Schreie. Zerfetzte Körper.

Die Zutaten für Albträume, nur dass es keine Albträume sind. Es sind die Szenen, die sich in diesem Moment am Strand abspielen. Sie könnten sich ebenso gut unten auf der Straße oder in unserem Haus zutragen. Wenn der Zufall will, könnte das bald der Fall sein, doch ich bleibe auf meinem Posten.

Mir ist bewusst, dass es da draußen anderes Licht gibt, das nicht das Licht von Explosionen ist, anderes Feuer, das nicht

(18), Manar Maajed (13), Amal Hasan (49), Anas Alaa el-Batash (10), Qusay Alaa (Alter unbekannt), und Zakaria Alaa (20).

6 www.iba.org.il/arabil/arabic.aspx?entity=1025561&type=1&topic=0

7 www.youtube.com/watch?v=d-ouISPCYt4

aus einer Rakete stammt. Schwache und fahle Lichter sind es, von fast leeren Batterien oder von Generatoren, denen der Treibstoff ausgeht, aber ich muss auf sie achtgeben. Worauf sollte ich sonst achtgeben?

Schluchzen und Schreien von Kindern dringt von der Straße herauf, ich eile zum Fenster. Hunderte Menschen, Frauen und Männer, Alt und Jung, hetzen durch die Straßen, auf der Flucht vor den Bomben und den Soldaten am Strand. Ich sehe einen jungen Vater, der seine kleine Tochter hinter sich herzieht, die wiederum an einer Decke zerrt, die sie einfach nicht loslassen will. Eine ältere Frau zählt die Mitglieder ihrer Familie durch, als sie eine Pause einlegen. Einer fehlt. »Wo ist Ahmad? Wo ist Ahmad?« Sofort machen alle kehrt und laufen den Weg zurück. Im Strom der Menschen, die aus der entgegengesetzten Richtung kommen, verliere ich sie aus den Augen. Die Häuser dieser Familien wurden von Granaten getroffen, sie haben die israelischen Truppen am Strand gesehen.

Immer, wenn du in den Nachrichten Leichenteile siehst oder den Radioreporter sie beschreiben hörst, denkst du an deine eigenen Glieder, die Hände, Füße und Arme deiner Kinder, deiner Lieben. Ein regloser Körper, Lungen, die aus einem eingedrückten Brustkorb hängen, ein dreigeteiltes Bein, Finger wie zerbrochene Zweige am Boden, eine Zunge, die aus einem Mund baumelt, ein Herz, aus seiner Höhle gerissen. Ein Durcheinander von Körperteilen unterschiedlicher Menschen, Fleisch an Fleisch, das nicht zueinander gehört – alle diese Bilder zusammen lassen die Körper wie die Trümmer eines Hauses aussehen. Wände, Zimmerdecken, Balken und Treppen, Fenster und Dachziegel, alles am falschen Platz, verstreut, entleibt, zerfallen.

Immer, wenn du von einem Auto erfährst, das auf der Straße von einer Drohne in ein Häuflein Asche verwandelt wurde, wirst du daran erinnert, dass das Leben dir eine weitere Chance gewährt. Vier junge Männer in einem Peugeot – der

Drohnenpilot entschied sich, ihr Leben zu beenden[8]. Alles, was dafür nötig war, war das Drücken einer Taste. Eine kleine Bewegung, die drei Männer das Leben gekostet und den vierten versehrt hat. Der Tod ist wie ein Entenjäger, der am Flussufer im Schilf auf der Lauer liegt. Niemand sieht ihn, denn er trägt die perfekte Tarnkleidung. Unbehelligt knallt er jedes einzelne unschuldige Lebewesen ab.

Immer, wenn du Kinder schreien hörst oder an ihre Furcht denkst, das Grauen, das sie überwältigt, die Fragen in ihren Augen, das Beben ihrer Lippen, die Angst in ihren Gesichtern. Immer, wenn du mitbekommst, was sie in der anarchischen Hitze äußern, wie sie versuchen, die Geschehnisse zu verstehen.

Immer, wenn du die schwerfälligen Momente der Stille näher betrachtest, die über allem dräuen, woran du denkst – zwischen den einzelnen Explosionen und dem Sirren der Drohnen, zwischen dem Chaos der Radioreportagen und der Granaten, die durch die Luft zischen.

Immer, wenn du dich an all diese Dinge erinnerst und dich gleichzeitig an deinen Wunsch erinnerst, dich an nichts von alledem zu erinnern – merkst du, dass Erinnerung etwas ist, das dir aufgenötigt wird. Man sucht sich nicht aus, sich zu erinnern, man ist dazu gezwungen.

Heute Nacht bin ich in der Wohnung alleine. Hanna hat die Kinder mit zu ihrem Vater ins Zentrum von Jabalia genommen. Dort sei es sicherer. Alle, die den Ansturm am Strand überlebt haben, sind ins Binnenland geflüchtet und haben sich in einer der Schulen der UNRWA niedergelassen, von denen es um das Zentrum des Gazastreifens herum viele gibt. Innerhalb weniger Stunden wurden diese Schulen von einem friedlichen Ort des Lernens zu überfüllten Luftschutzbunkern, voll von Furcht, Lärm und Unbehagen. Es

8 Darunter Mohammed Walud, Ala' Andelnabi und Hazim Balousha (Alter unbekannt).

fühlt sich an wie eine Rückblende zu den schmerzvollen Ereignissen von vor zwei und vor sechs Jahren – den Kriegen von 2012 und 2008/2009. Unser Viertel, Saftawi, wurde zwar bisher noch nicht angegriffen. Aber das konstante Bombardement der Nachbarbezirke hat zu sehr an Hannas Nerven gezehrt. Ihr sei die Gelassenheit abhandengekommen, teilte sie mir früher am Tag mit.

»Aber nur eine Nacht«, bitte ich sie.

Für die Kinder ist es bestimmt gut, das Haus zu verlassen. Seit über einer Woche haben sie keinen Fuß nach draußen gesetzt.

Ich bleibe hier, allein, und bewache die Dunkelheit.

Montag, 14. Juli

Der Duft der Platane

Nichts gibt mir so ein starkes Gefühl von Zuhause wie der Duft der Platane.

Bis heute Abend ist es mir noch nie aufgefallen. Auf dem Weg nach Hause betrachte ich – wie zum ersten Mal – den großen alten Baum, dessen dichtes Laubdach der Al-Bahar-Straße wie ein Baldachin Schatten spendet. Tausend Mal muss ich hier vorbeigegangen sein. Ob ich es nun bewusst wahrnahm oder nicht – aber der Duft begrüßte mich jedes Mal, wenn ich in die Gegend kam. Nachts, wenn der Strom ausgefallen war, habe ich wohl unterbewusst anhand dieses Wohlgeruchs den Weg nach Saftawi zurückgefunden. Wer kann sagen, was der Baum mit seinen kräftigen Ästen und diesem unerschütterlichen Stamm in den letzten Jahrzehnten alles miterlebt hat. Seit der Zeit, in der sich ein Wald von den Zelten des Lagers von Jabalia bis hinunter zum Meer erstreckte, steht dieses erhabene Gewächs hier, entschlossen. In dem Wald habe ich als Kind gespielt. Von ihm ist in diesem Dschungel aus Menschen und Beton nur noch dieser eine Baum übrig geblieben.

Jeden Abend wandere ich von Saftawi nach Jabalia und zurück die Al-Bahar-Straße entlang. Während der letzten nächtlichen Bombardements habe ich wahrscheinlich die einzige wahrnehmbare Bewegung auf der Straße verursacht. Zu meiner Linken liegt das beim gestrigen Angriff zum Wrack geschossene Auto. In der Einmündung meiner Straße klafft ein riesiges Loch von etwa acht Metern Durchmesser von dem Einschlag, der uns gestern den Strom abgeschnitten hat. Der Asphalt ist übersät mit den Scherben der zersprungenen Fenster aus den Wohnungen der Umgebung. Mitten auf dem

Saftawi-Platz liegen die Bruchstücke einer Miniaturnachbildung der Al-Aqsa-Moschee in Jerusalem.

Auch heute Nacht bin ich der einzige Mensch auf der Straße. Die Äste der Platane behüten mich, ihr Duft folgt mir auf Schritt und Tritt.

Für einen Bewohner des Gazastreifens – sollte er sich in der glücklichen Lage befinden, diesen jemals Richtung Norden nach Jaffa oder nach Nordosten Richtung Jerusalem verlassen zu dürfen – empfiehlt es sich, die Augen nach Platanen offen zu halten. Wenn du eine siehst, stelle dir ein Dorf vor, das einmal um sie herumgestanden hat. Meine Großmutter hat mir davon erzählt. Ein palästinensisches Dorf, besonders in Küstennähe, war stets um eine einzeln stehende Platane herumgebaut. Ein großer Baum, der alle Häuser überragte wie ein Minarett.

Die Platane hinter der Mauer in der Al-Bahar-Straße ist jetzt mein persönliches Minarett. Es will mir sagen: »Atef, du bist zu Hause.« Wenn der Geruch ihrer Blätter meine Nase erreicht, weiß ich, dass ich bald angekommen bin. Ich entspanne mich, lasse die Schultern leicht sinken, mein Herzschlag verlangsamt sich, und ich kann sicher sein, dass ich diesen Spaziergang überlebt habe.

Seit Kriegsbeginn gehe ich die Strecke von Saftawi nach Jabalia zweimal am Tag. Um fünf Uhr nachmittags, ungefähr zwei Stunden vor dem Fastenbrechen, mache ich mich auf den Weg zum Markt. Im Alter von sechs Jahren habe ich das erste Mal diese Aufgabe im Ramadan übernommen. Es ist Tradition, die Jungen in den Stunden vor dem Fastenbrechen zum Markt zu schicken, damit für sie die Zeit schneller vergeht. Sie kaufen Köstlichkeiten für den Iftar-Tisch ein: Hummus, eingelegtes Gemüse, Falafel und spezielle Ramadan-Süßigkeiten. Verglichen mit dem Gang, den ich nach dem Iftar nach Jabalia einschlage, fällt dieser mir leicht. Auf der ersten Runde gibt es immer etwas, das dich von deinen Ängsten ablenkt. Ein Auto, Männer, die laut diskutieren, ein paar Jungen, die in einem Hauseingang stehen. Trotz des Sirrens der Drohnen, des Lärms der F16-Kampfjets und der vereinzelten Explosion in der Ferne haben die Menschen auf der Straße eine beruhigende Wirkung auf dich. Gegen sieben Uhr komme ich vom Markt zurück, vollgepackt mit Hummus, frischem Brot, Rucola und vielen weiteren Leckereien.

Dem Spaziergang zum Lager von Jabalia, den ich nach dem Fastenbrechen machen will, geht immer ein Trommelfeuer von Einwänden seitens meiner Frau voraus. Jedes Mal erkläre ich ihr, dass ich verrückt werde, wenn ich nicht einmal am Tag andere Menschen um mich habe, ein wenig Normalität beibehalte. Sie gibt nach, aber ich weiß, dass sie sich, solange ich draußen bin, Sorgen machen wird. Den Weg lege ich in totaler Finsternis zurück, kaum ein Auto ist unterwegs, nur Rettungswagen und Löschfahrzeuge.

Im Lager empfängt mich eine etwas gelöstere Atmosphäre. Menschen sind auf der Straße, sie sitzen oder laufen herum und unterhalten sich, der Geruch der Wasserpfeifen und der Klang der Gebete aus der Moschee sind allgegenwärtig. Einige Kinder versuchen, die gesellige Stimmung des Ramadan aufrechtzuerhalten.

Dank der Mobiltelefone kann man die Radiosendungen leichter verfolgen, beinah jeder, der mir entgegenkommt, hält eines ans Ohr oder lauscht mit Kopfhörern den neuesten Nachrichten. Anscheinend nimmt man die Ohrstöpsel nur heraus oder legt sein Telefon weg, wenn man die Neuigkeiten mit den anderen besprechen will. Lagerbewohner legen eine große Professionalität an den Tag, wenn es um Nachrichten geht. Sie wissen, wie man das Neueste am schnellsten erfährt, wessen Reportagen man hören sollte, und wie man diese analysiert. Das erste Mal habe ich es vor vierundzwanzig Jahren während des Zweiten Golfkriegs 1990 erlebt. Alle Männer des Viertels saßen vor dem Laden von Abu Kamel, in ihrer Mitte stand auf einem Tisch ein kleines Radio. Zu jener Zeit war die Auswahl an Sendern noch nicht so groß. Man konnte Saut Israel Radio (Stimme Israels), Saut-al-Arab (Stimme der Araber), BBC World Service und Radio Monte Carlo empfangen. Die Männer nahmen jede einzelne Meldung auseinander und diskutierten sie. Damals war ich gerade erst achtzehn Jahre alt und politisch noch nicht so gebildet, ich verstand wenig von der Kriegsrhetorik. Diese Versammlungen vor dem Laden von Abu Kamel waren Teil meiner Ausbildung. Wenn ich heute daran denke, wird mir klar, dass die Männer sich dort gedanklich für das große Ungewisse gewappnet haben, das Palästinenser immer im Hinterkopf haben müssen. Der Krieg ändert sich schnell und mit ihm die Technologie, die Rhetorik, die Rechtfertigungen, die Berichterstattung. In jeder Phase hielten sich die Männer auf dem Laufenden. Sie waren den Ereignissen beinahe voraus. Diese Fähigkeit ist Teil des palästinensischen Erbes.

Trotz der traurigen Historie, die die Männer zu Experten macht, genieße ich es, ihren Diskussionen beizuwohnen, Teil von ihnen zu sein. Heute Abend stehe ich wieder an ihrer Seite und lausche. Wenn man an solchen Versammlungen teilnimmt, muss man einem nach dem anderen genau zuhören. Dass ich einen Doktor in Politikwissenschaften habe, interessiert die Männer nicht im Geringsten. Alle haben Angst, wie ich. Wenn es eine Explosion gibt, wechseln wir auf unseren Handys schnell den Sender, um im neuesten Bericht den exakten Einschlagsort zu erfahren. Mit jedem Reporter kommt der Krieg näher – Tod und Verstümmelung, Sirenen und Schreie. Der Abend schreitet fort, und es wird immer gefährlicher, sich um diese Zeit draußen aufzuhalten. Ich muss mich auf den Weg machen.

Es ist Mitternacht, als ich mich verabschiede. Nun ist es sehr ruhig auf den Straßen, und meine Furcht wird größer, je weiter ich mich vom Lager wegbewege. Ich teile mir die Strecke gedanklich in Abschnitte ein, erreichbare Ziele, damit ich an jeder Ecke das Gefühl habe, etwas geschafft zu haben, und mich auf die nächste Etappe konzentrieren kann. Also, das erste Teilstück ist das vom Haus meines Vaters zum Friedhof von Jabalia, das zweite geht bis zum Abu-Sharikh-Platz im Osten des Lagers, von dort zum Amt für Bevölkerungsschutz auf der Al-Bahar-Straße, der vierte Abschnitt reicht bis zum Saftawi-Platz und der letzte bis nach Hause.

Manchmal werde ich abgelenkt und weiß nicht mehr, auf welcher Etappe ich mich gerade befinde. Dann füllt sich mein Kopf mit Spekulationen. Heute Nacht weist mir zwischen dem Amt für Bevölkerungsschutz und dem Saftawi-Platz nur der Wohlgeruch der Platane den Weg, sanft flüsternd: »Glückwunsch, Atef, du hast es geschafft.« Ich blicke zu den Ästen auf, und zum ersten Mal verfliegt meine Angst vor den Drohnen. Vor mir liegt der Platz, und dahinter stehen die hohen Gebäude, von denen eines mein Haus ist. Den Duft der Platane versuche ich, auf den Weg nach Hause mitzunehmen. Aber in dem Moment, in dem ich vor der Wohnungstür stehe, ist er weg. Ich sehe mich um, sehe die Äste in der Ferne und kann beinah den Wind in den Blättern rauschen hören.

Dienstag, 15. Juli

Planänderung

Hanna bleibt jetzt mit den Kindern im Haus ihres Vaters. Mein ganzer Tagesablauf hat sich dadurch verändert. Ich schlafe in der Wohnung in Al-Saftawi und bin den Großteil des Tages in meinem Arbeitszimmer. Ich schreibe meine wöchentliche Kolumne für die palästinensische Tageszeitung *Al-Ayyam* und lese Beiträge für *Siyasat*, die Zeitschrift, die ich mitherausgebe. Nachmittags laufe ich nach Jabalia, um Zeit mit Hanna und den Kindern zu verbringen. Wir brechen gemeinsam das Fasten, danach besuche ich Freunde und begebe mich später am Abend wieder in meine Wohnung.

Die Kinder sind sehr glücklich, bei ihrem Großvater zu sein. Tagsüber können sie nach draußen gehen und mit den anderen in der Nachbarschaft herumtoben. Außerdem ist es nur ein Katzensprung bis zur Hawaja-Straße. Dort sind viele Internetcafés und PlayStation-Läden. Das sind ihre allerliebsten Lieblingsorte. Natürlich geht jedem Besuch ein Gespräch mit ihrer Mutter voraus, die sie überzeugen müssen, dass sie ihre Zeit nicht nur vergeuden.

Die UNRWA-Schulen, an denen ich auf dem Weg zu Hannas Vater vorbeikomme, sind mit Flüchtlingen überfüllt – oder mit Heimatlosen, wie man sie wohl eigentlich nennen sollte. Auf allen Straßen schleppen sich Menschentrauben zu ihrem neuen Zufluchtsort. Von einem Fenster der Wohnung meines Schwiegervaters aus kann ich in eine der Schulen hineinschauen. Diese Menschen sind nur noch am Leben, weil sie alles, was sie sich in Jahren aufgebaut haben, zurückließen. All ihre Habseligkeiten, all ihre Hoffnungen. Auch die Wohnung meines Vaters ist zum Unterschlupf für ungefähr fünfundzwanzig Personen geworden, da alle seine Geschwister mit ihren Familien und die Familie meines Großonkels Abdel Kader bei ihm eingezogen sind. Sie mussten aus ihren Häusern in Ezbet Abed Rabbo in Nordjabalia fliehen, weil dort immer mehr Gebäude dem Erdboden gleichgemacht wurden.

Plötzlich ändert sich alles. Jetzt musst du den ganzen Tag an hundert Dinge gleichzeitig denken, du versuchst, auszurechnen oder vorherzusagen, was in den nächsten paar Minuten oder Stunden passieren könnte. Gib die Langzeitplanung auf, vergiss Sicherheit und Zukunft.

Im Fernsehen sieht man den Vater eines der Kinder, die am 9. Juli bei dem Angriff in Shuja'iyya getötet wurden, über der Leiche seines Sohnes[9] weinen. »Vergib mir, mein Sohn, ich konnte dich nicht beschützen.« Es fällt mir schwer, hinzusehen, weil ich daran denken muss, dass es in einer Woche vielleicht ich sein könnte, der dort sitzt. Als Vater hast du einen tief verwurzelten Beschützerinstinkt und bist der Auffassung, dass du deine Kinder von Gefahren abschirmen *kannst*. Du bist der Held, ihr Superman. Du kannst die Flugzeuge, Panzer, Kriegsschiffe austricksen, um sie zu beschützen. Ihnen zuliebe würdest du alles tun. Aber dieser Vater im Fernsehen konnte nichts tun, um seinen Sohn vor diesem Schicksal zu bewahren. Der Einzige, der in der Situation eine Wahl gehabt hat, war der Pilot.

Während des Krieges von 2008/2009 bat mich mein Sohn Mustafa, der zu jener Zeit erst sechs Jahre alt war, darum, die Mörser der Schiffe zu stoppen. Zuversichtlich forderte er mich auf, hinauszugehen und alle israelischen Soldaten auf den Schiffen zu töten. Also verließ ich die Wohnung und kam fünf Minuten später wieder, spielte den Erschöpften, als hätte ich es mit der gesamten israelischen Armee aufgenommen. Mustafa erzählte ich, ich hätte sie übers Knie gelegt und

9 Der Mann heißt Eyad Eraif; seine Söhne waren Amer (13) und Mohammed (15).
www.youtube.com/watch?v=iOBoccYSPbk&spfreload=10

ihnen befohlen, ihren Lärm einzustellen. Nur ein paar Minuten später deutete er mit dem Finger in die Richtung, aus der schon wieder Kanonendonner zu hören war. Dies seien ganz andere Schiffe, versicherte ich ihm.

Die Angriffe von allen Seiten hören nicht auf. Früh an diesem Morgen, um die Suhur-Zeit herum, wurde das Maqosi-Hochhaus in Al-Nasser von F16-Kampfjets beschossen. Es fühlte sich an, als würde die ganze Stadt einen Satz zur Seite machen. Auch in Beit Lahia hatte es wieder viele Einschläge gegeben.

Die größte Bedrohung sehen die Bewohner Gazas im Einmarsch von Bodentruppen. Wann beginnt er? Bisher ist der Krieg auf Luftangriffe und Beschuss von See beschränkt. Inzwischen ist das schon Normalität. Die Familien spielen die Verhaltensregeln des Überlebens durch: Wo versteckt man sich am besten, wenn man sich bei einem Luftangriff gerade mitten auf der Straße befindet, wo ist der sicherste Ort in der Wohnung usw. Aber jetzt fürchten sich die Menschen vor dem Einmarsch von Bodentruppen: Was werden die Soldaten ihnen antun, wenn sie eintreffen? Wie soll man sich verhalten, wenn man ihnen von Angesicht zu Angesicht gegenübersteht?

Es fällt sehr leicht anzunehmen, das würde einfach nicht passieren. Einfach die Augen schließen, die Ohren zuhalten, an den Menschen vorbeigehen und so tun, als würde man sie nicht erkennen oder nicht hören, was sie sagen. Es ist leicht, dir vorzustellen, du seist unsichtbar, nichts von alledem stünde mit dir in Zusammenhang, du gehörtest irgendwie nicht zu Gaza. Aber du solltest diesen Gedanken nicht zu weit treiben, denn du wirst bald merken, dass die Frage nicht etwa lautet »Welche Beziehung hast du zur Welt um dich herum?«, sondern »Welche Beziehung hat diese Welt zu dir?«. Denn du bist nur ein winziger Punkt in diesem komplizierten Universum, du bist nur ein Einzelner, kaum ein Rädchen in einer unendlich komplexen Maschine.

So betrachtet, untergräbst du deine eigenen Sorgen. Deine größten Befürchtungen erscheinen plötzlich unberechtigt. Warum hast du Angst um deine Kinder, wenn sich doch alle Kinder im Gazastreifen in unmittelbarer Gefahr befinden? Wie kannst du Angst um dein Wohngebäude haben, wenn Tausende Häuser im ganzen Gazastreifen in Trümmern liegen? Ist dein Haus wertvoller als die unzähligen anderen? Sind deine Kinder besser als die vielen toten und verstümmelten Kinder?

Wenn ich meinen Bart noch eine weitere Woche wachsen lasse, sehe ich bald aus wie ein Würdenträger oder einer dieser religiösen Beamten. Als ich heute Morgen die Zähne putzte, bemerkte ich weiße Haare in meinem Bart. Noch nie hatte ich ihn so lange stehen lassen. Vor zwei Wochen habe ich mich das letzte Mal rasiert – drei Tage, bevor der Krieg begann. Hanna fragt mich täglich, ob ich den Bart nicht vielleicht doch abrasieren möchte. Möchte ich aber nicht. Mein Haar wird nicht geschnitten und mein Bart nicht rasiert, bis der Krieg vorbei ist. Aber dafür gibt es keine Anzeichen.

»Mal sehen«, sage ich zu Hanna.

Mittwoch, 16. Juli

Ein Fußballspiel

Im Krieg führst du völlig neue Sitten ein, schaffst dir neue Gewohnheiten. Diese neuen Gewohnheiten wären unter anderen Umständen vielleicht langweilig gewesen, machen aber dein Leben jetzt erträglicher. Auch wenn der Tod dich bedroht, kann ein einfaches Ritual dir die Qual des Herumsitzens und Wartens auf das Ungewisse ersparen. Es gibt dir Sicherheit.

In diesem Zustand der permanenten Unwissenheit löst jede Kleinigkeit Angst aus. Das Ticken der Uhr, das unerwartete Klopfen an der Tür, das rote Viereck für die Eilmeldungen am unteren Rand deines Fernsehers, das Klingeln deines Telefons, der Besuch eines Nachbarn, die SMS auf deinem Handy. In diesem Strudel der eintreffenden Nachrichten, die an deinen Nerven zerren und dich durcheinanderbringen, musst du deine eigene Ordnung hochhalten. Du musst den Überblick behalten, dich vorbereiten. Ein Bewacher der Ungewissheit, das Bewachte verachtend. Ein Paradoxon. Du merkst, dass du eigentlich nichts bewachen musst, außer dich selbst. Du starrst auf deine eigenen Gedanken und unterstellst ihnen, die bebende, siedende Welt da draußen als Mikrokosmos abzubilden. Du hast die Aufgabe, diesen Mikrokosmos zu beruhigen, ihn zur Ordnung zu rufen, doch das Chaos, das auf ihn einströmt, hast nicht du verursacht.

Um nicht in einem Labyrinth des Unerwarteten zu leben, führst du Wiederholungen ein, damit ein Tag dem anderen gleicht. Die Abende sind für mich die beste Zeit, diese Ordnung herzustellen. Nachdem die Sonne ins Meer getaucht ist und ich das Fasten gebrochen habe, mache ich mich auf den Weg nach Jabalia. Im Wohnzimmer meines Freundes Wafi treffe ich jeden Abend Faraj und Abu Asil. Faraj und Wafi kenne ich seit meiner Kindheit. Wir lebten in der gleichen Straße und gingen zusammen zur Schule. Abu Asil ist Inhaber eines Internetcafés, das ich oft besuche.

Wafis Haus ist klein und schmal und würde die Geduld eines Drohnenpiloten beim Versuch, es zu treffen, auf eine zu harte Probe stellen. Fachmännisch bereitet Wafi die Wasserpfeife vor und bringt uns dann Saft. Abend für Abend sitzen wir auf den gleichen Stühlen, Abend für Abend erzählen wir uns die gleichen Geschichten, reden über die gleichen Themen, teilen unsere Ängste und unsere Zweifel. Und, wie jeden Abend, machen wir uns am Ende über die Befürchtungen, Ansichten und Theorien lustig, ziehen sie ins Lächerliche.

Nach etwa einer Stunde ziehen wir zu Faraj um. Auf seinem großen Fernseher schauen wir die Nachrichten an. Bei einem Kaffee diskutieren wir die Neuigkeiten. Fällt der Strom aus, verbindet Faraj seinen Anschluss einfach mit dem des Internetcafés nebenan, und es geht weiter.

Meine Rituale. Ich muss sie beibehalten.

Gegen elf Uhr mache ich mich auf zu Hussain. Wenn die Energieversorgung unterbrochen ist, stellt er im ganzen Zimmer Kerzen auf. Hussain ist in Ägypten aufgewachsen und hängt sehr an seinen Erinnerungen und allem, was auch nur im Entferntesten ägyptisch ist. In seiner Wohnung bekomme ich ägyptische Ramadan-Spezialitäten zu trinken wie Jujube, Tamarinde und Sobia. Hussains Sohn trägt normalerweise ein Hörgerät. Das ist jedoch bei einem Drohnenangriff kaputtgegangen, als es bei der Flucht aus dem Haus herunterfiel. Hussain befürchtet, dass sie während des Krieges keinen Hörgeräteakustiker finden, der es reparieren könnte. »Der Junge wird die ganze Zeit die Furcht in den Augen der anderen sehen, aber nicht hören, wovor sie sich fürchten.«

Gegen Mitternacht mache ich mich auf den Heimweg. Fünfzehn Minuten voller Anspannung, erleuchtet von Blitzen, begleitet von den Paukenschlägen der Explosionen.

Eine einfache Routine, vielleicht eintönig, aber sie macht das Leben angenehmer. Sie gibt ihm einen warmen, tröstlichen Geschmack, wie die Gewürze in den Getränken von Hussain. Den ganzen Tag weiß ich, was ich wann am Abend tun werde, wo ich mich aufhalte und mit wem. Ungeduldig warte ich auf diese Stunden. Ich liebe meine langweilige Routine. Sie verleiht diesem sinnlosen Krieg einen Sinn. Langeweile ist erstrebenswert geworden.

Die israelischen Streitkräfte haben noch mehr Wohngebäude angegriffen. Die Menschen sterben zu Hause, während sie in ihren Betten liegen und schlafen. In den letzten zehn Tagen wurden sechshundertdreißig Wohnungen in Schutt und Asche gelegt, dreizehntausendfünfhundertfünfzig beschädigt. Tausende haben kein Dach mehr über dem Kopf. Viele haben alles verloren, auch ihre Angehörigen.

Heute ist eines der schlimmsten Verbrechen dieses Krieges geschehen. Vier Jungen der Familie Bakir spielten Fußball vor ihren Häusern am Strand in der Nähe des Hafens von Gaza-Stadt. Wie sie es wahrscheinlich an jedem schulfreien Tag getan haben.[10] Raketen, abgefeuert von einem der Kriegsschiffe vor der Küste, setzten dem Spiel jedoch ein Ende. Das Blut der Jungen vermischte sich mit dem Sand und dem Salzwasser, während ihre Körper unter Schreien und Schüssen geborgen wurden. Einer der Jungen war sofort tot, die anderen starben auf dem Weg ins Krankenhaus.

In Rafah wurde Lama al-Satari, ein fünf Monate altes Baby, bei einem Drohnenangriff getötet.[11] Auch Hamza Sari, erst sechs Jahre alt, verlor sein Leben.[12] Es geht immer weiter.

10 Die vier Jungen waren: Aahed Atef Bakir (10), Zacharia Aahed Bakir (10), Mohammed Ramiz Bakir (11) und Ismail Mohammed Bakir (9). http://edition.cnn.com/2014/07/17/world/meast/mideast-conflictchildren/

11 http://humanizepalestine.com/2014/07/15/in-memory-lama-al-satari/

12 http://palestine.org.nz/phrc/index.php?option=com_content&task=view&id=2044&Itemid=44

Wenn ich diese Nachrichten höre, kann ich nicht anders, ich muss meine Kinder ansehen und daran denken, wie es wäre, sollte ihnen etwas passieren. Es ist nicht ausgeschlossen. Krieg folgt keiner Logik. Du entkommst dem schlimmsten Luftangriff, der jemals auf Gaza geflogen wurde, und während du dein Überleben feierst, wirst du von einem Schrapnell getroffen. Vielleicht ist es nur ein winziger Splitter. Vielleicht spürst du ihn nicht einmal. Mit Glück bist du für ein paar Sekunden in den Nachrichten.

Im Fernsehen wird über die erschreckend hohe Todesrate der Kinder gesprochen.

»Papa, darf man im Krieg nicht Fußball spielen?«, fragt Mustafa.

Na'im versucht, eine Erklärung zu finden. »Nein, nur am Strand ist es verboten. Nicht wahr, Papa?«

Was ist wahr, was ist falsch? Ich weiß es nicht mehr. Nur, dass man rasch das Thema wechseln sollte, wenn deine Kinder anfangen, über den Tod zu reden. Denk an etwas anderes, das sie ablenkt. Aber es funktioniert nicht immer.

»Warum hören wir von draußen eigentlich immer nur Drohnen und Detonationen? Wo sind denn alle?«, möchte Mustafa wissen.

»Ihr müsst ins Bett. Vielleicht ist es morgen vorbei«, sage ich ihnen. Aber daran glauben tue ich nicht.

Die erste Feuerpause

Als ich aufwache, begrüßt mich die Nachricht von der Feuerpause, die Israel uns ab zehn Uhr vormittags gewährt. Die palästinensische Währungsbehörde hat außerdem bekanntgegeben, dass die Banken geöffnet haben, sodass wir unsere Gehälter erhalten und Geld abheben können.

Ein schöner Morgen. An der Haltung der Menschen auf der Straße kann man ablesen, wie froh sie sind, nach zehn Tagen Tod endlich wieder ein paar Stunden Normalität zu haben. Sie strömen in alle Richtungen. Ich nehme ein Taxi zum Palästina-Platz im Stadtzentrum. Durch das Fenster eingerahmt, sehe ich verwüstete Häuser in einem merkwürdigen Schwarz-Weiß, wie schlecht entwickelte Negative. Verdrehte Eisenträger ragen aus dem Beton, Deckenverkleidung baumelt in Fetzen herunter, der Schwerkraft trotzend, Schutt bedeckt den Boden. In der Luft hängen Staubwolken, durch die wir wie durch Vorhänge hindurchfahren. Rollos flattern in zersprungenen Fenstern, die in der Julihitze eine versöhnliche Brise hereinlassen.

Eine riesige Eisentür liegt mitten auf der Straße, als ob sie von einem der umstehenden Häuser einfach dorthin geflogen wäre. Ein Ranzen liegt zwischen Büchern und Notizheften, deren Seiten im Wind umherwehen. Es sieht aus, als hätte sie ein Schuljunge nach einer gefürchteten Prüfung dort fallen gelassen. Die ganze Straße erscheint wie eine Bildhauerwerkstatt, überall liegen Bruchstücke herum, und die Form des Objekts ist noch tief im Stein verborgen, hat sich noch nicht zu erkennen gegeben.

Auf beiden Seiten Häuser, die nicht vollständig eingestürzt sind. Ihre Vernichtung ist noch nicht vollzogen. Die Schwerkraft muss die Arbeit der Rakete fertigstellen. Der Staub riecht sonderbar. Es ist kaum zu beschreiben. Wehklagen und Schreie überdecken den üblichen Straßenlärm. Vor uns sind Hunderte Autos, die sich auf dem Weg in den Süden von Gaza-Stadt durch den Markt von Jabalia schlängeln müssen.

Die Bauern haben alle von den Angriffen verschonten Reste ihrer Ernte hierhergebracht. Nach den letzten Attacken müssen sie sich zurück auf ihre Felder geschlichen und alles gepflückt haben, was sie tragen konnten. Von meinem Fenster aus sehe ich, dass die Preise, die an den Ständen angeschlagen sind, zügiger gesenkt werden, als wir in unserem Auto vorankommen. Natürlich wollen die Bauern alles verkauft haben, bevor die Feuerpause zu Ende ist. Die Gurken, Auberginen und Zucchini sind größer als gewöhnlich, weil sie tagelang an den Sträuchern gehangen haben. An der Nordgrenze mussten einige Felder sich selbst überlassen werden und sind nun voll von verdorbenem Gemüse.

Auf der Hauptstraße in Jabalia-Stadt seufzt der Taxifahrer und stellt einfach den Motor ab. Zuerst denke ich, es ist eine Beerdigung oder eine Demonstration im Gange, denn das Gedränge ist dicht. Doch dann sehe ich, dass die Menschen an den Banken und Supermärkten anstehen – zu Hunderten. Außerdem gibt eine Wohlfahrtsorganisation Essen aus. Das Taxi braucht zwanzig Minuten, um die Straße hinunterzufahren.

Der Palästina-Platz, endlich. Er ist der größte Platz in Gaza-Stadt und ihr eigentliches Herz. In seinem Südosten liegt Shuja'iyyah, im Osten Toufah, im Südwesten Zeitoun, im Nordwesten Rimal. An einer Ecke, in der Omar-al-Mukhtar-Straße, befindet sich die Stadtverwaltung, die Baladiat Gaza, in einem Gebäude aus dem frühen 20. Jahrhundert. Ich rufe meinen Freund Salim an, um mich mit ihm in seinem Büro zu verabreden. Aed kommt auch dorthin. Von da aus können wir zur Bank gehen und uns, während wir in der Schlange warten, gegenseitig auf den neuesten Stand bringen. Am

Rand des Platzes steige ich aus dem Taxi und laufe hinüber zu Salims Büro. Das erste Mal seit den zehn Kriegstagen bin ich wieder im Stadtzentrum. Die Atmosphäre heute erinnert mich an die Zeit während der Ersten Intifada, wenn die israelische Armee die Ausgangssperre mal für einige Stunden unterbrochen hatte. Das Lager von Jabalia war während jenem Krieg manchmal mehrere Monate lang abgeriegelt. Natürlich durften wir das Haus nicht verlassen, aber wir Jungen kannten Mittel und Wege, die Armee und ihre Verbote zu umgehen. Mein verstorbener Bruder Na'im und ich sprangen einfach vom Dach unseres Wohngebäudes auf das der Nachbarn, um uns mit unseren Freunden zu treffen. Wir sprangen wie Meisterdiebe, richtige Fassadenkletterer, von Dach zu Dach, den ganzen Häuserzug entlang. Das war nicht ungefährlich. Normalerweise dauerte eine Ausgangssperre zwischen zehn und zwanzig Tagen, dann hob die Armee sie für ein paar Stunden auf, damit die Menschen Lebensmittel in den Nachbarvierteln wie Beit Lahia oder Jabalia-Stadt einkaufen konnten.

In so einem Fall war immer das ganze Lager auf den Beinen. Jeder versuchte, zwanzig Dinge auf einmal zu erledigen. Die Menschen mühten sich auf ihrem Weg nach Hause mit so vielen Mehlsäcken oder Fleischstücken ab, wie sie gerade noch tragen konnten. Ein ziemliches Gerangel. Das Bild der Frauen, die sich mit Taschen und Beuteln voller Lebensmittel nach drei Stunden fieberhaftem Einkaufen nach Hause schleppten, werde ich immer in Ehren halten. Eine von ihnen war meine Mutter Amina. Sie verkörperte den Geist Gazas – Ausdauer, Unverdrossenheit, Einfallsreichtum. Ebendiesen Geist sehe ich nun vor mir, im Gewimmel dieser ersten Feuerpause, wie die Menschen die einfachen Dinge des Lebens zurückgewinnen, sich den Staub der letzten zehn Tage abklopfen und aus diesem Eiland des Friedens das Beste machen. Meine Mutter und alle Frauen Gazas sollten für ihren Überlebenswillen ein Denkmal errichtet bekommen. Ein

Denkmal wie zum Beispiel das des Unbekannten Soldaten, der Richtung Norden auf das verlorene Land gedeutet hat und von dem seit 2005 nach einem Bombenangriff nur noch der Sockel steht. Oder wie das Mahnmal für die Märtyrer der Mavi Marmara am Strand. Oder wie der Phönix, das Wappentier Gazas, auf dem Palästina-Platz. Aber Denkmäler für die einfachen Frauen von Gaza, die Mütter und Großmütter, die diese Stadt eigentlich in Gang halten, existieren nicht. Jeden Tag müssen sie mit den zugeteilten Rationen zurechtkommen, mit der Unmenge schwerer Tüten und Beutel kämpfen, wenn sie in der glücklichen Lage sind, einmal einkaufen zu können, sie müssen mit dem bisschen über die Runden kommen, die Familien zusammenhalten. Sie sind mindestens genauso große Heldinnen wie alle anderen. Das sollte in Stein festgehalten werden.

Das Hupen der Autos, die Ausrufe der Gemüsehändler, das Schreien eines Esels, der einen überladenen Karren hinter sich herzerrt, eine Mutter, die ihren Sohn ausschimpft, weil er alle anstarrt, die Hitze der Julisonne, das Quietschen der sich alle paar Sekunden öffnenden und schließenden Ladentüren, die nervösen Blicke nach oben, aus Angst vor einem vorzeitigen Kampfflugzeug … Gaza während einer Feuerpause. Mein Schatten bewegt sich mühelos über den Asphalt. Die gnadenlose Sonne brennt meinen Umriss ein.

In Salims Büro wartet Aed bereits auf mich. Salim ist sowohl ein enger Freund als auch einer der bekanntesten lebenden Dichter Gazas. Aed wiederum arbeitet im Kulturministerium, nachdem er Wirtschaftswissenschaften in Polen studiert hat. Wir drei gehen zur Cairo-Amman-Bank auf der Omar-al-Mukhtar-Straße, und entschließen uns, trotz der endlos erscheinenden Schlange zu warten, denn wir alle brauchen Bargeld. Nach anderthalb Stunden stehen wir vor der Kasse. Der junge Mann hinter der Glaswand lächelt, als ich ihn grüße, denn er ist ein ehemaliger Student von mir.

Hinterher gehen wir auf den Fras-Markt, den größten Markt der Stadt. Es ist fast wie immer, vielleicht ein wenig geschäftiger. Fleisch hängt in den Ständen der Schlachter, Hühner gackern und flattern laut in ihren Käfigen, Obst ist turmhoch gestapelt. Plötzlich gucken alle auf ihre Uhren. Bald ist es drei. Wir müssen uns auf den Weg machen. Aed fährt uns, er rast. Wir verabschieden uns mit den Worten: »Wir sehen uns in der nächsten Feuerpause.«

Freitag, 18. Juli

Wasser schöpfen

Hanna beschwert sich, weil ich in Saftawi schlafe. Sie meint, dass es außerhalb des Lagers zu gefährlich sei. Eigentlich möchte ich erwidern, dass es gerade *überall* gefährlich ist. Doch ich sage, dass die Wohnung nicht sich selbst überlassen sein sollte. »Es geht mir nicht um die Wohnung, sondern um dich«, ist ihre Antwort.

Natürlich hat sie recht. Immer fühle ich mich ein bisschen töricht, wenn ich vom Lager nach Saftawi gehe und die Drohnen über mir sirren höre. Gestern Abend habe ich sogar eine gesehen. Sie funkelte wie ein Stern. Man könnte sie von einem Himmelskörper nicht unterscheiden, wenn man nicht weiß, worauf man achten muss. Für ungefähr zehn Minuten suchte ich den Nachthimmel ab, suchte nach allem, was sich bewegt. Natürlich sind Sterne und Flugzeuge dort. Aber eine Drohne ist anders. Sie ist schwieriger zu erkennen, denn das einzige Licht, über das sie verfügt, ist reflektiertes Licht. Wie ein Satellit, nur dass sie näher am Boden ist und sich daher schneller zu bewegen scheint. Als ich gerade in die Al-Bahar-Straße einbog, sah ich sie und behielt sie dann fest im Auge. Raketen kann man leicht ausmachen, sobald sie abgefeuert werden, auf ihrer Bahn beleuchten sie den ganzen Himmel. Aber wenn ich die Drohne die ganze Zeit mit dem Blick verfolge, hätte ich einen Vorsprung von einer oder zwei Sekunden, sollte sie sich entscheiden, auf mich zu schießen. Diese eine oder zwei Sekunden könnten den Unterschied ausmachen.

So dachte ich.

Neulich fuhr ich mit einem Taxifahrer, der mir erzählte, wenn er schneller als 120 Kilometer pro Stunde fahre, könne ihn die Drohne nicht erwischen. Ich glaube das nicht. Für mich ist Schutz suchen immer noch die einzige Lösung. In einen Hauseingang rennen oder am besten in ein Gebäude, sodass man ein bisschen Mauerwerk zwischen sich und dem Geschoss hat. Sogar unter einen Baum kann man sich flüchten. Die Äste könnten den Aufprall dämpfen.

Als ich mich der Einmündung meiner Straße näherte, beglückwünschte ich mich, dass ich der Drohne entgangen war. Das Licht war nun vom Himmel verschwunden. Aber als ich um die Ecke bog, sah ich einen funkelnden Schwarm am Ende der Straße, ein Drohnengeschwader, das auf mich zukam. Mein Herz raste.

Hannas Erinnerung an die Gefahr, in die ich mich auf meinen nächtlichen Spaziergängen begebe, hilft mir, eine Entscheidung zu treffen. Trotz meiner Liebe zur Routine – weder vor ihr noch vor mir selbst kann ich sie noch länger rechtfertigen. Die neue Abmachung lautet: Wie sie und die Kinder schlafe ich im Lager, gehe zum Arbeiten aber in mein Büro in der Wohnung in Saftawi. Die Wohnung sollte nicht unbeaufsichtigt bleiben. Hanna hat einen Abschluss in arabischer Literatur, deshalb versuche ich es mit einem Darwish-Zitat:

Warum hast du das Pferd allein gelassen?
Damit es dem Haus Gesellschaft leistet, mein Sohn,
denn Häuser sterben, wenn ihre Bewohner fort sind …

Seit den frühen Morgenstunden sehe ich Granaten und Raketen auf Beit Hanun im Nordosten und Shuja'iyya im Südosten niederregnen. Gegen acht Uhr wurde die Zahl der Todesopfer mit dreiundzwanzig angegeben, von denen die meisten in Beit Hanun ihr Leben verloren haben. Diese Zahl schließt eventuell auch die Familie Silawi ein, deren Haus, das sich ein paar Straßen weiter befindet, heute Morgen getroffen wurde, während ich mich in meiner Wohnung aufhielt. Bisher habe ich allerdings noch nichts von Toten gehört.

Jetzt ist es beinahe Mitternacht, und die Zahl der Opfer

in den letzten vierundzwanzig Stunden wird mit einundfünfzig angegeben. Einundfünfzig Geschichten. Einundfünfzig verlorene Vergangenheiten und einundfünfzig unerfüllte Zukünfte.

Heute sind tatsächlich die ersten Bodentruppen von Osten aus einmarschiert. Das Geräusch der Panzergranaten gesellt sich als neue Melodie zur Kakofonie aus F16-Kampffliegern, Drohnen und vom Meer abgefeuerten Raketen. Ein neuer Rhythmus setzt in den Tanz ein. Auf der Straße halten die Menschen inne, sehen hoch – beinahe bewundernd – zu der neuen Art des Feuers, das über den Himmel fließt – Panzerfeuer. Das meiste kommt im Norden herunter, vor allem in Al-Attarta und Al-Salatin in der Nähe von Beit Lahia. Weitere donnernde Explosionen erschüttern das Gebäude. Weg vom Fenster.

Es fühlt sich an, als ob ein kosmischer Kobold die Erde auf einer Fingerspitze balanciert, sie dreht, in die Luft schnipst, sie mitunter fast fallen lässt, sie aber im letzten Moment auffängt.

Weder bin ich Zauberer, noch habe ich die Macht, dem Tod immer und immer wieder zu entkommen. In jedem tödlichen Szenarium gibt es stets mindestens einen Notausgang, einen Weg, dem Tod ein Schnippchen zu schlagen, und du musst dich mit deinem Körper und deiner Seele der Suche danach verschreiben. In Kriegszeiten wird viel über das »zuckersüße Heldentum« gesprochen. Aber das ist nur Rhetorik. Allein das Überleben ist heldenhaft, der einzige Preis, den du gewinnen kannst.

Gestern Abend wurden Hunderte Beduinen in Qaraya al-Badawiya, was wortwörtlich »Dorf der Beduinen« bedeutet, an der Nordostgrenze, und auch in Al-Attarta, ganz oben im Norden, angegriffen. Die Überlebenden flohen mit den Habseligkeiten, die sie tragen konnten, aus ihren Häusern und machten sich auf den dunklen, staubigen Weg Richtung Gaza-Stadt und dem Lager. Nur das Sirren der Drohnen leistete ihnen Gesellschaft.

Meine Schwester Awatif lebt in Beit Lahia und wollte bis vor einer Woche partout ihr Haus nicht verlassen, obwohl bereits alle Nachbarn ausgezogen waren. Ich telefonierte mit ihrem Sohn Mohammed. Wegen Granateinschlägen auf allen Seiten hatten sie sich nun doch auf den Weg zum Lager gemacht. Alle fünf oder zehn Minuten rief ich erneut an und erkundigte mich nach ihrem Fortkommen. Meine alte Wohnung in Al-Nasser ist momentan unbewohnt, deshalb schlug ich ihnen vor, dort einzuziehen.

Heute Morgen stellte sich heraus, dass sie eine Wohnung im Lager von Al-Shati mieten konnten, die sich in der Nähe ihres ehemaligen Hauses befand, in dem sie vor zwanzig Jahren gewohnt hatten.

In der Nacht habe ich vor lauter Sorge um meine Schwester und ihre Familie schlecht geschlafen. Jeder Versuch, mein Gemüt zu beruhigen schlug fehl, wie immer, wenn ich es zu sehr versuchte. Dann probierte ich eine neue Taktik – mich in Erinnerungen zu verlieren, alten Erinnerungen, jahrzehntealten Erinnerungen. Diese Erinnerungen auszuschöpfen, um neue Einblicke zu gewinnen, ist, wie einen Eimer Wasser in einen tiefen, fast ausgetrockneten Brunnen hinunterzulassen, in der Hoffnung, er wird seitlich aufkommen, damit er eine Handvoll Wasser von den Steinen am Boden des Brunnens aufnehmen kann. So verbringe ich meine schlaflosen Nächte. Meine Erinnerung nach einem Erlebnis zu durchsuchen, das ich mir selbst erzählen und zum Leben erwecken, anreichern und ausschmücken kann. Auch wenn das bedeutet, Fakten und Fiktion zu vermischen. Gestern Nacht bin ich sehr tief getaucht, weit in meinen Erinnerungen zurückgegangen, in eine Zeit, in der ich dem Tod sehr nahestand, einem Moment, in dem ich eigentlich hätte sterben sollen.

Die durch das Megafon verstärkte Stimme des UNRWA-Koordinators in der Schule auf der anderen Straßenseite reißt mich zurück in die Gegenwart. Der Besitzer des Motorrads, das auf dem Spielplatz steht, soll dieses sofort entfernen, damit die Drohnen es nicht als Vorwand benutzen, um die Schule anzugreifen. Die israelischen Streitkräfte behaupten nämlich, dass Motorräder für Waffentransporte benutzt werden.

Eine halbe Stunde später erläutert die gleiche Stimme eine weitere Regel der UNRWA. Flüchtlinge, die die Schule betreten, dürfen nichts offensichtlich Schweres tragen. »Eure Sachen könnten für Waffen oder Raketentreibstoff gehalten werden.«

Wie soll man dabei schlafen? Wie soll man überhaupt nur an Schlaf denken? Der Schlafmangel lässt dich irgendwann durchdrehen, die Leuchtgeschosse am Himmel, die Explosionssymphonie, das Getöse der Mörser, das Sirren der Drohnen, die Stimme des UN-Typen … Dieses Chaos wird dich besiegen, wenn du es zulässt.

Wieder gehe ich an den Brunnenrand und werfe den Eimer hinunter.

Als ich fünfzehn Jahre alt war, musste ich mich einer mein Leben rettenden Operation unterziehen. Es war im Juli 1989. Ich hatte zusammen mit meinem Bruder Na'im und vielen anderen Jungen und jungen Männern Steine auf israelische Soldaten geworfen. Die Erste Intifada brach im Lager von Jabalia aus, und zwar genau in der Straße, in der ich aufwuchs. Anderthalb Jahre später war sie auf ihrem Höhepunkt. An diesem besonderen Tag hatten sich also Tausende Männer und Jungen auf der Al-Trans-Straße im Zentrum des Lagers versammelt und Steine auf die Besatzer geworfen. Gerade, als ich meine Hand über den Kopf erhoben hatte, und den Stein, den ich schleudern wollte, im Begriff war loszulassen, in genau diesem Moment wurde ich angeschossen. Ich weiß noch, wie enttäuscht ich war, dass ich den Stein fallen lassen musste. Obwohl ich getroffen worden war, konnte ich mich noch bewegen, also rannte ich zusammen mit meinem Bruder los. Ein Soldat verfolgte uns ungefähr einen Kilometer, aber da seine Ausrüstung schwer war, schaffte er es nicht, uns einzuholen. Endlich gab er auf. Dann befühlte ich meinen Bauch.

Na'im schubste mich in ein Auto, rief dem Fahrer zu, er sollte so schnell wie möglich in ein Krankenhaus fahren. Zu der Zeit gab es nicht viele Krankenhäuser in Gaza – Al-Shifa im Westen der Stadt, das größte und wichtigste, und die Klinik der Baptisten, die wir auch »Britisches Krankenhaus« nannten, weil es zu Mandatszeiten erbaut worden war. Dieses Krankenhaus gehört zur Kirchengemeinde von Gaza. Es befindet sich am Palästina-Platz und ist inzwischen in Al-Ahli-Arab-Krankenhaus umbenannt worden. Als ich dort ankam, war mein Lebenswille nur noch sehr schwach. Ich erinnere mich an die schemenhaften Gesichter meiner Eltern und meiner Onkel über meiner Trage, ihre Stimmen klangen wie Echos der Vergangenheit. Vier Stunden lang wurde ich von einer älteren britischen Chirurgin operiert, der es gelang, zwei Bruchstücke des Projektils aus meiner Leber zu ziehen. Ich erinnere mich an ihr lächelndes Gesicht und ihre Hand auf meiner Stirn, als ich aus der Narkose erwachte. Meiner Mutter sagte sie immer wieder »Machen Sie sich keine Sorgen. Ihrem Sohn geht es gut«, wenn sie verzweifelt alle halbe Stunde anrief. An ihre englische Stimme erinnere ich mich sehr gerne.

Einige Freunde waren von meinem Tod so überzeugt, dass sie mir bereits ein Grab ausgehoben hatten.

Zwei Monate später war ich genesen und konnte nach Hause. Meine Mutter brachte mich für jede Untersuchung wieder zu der britischen Chirurgin. Die Dame lächelte, strich mir übers Haar und nannte mich »Guter Junge«. Dann drehte sie sich zu meiner Mutter um und sagte immer das Gleiche: »Ihm geht es gut.«

Jetzt könnte ich auch jemanden gebrauchen, der mir sagt, dass alles gut wird.

Eigentlich wurde ich während der Ersten Intifada zweimal angeschossen. Das erste Mal spaltete sich das Projektil in drei Teile und drang in meine Leber ein. Die Chirurgin hat zwar zwei Splitter entfernen können, der dritte aber befindet sich immer noch dort. Das zweite Mal geschah im darauffolgenden Jahr, im Mai 1990. Ich war sechzehn Jahre alt und schleuderte wieder Steine auf Soldaten. Dieses Mal wurde mir ins Gesicht geschossen – die Narbe auf der linken Wange zeugt davon. Anschließend kam ich drei Monate ins Gefängnis. Ich saß im Wüstengefängnis Ansar III bzw. Ktzi'ot, wie es auf Hebräisch heißt. Damals bestand es aus einem wirren Haufen von Zelten, umgeben von einem Zaun, mitten in der drückend heißen Wüste Negev.

Mein Bruder Na'im wurde während der Ersten Intifada dreimal angeschossen. Als er wieder gesund war, schloss er sich einer Miliz an und wurde daraufhin auf die Fahndungsliste der israelischen Armee gesetzt. Nach einem Zusammenstoß mit israelischen Soldaten im Jahr 1992, in dem drei seiner Kameraden getötet und er und ein weiterer angeschossen wurden, saß er sieben Jahre im Gefängnis. Nach den Friedensgesprächen von 1999 wurde er freigelassen. Als die Zweite Intifada ausbrach, schloss er sich wieder einer Miliz an und fiel 2002 einem Anschlag zum Opfer.

Oft denke ich darüber nach, wie ähnlich unsere Ausgangspunkte waren und wie leicht ich an seiner Stelle hätte sein können.

Mein Handy klingelt. Fadi, mein Nachbar in Saftawi, empfiehlt mir, Türen und Fenster zu schließen, da die Armee damit begonnen hat, Tränengasgeschosse abzufeuern. Ich erkläre, dass ich bei meinem Schwiegervater im Lager von Jabalia bin. Fadi erzählt mir, dass Saftawi nun voller Tränengas ist. Ich beende das Gespräch und lege mich hin, und schon bin ich wieder in der Zeit der Ersten Intifada. Die Armee schoss ständig mit Tränengas, als ich jung war. Unsere Mutter riet uns deswegen, stets eine Zwiebel in der Hosentasche zu haben. Immer wenn wir Tränengas rochen, sollten wir unsere Tränen auf die Zwiebel geben, uns damit die Hände einreiben und diese dann über die Nase halten.

Ein Geburtstag auf der Treppe

Gestern Abend, als Abu Asil, Wafi und ich bei Faraj saßen, haben wir uns ungefähr eine halbe Stunde angeschwiegen. Kaum ein Wort wurde während dieser Zeit gesprochen. Wir alle spürten, wie die Gefahr von Minute zu Minute näher rückte. Wenn du befürchten musst, dass du selbst unter den Opfern bist, die im Radio angegeben werden, wirst du ein wenig wankelmütig. Bei jedem Geräusch zuckst du zusammen. Du murmelst misstrauisch vor dich hin.

Der Radiomoderator nennt die Namen der Toten, nach Wohnort geordnet, und welche Art von Rakete sie getötet hat. Drei Jungen starben in ihren Betten im Al-Nada-Hochhaus durch eine Granate[13], drei Männer bei einem Familientreffen in Rafah. Sieben Mitgliedern der Familie Abu Jarad wurde in ihren Häusern in Beit Hanoun das Leben genommen.[14] Bisher sind in diesem Krieg über dreihundert Menschen umgekommen und mehr als 2200 verletzt worden. Mindestens dreihundertdreißig Häuser wurden zerstört, 1200 beschädigt.

Jeden Tag eine Flut von Statistiken. Eine neue Art, den Krieg zu berechnen, ihn zu Zahlen zu machen. Die Listen sind unterteilt in weitere Listen. Zum Beispiel ist eine Liste zerstörter Gebäude wiederum unterteilt in die Listen zerstörter Wohngebäude, zerstörter Büros, zerstörter Kranken-

13 Walaa Abu Ismail Muslim (12), Mohammed Abu Muslim (13) und Ahmad Abu Muslim (14).

14 Na'im Musa Abu Jarad (24), Abed Musa Abu Jarad (30), Siham Moussa Abu Jarad (15), Rijaa Alyan Abu Jarad (31), Ahlam Na'im Abu Jarad (13), Hania Abdel Rahman Abu Jarad (3), Sami Na'im Abu Jarad (1) und Moussa Abdel Rahman Abu Jarad (Alter unbekannt).

häuser, zerstörter Schulen, Hochschulen und Universitäten, zerstörter Landwirtschaftsgebäude und Militärstützpunkte. Die Verluste werden in landwirtschaftlichen, ökonomischen, medizinischen und pädagogischen Größen gemessen. Kein Zweifel, dass sich die Situation auf jeden einzelnen Aspekt deines Lebens auswirkt.

Seit den frühen Morgenstunden hält der Tod seine Flügel über dem Gazastreifen so weit ausgebreitet wie niemals zuvor. Ich dachte, ich kenne Kriege. Doch jetzt wird mir wieder bewusst, dass jeder Krieg anders ist. Nichts wird mehr genau so sein wie vorher.

Ahmad Aziz wurde um halb drei Uhr morgens in seiner Wohnung im Al-Nada-Hochhaus in Beit Hanoun getötet. Er war vierunddreißig Jahre alt. Wir sind in der gleichen Straße im Lager von Jabalia aufgewachsen, rannten die gleichen Gassen hinunter, spielten an den gleichen Straßenecken. Wie die vier Mitglieder der Familie Al-Zweidi eine Viertelstunde später in ihrem dreistöckigen Haus in Beit Hanun, wurde auch er im Schlaf getötet. Die Liste reißt nicht ab. Der Dämon des Todes raste gestern Nacht den Gazastreifen hoch und runter, verschlang alles, was ihm in die Quere kam. Entkommen konnte man ihm nur mit Glück.

Die ganze Nacht hindurch flohen Menschen aus ihren Häusern in Al-Qaraya al-Badawiya und aus den Wohnungen im Al-Nada. Sie alle flüchteten ins Lager von Jabalia. So muss es 1948 und dann wieder 1967 ausgesehen haben. Frauen, Männer und Kinder gingen damals die gleiche Straße entlang, begleitet von den gleichen Fahrzeugen des Roten Kreuzes. Die israelische Armee gab Warnschüsse ab, damit alle sich beeilten und sie so schnell wie möglich die Gebäude dem Erdboden gleichmachen konnten.

Nael, ein Freund, der versuchte, zu Fuß von seiner Wohnung in der Nähe der Al-Nada-Hochhäuser zu der seines Vaters in Tel al-Zaatar zu kommen, musste stattdessen sein Bett neben den Flüchtlingen aus den Al-Nada-Wohntürmen in einer UNRWA-Schule einrichten. Momentan befinden sich schätzungsweise vierzigtausend Heimatlose im Lager von Jabalia.

Nach dem heutigen Iftar besuchen mein Vater und ich meine Cousins in der Abu-Hussain-Schule im Norden des Lagers. Zwei Tanten von mir leben mit ihren Familien in Beit Lahia und mussten am Vortag ihre Häuser verlassen, in denen sie so lange wie möglich ausharren wollten. Ungefähr zwanzig meiner Cousins und Cousinen haben mit ihren Kindern in dieser Schule Schutz gesucht.

Ich frage sie nach Tante Nawal, deren Sohn Yahia im Krieg von 2012 sein Augenlicht verloren hat. Beide sind zu ihrer Tochter nach Sheikh Radwan gezogen. Für meine Cousins Abed und Monir gibt es in der Schule keinen Platz. Sie schlafen auf dem Spielplatz auf dem bloßen Sand, nur den Himmel als Dach über dem Kopf. Mein Vater entschuldigt sich wortreich, dass er ihnen weder eine Matratze noch eine Decke abgeben kann. In seiner Wohnung hat er seine eigenen Heimatlosen zu beherbergen. Unter anderen meine Schwester Halima und seinen Onkel Abdel Kader. Diese Hilflosigkeit ist zum Verzweifeln. Man möchte ihnen die Hand reichen, kann aber nichts sagen oder ausrichten.

Mein Erstgeborener Talal hat heute Geburtstag. Er wird dreizehn Jahre alt.

Normalerweise würden wir den ganzen Tag am Strand verbringen, Hanna würde sein Lieblingsessen zubereiten, und wir würden ein Picknick mit Obst, Nüssen und Erfrischungsgetränken machen. Die Kinder würden schwimmen und Drachen steigen lassen. Heute schlage ich vor, stattdessen ein bisschen Fleisch zu kaufen und auf den Treppen im Haus meines Schwiegervaters zu grillen. Von den Stufen aus, die zum Dach führen, kann man zwar den Himmel sehen, aber die Bomber können uns nicht sehen. Wir bereiten alles vor und feiern ein bisschen. Mustafa zieht seinen Bruder damit auf, dass sein Geburtstag auf jeden Fall besser wird. Der ist nämlich im Winter, und bis dahin sei der Krieg vorbei.

Hoffen wirs.

Sonntag, 20. Juli

Wer kann sie überzeugen?

Ich gebe auf. Unterwerfe mich der Gnade des Barbiers. Für einen Bart ist es einfach zu heiß, und der Krieg wird ohnehin noch andauern. Er wird wohl niemals enden.

Also gehe ich nach dem Iftar zu Abu Annas und bleibe ungefähr eine Stunde im Geschäft seines Sohnes nebenan. Hinterher fühle ich mich viel frischer. Manchmal spenden Kleinigkeiten den schönsten Trost. Sich nach fast drei Wochen Unbehagen und Juckreiz rasieren zu lassen, ist eine segensreiche Befreiung. Was für eine blöde Idee, die Kriegstage in Haarmillimetern messen zu wollen. Akzeptiere die paar Annehmlichkeiten, die du haben kannst, und pfeife auf die Symbolik. Ich fühle mich wie neugeboren! Zohdi ist ebenfalls sehr glücklich, dass ich endlich klein beigegeben habe. Da er mein Barbier ist, hat ihn der Anblick meines langen Haars während der letzten Wochen sehr irritiert. Mit Freuden schneidet er jetzt an mir herum. Er darf wieder seinen gewohnten Diensten nachgehen.

Zum Schluss versprüht er ein bisschen Parfum, klatscht mir Rasierwasser ins Gesicht und betrachtet sein Werk. »Jetzt bist du wieder Atef.«

Danach sitze ich mit Abu Annas vor seinem Haus, wie wir es schon tausend Mal getan haben. Nur der Krieg hat dieses Ritual gefährlich werden lassen. Wir tauschen unsere Befürchtungen über die Situation aus. Abu Annas bittet seinen Sohn Mohammad, die Shisha vorzubereiten. Als ich anfange zu rauchen, warnt Zohdi uns, dass eine Drohne die Hitzequelle sehen und sie für eine Waffe halten könnte. Es ist zu gefährlich, die Wasserpfeife auf der Straße zu rauchen.

»Aber es ist doch nur eine Shisha!«, ruft Abu Annas.

»Die Drohne ist blind. Es geht um die Hitzequelle, das ist alles, was sie sucht«, erklärt Zohdi.

Zohdi hat recht. Weder die Drohne selbst noch ihr Pilot brauchen eine Entschuldigung, um Menschen abzuschießen, die auf der Straße sitzen und ihre Zeit damit vergeuden, Wasserpfeife zu rauchen und den Krieg zu vergessen. Aber wir sollten ihnen keinen Vorwand geben. Wir müssen uns in die Lage des Drohnenpiloten versetzen, wir müssen denken wie er, seinen blinden Gehorsam berücksichtigen, die dumme Logik seines Auftrags. Wir müssen uns ständig vor Augen halten, dass er nur Befehle ausführt. Abu Annas und ich unterhalten uns drinnen weiter.

Eine lange Nacht mit von Menschenhand geschaffenen Blitzen und Erdbeben folgt.

Ebenfalls eine Nacht der Fragen.

Wer kann diese israelische Generation davon überzeugen, dass das, was sie diesen Sommer getan haben, ein Verbrechen ist? Wer kann den Piloten davon überzeugen, dass seine Mission keine Mission für, sondern gegen sein eigenes Volk ist? Wer bringt ihm bei, dass Leben nicht auf den Trümmern anderen Lebens erbaut werden kann? Wer kann den Drohnenpiloten davon überzeugen, dass die Bewohner Gazas keine Figuren in einem Computerspiel sind? Wer kann ihn davon überzeugen, dass die Häuser, die er auf dem Bildschirm sieht, keine virtuellen Bilder sind, sondern das Zuhause von Menschen mit Wohnzimmern, Küchen, Bädern und Bettchen, in denen Kinder unter Mobiles schlafen, mit Zimmern, in denen Teddybären und Spielzeugdinosaurier auf dem Boden liegen und Poster die Wände schmücken? Wer wird ihn davon überzeugen, dass die Plantage, die sein Fluggerät gerade im Dunkeln überfliegt, keine Ansammlung von Pixeln ist? Dass ein Mensch diese Bäume gepflanzt, sie gewässert, ihnen beim Wachsen zugesehen hat. Einige dieser Bäume sind uralt, so alt wie die Thora vielleicht, älter jedenfalls als die Legenden und Fantasien, die er als Kind gelesen hat.

Wer überzeugt den Soldaten, der das Kampffahrzeug steuert, davon, dass sein Gefährt kein Spielzeug ist? Dass die Leute, die er hinter seiner Panzerung sieht, keine Zeichentrickfiguren, sondern richtige Menschen sind? Dass die Al-Nada-Hochhäuser keine Bauklötze sind, die man einfach auf den Teppich schmeißen kann, sondern das Zuhause von Hunderten echter Menschen sind, von Zivilisten wie mein Freund Ahmad Aziz und seine drei Kinder, alle tief und fest schlafend?

Wer überzeugt den Marinekommandanten auf der Brücke des Kriegsschiffes, das wir hier hören können, davon, dass die Familien am Strand keine Bedrohung für ihn darstellen? Dass Erdnussverkäufer oder Teenager auf Motorrädern, die die Hafenmauer entlangdüsen, keine Raketenwerfer auf den Schultern tragen, dass die vier Jungen, die dort letzte Woche Fußball spielten, keine Gefahr für die Sicherheit Israels sind?

Wer überzeugt die internationale Gemeinschaft davon, dass sie in der Verantwortung steht, sich objektiv zu verhalten, wenn diese Dinge passieren?

Niemand, fürchte ich.

Gaza hat niemanden, der hilft. Die Bewohner haben nur ihre eigene Hoffnung und ihre Ausdauer, auf die sie zurückgreifen können. Sollten sie damit scheitern, darf das Meer sich erheben und das Land überfluten.

Ein Interview mit mir selbst

Gestern Nacht war Beit Hanun dran. Mein Freund Hisham wohnt im Stadtteil Masrin und ist Angestellter im Krankenhaus von Beit Hanun. Am Telefon erzählt er mir von der angespannten Atmosphäre und von den Mörsern, die aus allen Richtungen feuern. Seine Straße, die den Namen seiner Familie, eine der größten der Stadt, trägt, ist total verwüstet. Bei einem Raketenangriff brach sein Sohn sich das Bein. Die Unterhaltung gestaltet sich schwierig. Hisham bringt kaum einen Satz zu Ende, die Worte sterben halb fertig auf seiner Zunge ab.

Vor lauter Angst um Hisham und seine Familie wachte ich heute Morgen nass geschwitzt auf. Wieder telefoniere ich mit ihm, doch er weiß auch nicht mehr als ich, weil er bei der Arbeit ist. Seine Söhne sind bei ihm, seine Töchter und die Enkel bei seiner Frau zu Hause. »Meine Frau weigert sich noch immer, das Haus zu verlassen«, seufzt er.

Al-Nasser ist nicht die sicherste Gegend im Gazastreifen, aber allemal sicherer als Beit Hanun. Ich bestehe darauf, dass Hisham und seine Familie in meine alte Wohnung dort ziehen. Allerdings steht die Wohnung leer, sie ist unmöbliert. Matratzen und Küchenutensilien könnte er von uns, meinem Vater oder Schwiegervater ausleihen. Doch zuerst muss seine Frau überzeugt werden. Die Situation in Beit Hanun wird sich nicht bessern, es ist den Israelis im Weg, und in einigen Tagen werden sie es ohnehin niederwalzen. Ein paar Telefongespräche später hat seine Frau endlich eingewilligt. Hisham braucht ungefähr drei Stunden, um den Auszug zu organisieren, und unterrichtet mich minutiös per SMS. Einer seiner Cousins arbeitet als Krankenwagenfahrer und wird das Rote

Kreuz um Erlaubnis bitten, sie in einem ruhigen Moment fahren zu dürfen.

Einige Stunden später ruft Hisham an und berichtet, sein Cousin sei in Höchstgeschwindigkeit vor dem Haus vorgefahren – keine Minute zu spät. Hishams Frau ist vor Erschöpfung zusammengebrochen, ihre Töchter mussten sie zum Fahrzeug tragen. Dabei schwenkten sie weiße Fahnen in die Richtung der Panzer. Hisham soll die Wohnung in Al-Nasser vergessen, er kann hier in Saftawi bleiben, und ich ziehe jetzt ganz in die Wohnung meines Schwiegervaters. Irgendwann treffen sie ein, dreiundzwanzig Personen in unserer kleinen Wohnung. Hisham mit seiner Frau und vier Söhnen, zwei Schwiegertöchtern, seiner Tochter und ihrem Mann, sechs Enkeln, seiner Schwester und seinem Schwager sowie drei Neffen und zwei Nichten. Die Erleichterung in ihren Augen freut mich. Keiner von ihnen hat in den letzten sechsunddreißig Stunden geschlafen. Endlich können sie sich erholen. Ich helfe ihnen ein wenig mit ihren Habseligkeiten, zeige ihnen alles, nehme meinen Laptop, ein paar Papiere und Hannas Handtasche, und lasse sie dann in Ruhe.

Draußen wartet ein Taxi auf mich, das mich zu den Palestine-Fernsehstudios in Tel al-Hawa bringen soll. Dort soll ich ein Interview geben. Vom Aufnahmeleiter erfahre ich, dass es eine Verzögerung geben wird. Momentan haben sie niemanden, der mich interviewen könnte, da offenbar alle Reporter mit der Rund-um-die-Uhr-Berichterstattung an den Kriegsschauplätzen überlastet sind. Der für das Interview vorgesehene Moderator war nach vierundzwanzig Stunden ohne Schlaf kollabiert. Irgendjemand im Studio schlägt vor, dass ich doch beide Rollen, Moderator und Gast, übernehmen könnte. Endlich hat jedoch der Aufnahmeleiter jemanden überzeugt, der aus dem Al-Shifa-Krankenhaus ganz in der Nähe sendet. Schließlich kommt Bashir Salman aus dem Krankenhaus, besteht aber darauf, erst zu duschen und sich frische Sachen anzuziehen. Andernfalls hätte es für ihn unglaubwürdig ausgesehen, wenn er im Abstand einer halben Stunde erst draußen vom Al-Shifa-Krankenhaus berichtet und dann im Studio eine Liveshow moderiert. Mit anderer Kleidung würden es die Zuschauer vielleicht glauben.

Also warte ich weitere zwanzig Minuten auf ihn, bis er fertig geduscht hat. Im Krieg gilt immer der Ausnahmezustand. Bevor wir beginnen, bittet er mich, einfach draufloszureden, da er nicht viele Fragen haben wird. Eine Dreiviertelstunde lang sitzt er mir die meiste Zeit nur schweigend gegenüber und versucht, nicht allzu abgehetzt auszusehen, während ich rhetorische Fragen stelle, die ich dann selbst beantworte. Danach erzählt mir Salman von den Leichen zweier Kinder der Familie Kasas[15], die er im Krankenhaus gesehen hat. Sie hatten auf dem Dach ihres Hauses gespielt, als sie von Granatsplittern getroffen wurden. Beide wurden enthauptet. Bevor ich das Studio wieder verlasse, werfe ich einen Blick auf die Bildschirme. Am unteren Rand läuft eine Eilmeldung von links nach rechts: »Die heutige Opferzahl: 87.«

15 Sieben Mitglieder der Familie Kasas (auch »al-Qassas« geschrieben) wurden an diesem Tag getötet: Nasma Iyad (11), Israa (11), Aya, Aisha Yasser, Lamia Iyad, Yasmin, und Arwa al-Qassas (Alter unbekannt).

Eine Zahl möchte ich nicht sein

Nach einer langen Bombennacht erwachte ich um halb acht Uhr, weil durch das Fenster Stimmen ins Zimmer drangen. Neue Heimatlose suchten Unterschlupf in der Schule gegenüber. In den letzten zwei Wochen mussten sie ihre Häuser an der Küste von Beit Lahia und Beit Hanun wegen des starken Beschusses von Panzern und Kriegsschiffen verlassen. Nur wenig mehr als ihren Überlebenswillen konnten sie mit hierher nach Jabalia bringen, in die Gegend, in der ich mein ganzes Leben verbracht habe. Jabalia selbst ist ein Flüchtlingslager, das nach der Nakba 1948 eingerichtet wurde, als Tausende gezwungen waren, ihre Dörfer und Städte in dem Land, das einmal Palästina gewesen war, aufzugeben. Ohnehin ist Jabalia das am dichtesten besiedelte Lager im Gazastreifen, und nun, nach sechsundsechzig Jahren, trifft eine neue Welle von Flüchtlingen ein. Die gleichen Szenen, die gleichen Umstände, die gleichen zerplatzten Träume, die gleichen Ängste, die gleichen Schreie. Das Lager wird immer ein Lager bleiben, sagen manche. Es wird sich niemals in etwas anderes verwandeln, auch wenn es nicht mehr das Meer von Zelten ist, als das es ins Leben gerufen wurde, und auch nicht mehr die Barackensiedlung der 1960er- und 1970er-Jahre. In den 1990er-Jahren hatte es Investitionen und Bauprojekte gegeben, aber den Lagercharakter wird Jabalia immer behalten. Die Straßen sind sehr schmal, manchmal nur ein paar Fuß breit, und die Bewohner sind immer noch Flüchtlinge, ob alt, ob neu.

Die UNRWA-Schule gegenüber ist voller Menschen, das höre ich. Alle Schulen im Lager sind selbst zu Lagern umfunktioniert worden. Wie absurd dieser neue Zustrom von schutzlosen Menschen ist. Hier wird das Leben von der Ungewissheit bestimmt, nie weißt du, was du in den nächsten paar Stunden tun wirst. Du merkst, dass du dich auf nichts verlassen kannst und dass das, was du geplant hast, hundertprozentig nicht geschehen wird.

Wenn ich aus dem Fenster schaue, sehe ich ältere Frauen ihre Müdigkeit auf den Stufen zum Spielplatz abstreifen. Kinder klammern sich an sie, viele weinen. Ältere Männer werfen nervöse Blicke an den Himmel, an dem Drohnen schweben und ein Geräusch machen, das diese Männer in den Jahren, die ihnen noch bleiben, nicht vergessen werden. Der UNRWA-Koordinator versucht, Ordnung in das Chaos zu bringen.

Letzte Nacht wurde ein schreckliches Kapitel in der Geschichte Gazas aufgeschlagen, besonders im östlichen Teil von Beit Hanun. Panzer kamen über die Grenze, fuhren auf die Wohngegenden zu, überrollten alles, was sich ihnen in den Weg stellte, vernichteten jedes Gebäude, jede Schule, jede Plantage. Du hörst dir das an, denkst an die nächste Bombe, die dir auf den Kopf fallen könnte, und dass du ebenfalls auf eine Zahl in den Nachrichten reduziert wirst. Du überlegst, was es bedeutet, von dieser Welt zu gehen, wie ein Wassertropfen zu verdunsten, keinen Hinweis auf deine Existenz zu hinterlassen, und diese Gedanken treiben dich in den Wahnsinn.

Eine Granate tötete vor einigen Tagen sechs Menschen, Cousins meines Nachbars Iyad. Sie hatten sich schon zum Essen gesetzt, warteten auf das Gebet, das das Zeichen zum Fastenbrechen gab. Die vier Kinder waren sofort tot, die Eltern tödlich verletzt. Iyad, der sein ganzes Leben lang gelispelt hat, erzählte mir, dass eines der Mädchen verschwunden ist, von ihrem Körper keine Spur gefunden werden konnte. Keine Leiche. Keine Knochen, kein Arm, kein Bein. Nichts, was darauf hindeutet, dass es zu ihr gehört haben könnte, dass das kleine Mädchen, neun Jahre alt, vor ein paar Sekunden noch existiert, dort gesessen hat. Anscheinend wurde sie von der Rakete direkt getroffen.

Innerhalb von zwei Stunden sind die Neuankömmlinge auf die Klassenzimmer und die Zelte vor der Schule verteilt. Der Koordinator gibt Anweisungen durch sein Megafon, erklärt, alle müssen sich zu jeder Zeit daran halten. Seine Stimme hallt in meinem Kopf nach, als ich versuche, wieder einzuschlafen. Im Krieg muss man so viel schlafen wie möglich, denn in den meisten Nächten wirst du das nicht einen winzigen Augenblick lang können. Du musst den Schlaf, wie wir im Arabischen sagen, »hinter deinen Augen« aufbewahren.

Bilder fliegen durch meinen Kopf, Erinnerungen drängeln sich vor alte Lieder, alte Ziele und Hoffnungen. Manchmal kann ich nicht ganz unterscheiden, was Hoffnung, was Erinnerung ist. Mein Sohn Yasser versucht, sich lautlos auf Zehenspitzen durch das Zimmer zu bewegen. Lächelnd sehe ich ihm hinterher. Er holt sein Aufladegerät und sein iPad. Nach einer Unterbrechung von fünfzehn Stunden ist der Strom wieder da, merke ich jetzt. Meine Kinder passen sich dem Krieg an – jedes Mal, wenn der Strom wieder angeschaltet wird, streiten sie sich darum, wer als Erster sein iPad aufladen darf, damit sie beim nächsten Stromausfall mit ihnen spielen können. Wie sie ihre Zeit tagsüber verbringen, entscheiden sie selbst.

Die erste Frage, die ich nach dem Aufwachen stelle, ist, »Wann ist die Feuerpause?«. Jeder fragt das. Nach sechzehn Tagen wünschst du dir noch sehnlicher als am Anfang, dass alles nur ein Albtraum ist. Ich schüttle den Kopf und sehe mich um. Alles sieht echt aus. Der Baum im Schulhof bewegt sich im Wind, die Sonne scheint, die Nachbarin sitzt mit anderen älteren Frauen aus der Nachbarschaft im Hauseingang, alles sieht normal aus. Kein Traum.

Gestern haben über hundert Menschen in Beit Hanoun und Shuja'iyya ihr Leben verloren. Mit Abu Asil und Wafi rauche ich Wasserpfeife bei Faraj, wie fast jeden Abend. Faraj dreht am Radio, sucht eine Nachricht, die ihn ein wenig beruhigen kann. Die Stimme gibt die Opferzahl der letzten zwei Wochen mit fünfhundertsiebenundsechzig an. Der Moderator schlüsselt diese Zahl auf – nach Wohnorten, Alter, Geschlecht, Angriffsart und so weiter. Vor einigen Stunden enthauptete eine Granate drei Kinder. Ohne Köpfe wurden sie ins Krankenhaus gebracht. Der Reporter redet weiter. Die Zahl der Verletzten hat die Marke von dreitausenddreihundert überschritten. Mehr als sechshundertsiebzig Häuser wurden zerstört, mehr als zweitausend beschädigt.

Alles wird in Zahlen verwandelt. Die Geschichten dahinter bleiben versteckt, verschleiert, verloren. Menschen, Seelen, Leichen – alles wird umgerechnet. Wenn man sich den Lauftext am unteren Rand des Fernsehbildschirms anschaut, kann man sich nicht von diesen Zahlen abwenden. Minütlich werden sie aktualisiert. Innerhalb eines Atemzugs steigt die Zahl. Sie wird addiert. Während der ersten beiden Stunden des gerade stattfindenden Angriffs erschienen noch die Namen der Opfer. Jetzt sind dort nur noch Zahlen. Die Namen sind verschwunden. Manchmal schießt die Zahl in die Höhe – kometenhaft –, und dann gehen die Nachrichten weiter. Eine der Fragen, die momentan am häufigsten auf den Straßen zu hören ist, ist »Wie viele Märtyrer haben wir jetzt?«.

Stell dir das mal vor. Stell dir vor, wie es ist, in eine Zahl verwandelt zu werden. Nicht »Atef Abu Saif«, sondern »Opfer 568«. Bloß noch eine Ziffer in einer viel größeren Zahl, die beständig wächst. Dein ganzes Leben ist nur noch eine Zahl in einer Masse von anderen Zahlen. Die einzelne Zahl verschwindet hinter der großen Zahl. Immer wenn die Zahl sich erhöht, wird das Ausrufezeichen hinter ihr länger, die ungehörten Schreie, die sie begleiten, lauter. Journalisten mögen Katastrophen. Sie mögen Zahlen, Statistiken, Daten. Sie mögen Tränen und Gefühle. Zerstörung ist ein reichhaltiges Mahl für ihre Kamera. Sie hält sich nicht an die Fastenzeit.

Sie frisst und frisst. Ständig isst sie neue Bilder. Gaza ist hochprofessionell, wenn es um neues Material geht. Es bereitet köstliche und schmackhafte Geschichten für das Fernsehen, für ein sorgloses Publikum zu. Zeichen des normalen Lebens, wie Liebe, Freude, Langmut, Mitmenschlichkeit, schaffen es nicht in die Medien.

Wenn ein Leben zu einer Zahl wird, ist seine Geschichte verschwunden. Jede Zahl ist eine Geschichte, jeder Märtyrer ist eine Geschichte, ein verlorenes Leben. Oder sagen wir, ein Teil des Lebens ist verloren, der andere erzählt eine andere Geschichte. Die Geschichte danach. Wenn ein Vater oder eine Mutter stirbt, werden Kinder hinterlassen, die keine Helden sind oder Superkräfte haben, sondern Menschen mit wenig mehr als Kummer und Traurigkeit, die sie durch ihren Alltag lenken können. Sie sind Kinder, denen ein Elternteil genommen wurde. Eine Geschichte, die verloren ist, und eine, die noch nicht begonnen hat. Die vier Kinder, die ein Kriegsschiff in Stücke gerissen hat, weil sie Fußball am Strand spielten, waren nicht die Zahl VIER, sondern vier Geschichten, vier Leben. Die Familie Kawareh[16] aus Khan Yunis, über die die Drohne entschied, sie sollten nicht auf dem Dach ihres kleinen Hauses eine Mahlzeit im Mondschein genießen, das war nicht einfach die Zahl SECHS. Es waren sechs unendlich reiche, unendlich ungekannte Geschichten, die aufhörten, als eine dumme Drohne eine Rakete auf ihr Haus fallen ließ, die ihre Körper entzweiriss. Sechs Romane, die Mahfouz, Dickens oder García Márquez nicht hätten zufriedenstellend verfassen können. Romane, die ein Wunder gebraucht hätten, ein Genie, um die Struktur und Poesie zu finden, die

16 Später wurde die Opferzahl dieses Angriffs auf acht korrigiert: Riad Mohammed Kawareh (50), Seraj Ayad Abed al-A'al (8), Mohammed Ayman Ashour (15), Bakr Mohammed Joudah (22), Ammar Mohammed Joudah (26), Hussein Yousef Kawareh (13), Mohammed Ibrahim Kawareh (50) und Bassim Salim Kawareh (10). Der Familienname wird in einigen Berichten »Kevari« geschrieben.

sie verdient hätten. Stattdessen sind sie nur Geschichten, die in den Nachrichten als Zahlen hintereinandergeschaltet werden. Lustvolle Momente, schmerzvolle Kränkungen, glückliche Tage, verschobene Träume, streifende Blicke, Gefühle, Geheimnisse … jede Zahl eine Welt für sich.

Eine Zahl möchte ich nicht sein, ein Stück Nachrichten, ein Name auf der Zunge einer hübschen Moderatorin, die ungeduldig darauf wartet, dass die langweiligen Neuigkeiten aus Gaza endlich zu Ende sind. Ich möchte keine kleine Zahl in einer großen sein, kein reines Datenmaterial. Kein Bild unter den vielen Tausenden, die Aktivisten und Sympathisanten auf Facebook teilen, posten oder twittern, auf das Likes und Kommentare niederregnen.

Mein Nachbar Ahmad aus dem Al-Nada-Hochhaus wollte auch keine Zahl sein, als er beim Versuch, seine Familie zu retten, ums Leben kam. Keiner der Toten und Verletzten möchte das. Und niemals wird irgendjemand nach den Geschichten hinter diesen Zahlen fragen. Niemand wird die Schönheit dieser Leben entdecken, eine Schönheit, die mit jedem Angriff mehr verblasst, hinter dem dicken, hässlichen Vorhang der Zahlen verschwindet.

Der siebzehnte Tag

Die Aussichten auf eine Feuerpause haben sich nicht verbessert. Immer die gleichen Gespräche in den Nachrichten, die gleichen Diskussionen, das gleiche Warten. Einfach warten und hoffen, dass es bald zu Ende ist. Manchmal denkst du, es wird niemals enden. Wenn es mal ein Licht am Ende des Tunnels gibt, ist es online – nur kurz, ein Hauch, ein Flackern, und dann fragst du dich, ob du es wirklich gesehen hast. Letzte Nacht sind die Verhandlungen über eine Feuerpause gescheitert. Seit siebzehn Tagen hören wir den gleichen Satz Erklärungen, die gleichen Fragen. Der heutige Tag ist stets besser als der, der noch vor dir liegt. Das ist Palästina. Die Vergangenheit sieht immer besser, süßer, aus. Deshalb sind Palästinenser auch nostalgischer als jedes andere Volk. Seit beinah einem Jahrhundert bringt jedes Jahr eine neue Wendung der Gewaltspirale. Die Verlierer sind immer wir. Meine Großmutter Aisha stimmte jeden Tag ein Klagelied auf ihre Vergangenheit an. Im Anschluss daran beklagte sie den kommenden Tag. Je länger dieser Krieg dauert, desto lauter wird der Chor dieser Klagelieder, desto größer der Schmerz, desto tiefer der Verlust.

Gestern Abend mussten meine Schwägerin Huda, ihre drei Töchter und ihr Sohn zu uns ins Lager ziehen. Normalerweise leben sie in der südlichsten Spitze von Gaza-Stadt, in einer Gegend, die Tel al-Hawa heißt. In den letzten fünf Tagen wurde sie schwer von Panzern beschossen. Während eines dieser Angriffe flogen Trümmerbrocken eines Nachbarhauses durch die Fenster. In Hudas Haus finden sich nun also Teile eines anderen Hauses. Doch meine Schwägerin ist das gewohnt. In jedem Krieg, an den ich mich erinnere, war ihr

Haus ständig das Ziel von Angriffen. Während des Krieges 2008/2009 wurde ihr Haus von einer Rakete direkt getroffen. Waagerecht schoss sie durch ihr Wohnzimmerfenster. Ihr Mann Hatim hat sich dieses Mal geweigert, mit nach Jabalia zu kommen. Er besteht darauf zu bleiben, obwohl bereits alle Nachbarn ihre Häuser verlassen haben. In seiner Straße ist er der Letzte. Seit einigen Jahren hat er eine Leidenschaft für Vögel entwickelt. Einen Raum hat er in eine Voliere umgebaut, in der er ungefähr fünfzig verschiedene Vogelarten züchtet. Darunter sind Kolibris, Tauben und Spatzen. Er zieht es vor, zu bleiben und sich um die Vögel zu kümmern. Wer sonst sollte das machen?

Nun sind wir vierzehn Personen im Haus meines Schwiegervaters, welches nur aus zwei Zimmern besteht. Heute Morgen bildete sich vor dem Bad eine lange Schlange. Wenn man drinnen ist, reden dir die Wartenden zu, dich zu beeilen. Seit einer Woche leiden viele Haushalte unter Wasserengpässen. Da die Stromversorgung immer nur für ein paar Stunden funktioniert und diese paar Stunden nicht notwendigerweise dieselben Stunden sind, in denen es Wasser gibt, ist es nahezu unmöglich, die Tanks auf dem Dach aufzufüllen. Außerdem ist die Wasserversorgung nicht darauf ausgerichtet, dass in einem Haushalt so viele Personen wohnen – die Kernfamilie und die erweiterte –, Schwestern, Brüder, Cousinen und Cousins usw. Die meisten Familien, die in den östlichen, nördlichen Gebieten oder in Jabalia an der Küste wohnen, sowie die Familien aus Beit Hanun und Beit Lahia, mussten wegen der Bedrohung durch Granaten und Raketen umziehen: in das Lager von Jabalia, weiter ins Zentrum des Gazastreifens. Mein Vater beobachtet fast zwanghaft den ganzen Tag lang den Wasserspiegel in den Tanks. Neulich musste er bei einem Nachbarn Wasser in Flaschen abzapfen. Er hat selbst zwei zusätzliche Familien in seinem kleinen Haus zu beherbergen – die meiner Schwester mit zwölf Mitgliedern, die seines Onkels mit fünf und die meines Bruders Ibrahim.

Also stelle ich mich in die Schlange, um das Bad zu benutzen. So, wie ich mich auch später in die Schlange stellen muss, um Brot zu kaufen. Momentan dauert es überall mehr als eine Stunde, etwas einzukaufen. Ich hasse es, anzustehen, aber ich habe keine Wahl. Das Leben muss weitergehen. Wenn jeder aufhörte, das zu tun, was er hasst, würde das Rad des Lebens anhalten. Die Menschen, die gegenüber in der UNRWA-Schule Zuflucht gesucht haben, müssen auch anstehen, um ins Bad zu gehen oder um Essen zu bekommen. Überall bilden sich Schlangen. Vor wenigen Tagen noch führten wir ein normales Leben – standen um acht Uhr auf, wuschen uns, putzten uns die Zähne, aßen Frühstück und begannen den Tag. Jetzt müssen wir diese Rituale aufgeben und nur für den Moment leben. Improvisieren. Anstehen, anstehen für alles Mögliche. Warum sollte man sich deswegen beschweren? Jeder muss seine Beschwerden für sich behalten. Die Situation steht über deinen Unannehmlichkeiten, ist dringender als deine Unbehaglichkeit. Wie von allen, wird von dir gefordert, der Herausforderung gerecht zu werden. Von dir wird erwartet, ein Soldat, ein Kamerad, ein wahrer Sohn Palästinas zu sein – auch wenn du es nicht bist, sogar wenn du dich damit unbehaglich fühlst, ein Bürger bist, der keine Kraft hat, irgendetwas anderes zu sein.

Die Kleider der Flüchtlinge, die gegenüber in den Fenstern der Klassenräume hängen, lassen mich an angekettete Vögel denken, die davon träumen, wegzufliegen, wegzufliegen von Gaza und dem Gestank des Todes.

Das Leben wird komplizierter. Du wünschst dir, ein einfacherer Mensch zu sein, Dinge leichter akzeptieren zu können. Meine kleine Tochter Jaffa war in der ersten Kriegswoche völlig verängstigt, sie verstand den Lärm der Explosionen nicht, und wir konnten uns nicht überwinden, es zu erklären. Aber sie konnte mit Leichtigkeit die Furcht in unseren Augen ablesen. Nach einer Woche sagten wir, die Geräusche kämen von einer Tür, die Na'im zu laut geschlossen hatte. Für Jaffa klang das offenbar logisch, und so gewöhnte sie sich daran. Sie spielte sogar mit der Erklärung. Wenn sie eine Explosion hört, ruft sie jetzt »Die Tüüüüür!« und schimpft dann mit ihrem Bruder, er solle aufhören, sie zuzuschlagen. In Jaffas Logik also bedeutet das, jemand schlägt mit den Türen, um uns alle in dieser Situation gefangen zu halten. Jedes Türenknallen ist eine zugeknallte Tür vor einer Chance auf Frieden. Jaffas Bitten bleibt aber unerhört.

Gestern Morgen zerstörte eine F16 ein Haus in unserer Nachbarschaft. Mein alter Freund Nasim Wahaidi, der einen britischen Pass besitzt, war einige Tage, bevor die Angriffe begannen, hierhergekommen, um seine Mutter zu besuchen. Sie hatte am Telefon geweint und darum gebeten, seine jüngsten Kinder zu sehen. Nasim war 1996 aus Gaza weggegangen, um in London zu studieren. Er blieb dort und eröffnete ein Restaurant in Hammersmith. Er nahm sich länger frei, um seiner Mutter den sehnlichst erwarteten Besuch abzustatten. Um neun Uhr morgens, als noch alle schliefen, vernichtete eine Rakete das Haus. Mauerwerk wurde unglaublich weit weggeschleudert, gegen Häuser am anderen Ende der Straße, einige Brocken trafen auch das Haus meines Vaters. Nasims Mutter wurde getötet. Ihre Leiche fanden sie draußen. Seine beiden kleinen Töchter sind verwundet, ein Mädchen liegt auf der Intensivstation. Nasim wurde an Schulter und Hals verletzt. Gestern Abend haben wir eine kleine Trauerfeier zu Ehren seiner Mutter Umm Nasim abgehalten. Worte und Gedanken wurden ausgetauscht. Hinterher erzählte mir Nasim, dass er vorgehabt hatte, nach Gaza zurückzukehren. Er hatte sein Restaurant verkaufen und in der Nähe seiner Mutter sein wollen. Jetzt, nachdem er den Tod gesehen und ihn geschmeckt hat, ergibt dieser Plan für ihn keinen Sinn mehr.

Morgens um halb acht ruft Isa mich an. Er muss weg aus Beit Hanun und bittet mich, in meine Wohnung in Al-Nasser ziehen zu dürfen. Mein verstorbener Bruder Na'im war mit ihm befreundet, und zusammen hatten sie mehrere Jahre in einem israelischen Gefängnis gesessen. Wenn du während eines Krieges einen Telefonanruf bekommst, greifst du dir sofort ans Herz. Du holst so tief Luft wie möglich, bevor du das Gespräch annimmst. Isa sagt, dass alle Nachbarn bereits weggezogen oder gestorben sind. Seine Frau und er sind allein und in großer Angst. Eine Stunde später holt er die Schlüssel. Die Wohnung ist unmöbliert, also bittet er seinen Sohn, für ihn Möbel von Freunden in Jabalia abzuholen. In seinem weißen Auto fährt Isas Sohn von Haus zu Haus und sammelt alles ein, was das Leben seiner Eltern leichter machen könnte. Über Faraj kann ich ihm eine Gasflasche besorgen. Bei Einbruch der Dunkelheit ist Isa glücklich, wie ich seiner Stimme am Telefon entnehmen kann. Endlich geht es ihm gut und seinen Kindern auch. Nachdem er in den Straßen um sein Haus herum den Tod gesehen hat, Körper berührt hat, um nach Lebenszeichen zu suchen, den ganzen Tag lang gefürchtet hat, er und seine Kinder könnten die nächsten Opfer sein, hört er sich nun ruhig an: »Wir haben es geschafft, Atef! Wir leben!«

Dies ist der siebzehnte Tag. Es könnte auch der siebenundzwanzigste, siebenunddreißigste oder siebzigste sein. Alles kein Grund zu glauben, das Spiel wäre bald zu Ende.

Donnerstag, 24. Juli

Der Tod vor der Tür

Du verstehst nicht mehr, was vor sich geht. Das ist das Schlimmste. Die ganze Nacht hat der Beschuss der Panzer, Drohnen, F16-Kampfjets und Kriegsschiffe nicht einmal für eine Minute nachgelassen. Die Einschläge bleiben gleich und klingen so, als wären sie nebenan. Manchmal bist du sicher, dass sie direkt in deinem Zimmer detonieren, dass du letztlich doch getroffen wurdest. Doch sie haben dich wieder verfehlt. Der Akku meines Handys ist leer, deshalb kann ich keine Nachrichten hören. Stattdessen liege ich im Dunkeln und spekuliere, mache meine eigene Analyse.

Mit der Zeit kannst du die Angriffsarten voneinander unterscheiden. Das mit Abstand Einfachste ist zu bestimmen, ob der Angriff vom Land, aus der Luft oder vom Meer kam. Die Geschosse, die vom Meer abgefeuert werden, sind die größten, und ihr Knall klingt viel satter als alle anderen. Es ist ein sich alles einverleibender, allumfassender Knall. Es fühlt sich an, als würde der Erdboden verschlungen. Dagegen hören sich Panzergranaten viel dumpfer an. Ihre Explosionen hinterlassen ein Echo in der Luft, jedoch spürt man die Einschläge nicht so von unten herauf. Eine Rakete, die von einer F16 abgeworfen wird, leuchtet wiederum unverwechselbar strahlend weiß auf und hallt lange nach. Der Straßenzug tanzt nach dem Aufprall für etwa eine halbe Minute. Du denkst, dass du jede Sekunde aus dem Fenster springen musst, weil das Gebäude zusammenbricht. Ganz anders beschaffen ist die Rakete einer Drohne. Sie scheint mehr Persönlichkeit zu haben. Sie projiziert ein scharfes gelbes Licht in den Himmel, das einem einige Sekunden vorher Bescheid zu sagen scheint: »Das Büfett ist eröffnet!«

Das sind natürlich alles nur Eindrücke. Aber Eindrücke erlauben dir, die merkwürdige Anordnung der Details, die dir gegeben werden, zu verarbeiten. Keines der Attribute, die ich den Geschossen verleihe, muss richtig sein. Vielleicht bilde ich sie mir nur ein oder übertreibe sie. Aber wenn du abends in deinem Wohnzimmer sitzt und darauf wartest, dass der Tod an die Tür klopft oder dir eine SMS mit dem Text »Bin in einer Minute da!« schickt, wenn du in die Zukunft schauen willst und nur die Ungewissheit siehst, wenn du die eine Frage, die deine Kinder unbedingt beantwortet haben wollen, nicht beantworten kannst (»Papa, wann hört das endlich auf?«), wenn du dich jeden Tag abrackerst, um deine Kräfte zu bündeln, die du dringend brauchst, um den Tag zu überstehen ... Was soll ich in diesen Situationen sonst machen, als »Eindrücke« zu sammeln?

Heute Nacht sind wir bis fünf Uhr morgens diesem Orchester von Explosionen ausgesetzt, und versuchen, eine Erklärung zu finden. Um halb sechs kommt mein Schwiegervater aus der Moschee zurück und erzählt uns die Neuigkeiten, über die sich die Gläubigen beim Morgengebet unterhalten haben. Vor zwei Stunden kamen sechs Mitglieder der Familie Abu Aytah[17] im Schlaf ums Leben. Sie hatten im Erdgeschoss ihres Hauses Schutz gesucht, weil sie dachten, die Physik einer F16-Rakete würde sich an ihre Logik halten. Ohne Warnung fetzte sie die Bombe in Stücke. Panzer nähern sich Jabalia aus östlicher Richtung. Sie durchqueren eine Region, die Ezbet Abed Rabbo heißt.

Der Krieg hat den Gazastreifen aufgeteilt, in Portionen oder Gänge, wenn man so will, und der Herr des Krieges isst nun einen Gang nach dem anderen, lässt sich jeden einzelnen auf der Zunge zergehen. Als der Krieg vor drei Wochen ausbrach,

17 Ibrahim Abdallah Abu Aytah (67), Ahmad Ibrahim Abdallah Abu Aytah (30), Jamila Salim Abu Aytah (65), und Adham Ahmad Abu Aytah (11)

sich noch auf Luftangriffe beschränkte, war Shuja'iyya der erste Gang mit einhundertzwanzig Toten und über siebenhundert Verletzten (eine Zahl, die sich natürlich täglich ändert, weil noch immer Leichen aus den Trümmern geborgen werden, aber mitunter auch Überlebende). Danach hatte der Herr des Krieges Lust auf ein anderes Stück des Gaza-Kuchens und widmete sich Beit Hanun. Das gleiche Massaker, die gleiche Massenflucht, nur mit anderen menschlichen Zutaten. Vor drei Tagen wandte er sich Khuza'a zu, das in der Nähe von Khan Yunis liegt. Tausende wurden aus ihrem Zuhause vertrieben. Allein gestern starben fünfzig Menschen in Khuza'a.

Letzte Nacht erreichten die Panzer Ezbet Abed Rabbo, das von uns nur einen Kilometer entfernt liegt. Den ganzen Tag wurden wir von Panzergranaten beschossen. Die meisten dort drüben haben ihre Häuser inzwischen verlassen. Im Krieg von 2008/2009 fand in Ezbet Abed Rabbo ein Massaker statt, das auch im Goldstone-Report der Vereinten Nationen Erwähnung findet. Wirklich alles wurde zerstört. Nicht ein einziges Haus überstand die Vernichtung. Leichen blieben länger als eine Woche unter den Trümmern liegen.

Vorletzte Nacht schlug eine Rakete nur zwei Straßen von uns entfernt ein. Der Krieg bringt dir bei, sich an seine Logik zu halten, aber sein größtes Geheimnis gibt er nicht preis: Wie überlebt man ihn? Zum Beispiel weiß man, dass man während des Krieges seine Fenster nicht ganz geschlossen haben sollte, damit sie bei einer Druckwelle nicht zerplatzen. Noch sicherer ist es, jede Scheibe mit Klebeband abzudecken, damit die Scherben, falls sie zerbricht, nicht nach drinnen oder auf Menschen unten auf der Straße fallen. Selbstverständlich sollte niemand in der Nähe eines Fensters schlafen. Man sagt, dass der beste Schlafplatz in der Nähe oder noch besser unter einer Treppe ist, denn statisch gesehen ist das der stabilste Ort im ganzen Haus. In der vorletzten Nacht ist eine Granate nur 150 Meter entfernt von uns eingeschlagen. Nachdem du überprüft hast, ob es deinen Lieben gut geht, inspizierst du den Schaden. Normalerweise sind nur Fenster und Türen betroffen. Es stellte sich heraus, dass diese Granate mitten auf dem Friedhof von Jabalia gelandet war. Im Großen und Ganzen kämpfen Tote nicht im Krieg, sie sind zu sehr damit beschäftigt, tot zu sein. Dieses Mal sollten sie jedoch das Leid der Lebenden teilen. Am nächsten Morgen sah man die schmutzigen grauen Knochen verstreut zwischen den zertrümmerten Grabsteinen liegen. Die Detonation hatte sie wahrscheinlich hoch in die Luft geschleudert. Darüber musste ich lange nachdenken. Was passierte wohl mit den Geistern der Gebeine während des Sekundenbruchteils in der Luft? Und was machten sie mit den lebenden Bewohnern von Gaza, die geduldig in ihren Wohnzimmern saßen und für ihr Überleben beteten?

Gestern ging es in den meisten Gesprächen auf der Straße um Wunder. Wunder des Überlebens. Wenn alles um einen herum zerstört ist und alle anderen tot sind, wird man zu einem Wunder. Alle sprachen von dem fünf Monate alten kleinen Mädchen, das als einziges Mitglied ihrer Familie ein Blutbad überlebt hatte. Das Baby lag in einer Wiege, das Mauerwerk stürzte so zusammen, dass sich über ihr eine Art Pyramide bildete und sie schützte. Sie hatte großes Glück. Gestern, sechs Tage nach dem Angriff auf Shuja'iyya, fanden Rettungskräfte einen Mann unter dem Beton, der noch am Leben war. Nach sechs Tagen! Ein anderes kleines Mädchen, das überlebt hatte, während ihre Mutter und ihre Brüder umgekommen waren, wurde von einem Fernsehmoderator gefragt, wo ihre Familie sei. Sie antwortete: »Sie sind weggegangen, um Märtyrer zu sein.« Sie dachte, dass Märtyrer sein so etwas sei wie Urlaub machen. Sie erklärte weiterhin, dass sie auf ihre Rückkehr »vom Märtyrertum« warte.

Zweifellos werden einige Menschen diese Wunder als »Wunder des Ramadan« bezeichnen. Viele glauben, dass es im Ramadan während der letzten zehn Tage des Monats eine Nacht gibt, die heiliger ist als die anderen. Es handelt sich um die Nacht, in der Gabriel Muhammad den Koran übermittelt hat. Ich höre schon meine Schwiegermutter, wie sie darauf besteht, dass all diese Wunder Wunder dieser Nacht sind.

Dieser Ramadan ist sowieso anders. Nicht ein einziges Mal habe ich den Geist des heiligen Monats gespürt. Der Gemeinschaftssinn existiert nicht, das Fasten fühlt sich schal an. Die ganzen kleinen Besonderheiten werden von der Kakofonie des Krieges übertönt: die Morgenmelodien des Musaharati, die Familientreffen, die speziellen Wettbewerbe im Sportclub des Lagers, das nächtliche Geschichtenerzählen der älteren Frauen der Familie, während sich alle um den Herd hocken und zuhören. Alles, was den Ramadan ausmacht, fehlt.

Gerade komme ich vom Markt zurück. Heute Morgen sieht er nicht unbedingt wie ein Markt aus. Nur ein paar Läden und Stände haben geöffnet, wenig appetitliches Gemüse liegt aus. Die Gurken sind blass, die Tomaten trocken, die Kartoffeln klein und ein wenig faulig, die Radieschen haben schon lange ihren Biss verloren. Eine halbe Stunde lang versuchte ich, irgendetwas Gutes zu finden. Die meisten Bauern haben ihre Felder sich selbst überlassen. Die Bauern leben jetzt wie alle anderen in den zu Flüchtlingslagern umfunktionierten UNRWA-Schulen. Die Felder sind verwaist. Nur wenn jemand gut vorbereitet hinschleicht, das Risiko, nicht mehr zurückzukommen, auf sich nimmt, kann ein Teil der Ernte auf den Markt gebracht werden. Natürlich sind die Preise überall hoch, teilweise liegen sie tausend Prozent über dem Normalpreis. Plötzlich sehe ich etwas Unerwartetes – eine Handvoll junger Mütter zerren ihre unwilligen Kinder in ein Kleidergeschäft, als würde das neue Schuljahr schon beginnen. Viele der Familien, die in den umfunktionierten Schulen leben, hatten nichts dabei, außer dem, was sie am Leib trugen. Nach zehn Tagen haben diese Frauen entschieden, etwas zu unternehmen. Die Kinder brauchen neue Kleider. Das Leben geht weiter.

Freitag, 25. Juli

Zeitlos in Gaza

Dass Freitag ist, wird mir erst bewusst, als die Gebete beginnen. In einem Krieg haben die Wochentage keine Bedeutung. Dir ist egal, ob es Freitag, Montag, Samstag oder Dienstag ist. Weder der Name des Tages noch das Datum sind wichtig. Entdeckt habe ich das am vierten Kriegstag. Am Abend des 6. Juli, einem Sonntag, begann er. Die meisten Medien sagen, er hätte in den Morgenstunden des 7. Juli, also am Montag, begonnen. An die erste Nacht kann ich mich in allen Einzelheiten erinnern, besser als an andere Nächte. Aber da Beschuss und Bombardement pausenlos weitergingen, Tag für Tag, verloren die Wochentage ihre Bedeutung. Jetzt ist in Gaza das einzig Wichtige, zu wissen, wann in den kommenden Minuten die nächste Bombe fällt.

Am vierten Kriegstag merkte ich also, dass ich jegliches Zeitgefühl verloren hatte. Das Einzige, das ich sicher wusste, war, wie lang der Krieg schon dauerte. Dein Leben bindet sich an die Bedingungen des Krieges, alles hängt von seinem Rhythmus, seiner Inszenierung, seinen Geräuschen, seinem Schweigen ab. Du weißt immer genau, der wievielte Kriegstag es ist. Heute ist der neunzehnte Tag.

Am Morgen entschied ich mich, nach Gaza-Stadt zu fahren, um das Zentrum zu sehen, und die Orte, die in meinem neuen Tagesablauf fehlen. So wie mir bewusst wurde, dass Freitag ist, erinnerte ich mich auch, dass der Ramadan sich dem Ende zuneigen müsste. Ein junger Mann mit einem Pferdewagen voller Matratzen und Kissen kommt mir entgegen. Wahrscheinlich hat er sie aus den Ruinen seines Hauses gezogen und fährt damit jetzt zu seinem Unterschlupf, möglicherweise in einer der UNRWA-Schulen. Der Mann ruft einem anderen auf der Straße zu: »Der wievielte Tag ist heute?« »Der siebenundzwanzigste.« Das bedeutet, dass in drei oder vier Tagen ’Id ist. Normalerweise würden wir um diese Zeit mitten in den Vorbereitungen für das Fest stecken. In jeder Ecke der Stadt hinge dicht an dicht bunter Lichterschmuck, die Geschäfte hätten Tag und Nacht geöffnet, damit man alles, was man »unbedingt« braucht, auch auf jeden Fall bekommt – meist schöne Kleider, die man zum Fest tragen kann. ’Id hat seinen eigenen Geruch und Geschmack, man kann es nicht verkennen.

Doch dieses Jahr ist alles anders.

Von der Saraya-Kreuzung gehe ich nach Westen. Das Karawan-Café, in dem ich während der vergangenen siebzehn Jahre fast jeden Morgen gesessen habe, ist geschlossen. Die Übertragungswagen stehen dicht gedrängt vor dem Shuruk-Hochhaus, damit sie für die besten Bilder einer neuen Explosion gleich losrasen können. Nachrichten werden in Gaza in drei Gebäuden produziert: im Shuruk-Hochhaus auf der Omar-al-Mukhtar-Straße, im Shawa-Hosary-Hochhaus auf der Al-Wahda-Straße und im Juhara-Hochhaus in der Al-Jala’a-Straße. Die Distanz zwischen diesen Hochhäusern beträgt etwa drei Minuten zu Fuß. Jede Presseagentur, jeder Sender, egal ob lokal oder international, befindet sich in einem dieser drei Gebäude und überträgt von dort. Der Balkon des Ranush-Cafés im ersten Stock des Shuruk-Hochhauses ist mit Staub und Ruß bedeckt. Die bescheidenen Bambusstühle des Cafés warten seit neunzehn Tagen vergeblich auf Besucher. Wenn man auf diesem Balkon sitzt, von dem aus man die Omar-al-Mukhtar-Straße, Gazas Hauptgeschäftsstraße, überblicken kann, fühlt man sich mit jeder Faser mit Gazas Geschäftigkeit verbunden. Normalerweise. Jetzt gerade merke ich, wie sehr mir mein alter Tagesablauf fehlt: überall hinzugehen, wohin ich möchte, meinen Morgenkaffee im Karawan-Café zu schlürfen, meine Abendwasserpfeife im Ranush zu rauchen, sich eine Falafel im Al-Sousi, einem kleinen Restaurant die Straße hinunter, zu holen, wo es mitunter so voll ist, dass man zwanzig Minuten anstehen muss ... Jetzt hat alles zu. Was ich sehe, sind Trümmer, zusammengestürzte Gebäude, große, hässliche Löcher, wo einmal welche gestanden haben, Ruinen. Schutt ist alles, was ich vor Augen habe, wenn ich sie schließe.

Unten, auf dem Platz des Unbekannten Soldaten, beginnt es sich langsam zu regen. Frauen, Babys, alte Männer, junge Mädchen und Jungen – langsam erwachen sie. Einige liegen noch immer ausgestreckt auf ihren Kartons oder was auch immer sie mit sich gebracht haben, nur wenige sind glückliche Besitzer einer Matratze, die sie im Park ausgebreitet haben, um dort zu schlafen. Es ist die sicherste Zuflucht, die sie bekommen konnten – die frische Luft. Die UNRWA-Schulen in Gaza sind seit einer Woche voll. Die Gräuel, die diese Menschen gesehen haben, den Tod, den sie gezwungen waren, zu Hause zu schmecken, haben gereicht, um alles fallen zu lassen und die Nacht schutzlos hier zu verbringen. Entweder im Park des Unbekannten Soldaten oder auf der dreieckigen Grünfläche in der Mitte der Omar-al-Mukhtar-Straße gegenüber des palästinensischen Legislativrates. Dieser Park wird normalerweise als schick angesehen, um ihn herum gibt es die teuersten Läden, besten Restaurants, Freizeitangebote auf beiden Seiten der Straße. Jetzt ist aus ihm ein weiteres Flüchtlingslager geworden. Als ich hindurchgehe, sehe ich, dass die Springbrunnen zumindest kleinen Jungen, die zwischen ihnen campiert hatten, etwas Ablenkung bieten. Sie reißen sich die Kleider von Leib und planschen im kalten Wasser, sie machen die Brunnen zu Swimmingpools, zu ihrem kleinen Paradies inmitten der Hölle.

Plötzlich wird die Schallmauer von einer F16 durchbrochen, der Knall rüttelt den ganzen Platz durch. Alle Hälse recken sich, um einschätzen zu können, wo die Rakete ungefähr landen wird. Die Jungs vergessen ihr Spiel, blicken rasch um sich. Ich wende mich nach Osten, Richtung Palästina-

Platz. Ein paar Sekunden später hören wir es – der Flieger nimmt sein Mahl in Rimal ein. Wie alle laufe ich zur Mitte der Straße, dem sichersten Ort. Bei solchen Gelegenheiten sollte man sich von noch intakten Gebäuden fernhalten. Wir rennen die Straße entlang, immer in der Mitte, auf die Ruinen des Al-Issra-Hochhauses zu, das vor einer Woche getroffen wurde und in dem viele Familien gestorben sind. Es war eines der ersten hohen Gebäude in Gaza, das nach dem Friedensabkommen von 1993 gebaut wurde. Architektonisch war es recht eindrucksvoll. Jetzt ist es nur noch ein Schutthaufen, der einer Rakete keinen Grund geben sollte einzuschlagen.

Als wir sicher sind, dass das Flugzeug weg ist, klettern wir wieder von den Trümmern. Vom Palästina-Platz nehme ich ein Taxi nach Jabalia. Der junge Mann auf dem Beifahrersitz erzählt mir, während er den Fahrpreis abzählt, dass seine Kinder zu ihrem Großvater ins Lager von Nuseirat gezogen sind, nachdem ihr Zuhause in Beit Hanun zerstört wurde. Das Lager befindet sich ungefähr sechzehn Kilometer von Jabalia entfernt, wo er momentan lebt. Sechzehn Kilometer sind in Kriegszeiten eine lange Strecke. Da er seine Kinder vermisst, hat er sich an diesem Morgen entschlossen, zu ihnen zu fahren. Die Fahrt stellt für ihn ein ziemliches Risiko dar. Seine fünf Ziegen kamen bei dem Angriff ums Leben. Erst vor einem halben Jahr hatte er sie gekauft, aber noch nicht abbezahlt. Er lebte vom Verkauf der Milch und des Käses. Nun sind die Ziegen tot, und damit fehlt seine Haupteinnahmequelle. Außerdem muss er noch den Kredit abzahlen.

In einem großen Gebäude am Ende der Al-Jala'a-Straße, die Gaza-Stadt mit Jabalia verbindet, wütet ein Feuer. Die israelische Armee hat das Haus um drei Uhr morgens getroffen, inzwischen ist es Mittag, und das Feuer verschlingt noch immer, was es kriegen kann. Durch die Explosion sieht die Straße aus wie in einem Film über den Zweiten Weltkrieg.

Die Frau, die mit ihrer kleinen Tochter auf dem Schoß neben mir im Taxi sitzt, sagt unvermittelt, sie hätte von einer fünftägigen Feuerpause gehört. Sie sei nicht sicher, ob es wirklich stimme, aber froh, dass sie wenigstens darüber reden. Bis wir in Jabalia ankommen, sprechen wir von nichts anderem als der Möglichkeit einer Feuerpause. Wir sind müde, müssen uns ausruhen. Die Nachrichten bis in die Nachtstunden zu verfolgen, ist so, als würdest du in einer Lotterie darauf warten, dass endlich dein Los gezogen wird. Warten auf dein flüchtiges Stück vom Glück. Und Glück ist, sogar in diesen Situationen, nichts Kollektives, sondern etwas Persönliches. Du musst für deine eigene Sicherheit sorgen, für die deiner Familie, bis die öffentliche Sicherheit mit dem Ende des Krieges wiederhergestellt ist. Alles hat seine Logik, auch im Angesicht des Todes. Doch du möchtest selbst durchsetzen, wann und wo er eintritt, deine eigene Logik auf das Chaos anwenden. Du möchtest glauben, selbst wenn du dem Tod nicht entkommen kannst, dass du zumindest in der Lage bist, ihn zu verschieben. Aber der Krieg stellt das alles bloß, zeigt dir, dass es eine Farce ist.

Zurück in Jabalia. Hanna streitet mit den Kindern, ob sie rausgehen dürfen oder nicht. Sie möchten auf die Straße und frische Luft schnuppern und dürfen noch nicht einmal aus dem Fenster gucken. Mustafa behauptet, es sei heute sicher, da sich mehr Menschen nach draußen trauen. Er möchte mit seinen Cousins im Haus ihres Großvaters spielen. »Nein heißt nein«, beharrt Hanna. Sie sehen mich flehentlich an. Ich schlage vor, sie heute Abend mit zu meinem Vater zu nehmen. Hanna soll allerdings nicht wissen, dass die Jungen die meiste Zeit im Internetcafé nebenan vor Computerspielen sitzen. Der Weg dorthin dauert vier Minuten zu Fuß.

Hanna und ich streiten oft deswegen. Meist nehme ich die Kinder für ein paar Stunden mit und bringe sie dann zurück. Jede Minute dieses Weges ist gefährlich. Jeder Schritt ist gefährlich. Wenn ich zu meinem Vater eile, sie an den Händen haltend und so dicht an mich pressend wie möglich, bete ich die ganze Zeit, dass das Undenkbare nicht passiert.

Zwei Tage Blackout

Seit über vierzig Stunden haben wir keinen Strom. Gestern wurde auch noch das Wasser abgestellt. Strom ist ein Dauerthema in Gaza. Im Jahre 2008 wurde das einzige Kraftwerk im Gazastreifen bombardiert, und seither haben wir täglich bestenfalls für zwölf Stunden Strom. Diese zwölf Stunden können tagsüber sein oder auch nachts, wenn du tief und fest schläfst. Unmöglich vorherzusehen. Sich darüber zu beschweren, bringt nichts. In den letzten drei Wochen hatten wir kaum mehr als zwei oder drei Stunden am Tag Strom. Momentan würden wir uns schon über eine einzige freuen.

Diese Blackouts ziehen deinen ganzen Alltag in Mitleidenschaft. Alles dreht sich nur noch um den wunderbaren Augenblick, in dem der Strom wieder eingeschaltet wird. Aus jeder einzelnen Sekunde musst du das meiste herausholen. Zuerst lädst du alles auf, was einen Akku hat. Deinen Laptop, dein Handy, Taschenlampen, Radios usw. Während der Ladezeit solltest du nichts davon benutzen, damit alles vollständig aufgeladen wird. Weiterhin musst du einige schwierige Entscheidungen über die Telefonanrufe, E-Mails und SMS treffen, die du zu machen gedenkst. Wen rufst du an, wem antwortest du? Wenn du mit jemandem telefonierst, musst du dich zurückhalten, um nicht in den normalen Gesprächsmodus zu verfallen – das wäre »Akkuverschwendung«. Auch mit deinem Laptop musst du dir die Zeit sehr gut einteilen.

Gestern ging alles aus – mein Laptop, mein Handy, beide waren ganz und gar entladen. So saß ich den halben Tag in einem Internetcafé. Als die Besitzer dieses Cafés vor etwa einer Woche bemerkten, dass der Krieg nicht so schnell vorbei sein würde, stellten sie einen riesigen Generator auf und haben seitdem beinahe vierundzwanzig Stunden pro Tag, sieben Tage die Woche geöffnet. In der Straße, in der mein Vater lebt – immer noch die gleiche, in der ich auch aufgewachsen bin –, sind inzwischen fünf Internetcafés. Die Klientel in meinem Café besteht zum größten Teil aus Kindern und Teenagern. Sie benutzen die sozialen Medien oder spielen auf den Computern. Sogar jetzt, während der Explosionen, haben sie das Bedürfnis, ihre Zeit zu vergeuden. Diese Cafés ziehen sie magisch an. Hier können sie ihre Sorgen vergessen. Der einzige Erwachsene bin ich. Mein Handy und meinen Laptop gebe ich dem Besitzer zum Aufladen. An einem der Computer lese ich schnell meine E-Mails und dann die Nachrichten. Es dauert zwei Stunden bis der Akku meines Laptops aufgeladen ist. Erst dann gehe ich zu dem Blackout nach Hause zurück.

Gestern Abend erzählte mir Hisham vom Krankenhaus in Beit Hanun am Telefon, dass die Israelis die Klinik bombardiert haben. Granaten trafen den Röntgenraum und den Operationssaal. Patienten, Pfleger und Ärzte waren vollkommen verängstigt. Am Ende seiner etwa dreiminütigen Beschreibung des Durcheinanders wiederholte Hisham nachdrücklich seine Bitte um Intervention durch das Rote Kreuz oder die Vereinten Nationen. Hunderte Familien campieren im Krankenhauspark und können nirgendwo anders hin. Ich rufe bei Palestine-TV an und berichte von den eingeschlossenen Menschen im Krankenhaus von Beit Hanun. Sie sollen einen Appell an das Rote Kreuz oder die UN richten. Luay Saduni, dem Nachrichtenredakteur, gebe ich die Nummer des Krankenhausdirektors. Zu der Zeit des Anrufes von Hisham war ich gerade mit Abu Asil bei Hussain, wo wir im Dunkeln Shisha rauchten. Gegen Mitternacht machte ich mich auf den Weg nach Hause.

Auf der Strecke komme ich an zahlreichen zu Lagern umfunktionierten UNRWA-Schulen vorbei. An der zweiten Schule mache ich halt, um meinen Freund Ali Kamal zu besuchen, der eigentlich Lehrer ist, aber nun im Versorgungsteam an der Schule arbeitet. Er trägt eine kugelsichere Weste mit dem Logo der Vereinten Nationen. Wir setzen uns vor die Schule, und er berichtet mir, dass sie zweitausendvierhundertfünfzig Menschen aufgenommen haben, was ungefähr vierhundertdreißig Familien entspricht. Sie bekommen eine warme Mahlzeit und ein paar Kekse am Tag. Uns gegenüber stehen Menschen für Decken an, die ihnen durch ein Fenster gereicht werden. Eine weitere Schlange hat sich vor der Essensausgabe gebildet. Kamal arbeitet in Vierundzwanzig-Stunden-Schichten. Eine F16 bricht durch die Schallmauer und sprenkelt den Himmel mit Lichtpunkten. Das kennen wir. Die vorausgehenden Explosionen schallen aus dem Osten, aus Beit Hanun, zu uns herüber.

Einer der Flüchtlinge aus der Schule, ein Mitglied der Familie Ghabin, ist gestern Nachmittag zu seinem Hof gegangen, um nach seinen Tieren auf dem Feld zu sehen. Eine Panzergranate traf ihn. Die Trauerfeier fand heute in der Schule statt. Traurige Gesichter, geschwollene Augen, schreckliches Schweigen unter dem Metalldach, unter dem sich eigentlich die Sporthalle befindet. Ein Raum, in dem normalerweise Jungen spielten, wird jetzt zu einem Raum für die letzte Ehre und Beileidsbekundungen für einen jungen Mann, der nur nach seinen Tieren und seinem Hof sehen wollte.

Die Frauen schlafen in den Klassenzimmern, die Männer müssen mit den Winkeln vorliebnehmen, die sie finden können – Lagerräume, Flure, dem Spielplatz. Sie schlafen unter Klettergerüsten, Bäumen, im Hintereingang der Schule. In manchen Klassenräumen schlafen über hundert Frauen. Man fragt sich, wie sie es überhaupt aushalten, hier zu leben. Jegliche Privatsphäre geht verloren. Man teilt alles: die gleichen Bäder, die gleichen Essplätze, alles. Neulich bestand ein Mann darauf, seine Frau zu sehen, er vermisse sie. Kamal und die anderen UNRWA-Mitarbeiter lachten und fragten ihn, wie er sich das vorstelle. Der Mann antwortete, sie sei schließlich seine Frau, und er habe deshalb ein Recht darauf, sich ganz privat mit ihr hinzusetzen und sich zu unterhalten. Ruhig erklärten sie ihm, dass es Männern nicht erlaubt ist, die Frauen in den Klassenzimmern zu besuchen. Er schrie, er wollte sie doch nicht nur besuchen! Sehen könnte er sie ja auch auf dem Flur. Er wollte mit ihr intim werden! Schon drei Wochen! Er würde langsam verrückt! Kamal erzählte, dass sie ihn schließlich ins Klassenzimmer gelassen hätten, wo er fröhlich in einer Ecke eine Art Zelt improvisierte, in dem er mit seiner Frau Familienangelegenheiten »besprechen« konnte.

Bevor ich gegen zwei Uhr nachts nach Hause gehe, machen Gerüchte von einer zwölfstündigen humanitären Feuerpause, die um acht Uhr beginnen soll, die Runde. Man sollte Informationen über Feuerpausen und Waffenstillstände immer mit Vorsicht genießen. Aber in der Schule reagieren alle optimistisch, machen Pläne, in ihre Häuser und auf ihre Höfe zurückzukehren. Am Morgen werden wir es sehen.

Die Explosionen lassen die ganze Nacht nicht nach. Ich muss zurück, um das Suhur mit der Familie einzunehmen. Mein Vater hat es gestern geschafft, eine Wassermelone zu ergattern. Seit Kriegsbeginn habe ich kein frisches Obst mehr gegessen. Eine Wassermelone zum Suhur ist ideal. Sie beinhaltet Zucker und Wasser und löscht den Durst. Wir genießen sie mit großem Appetit. In dem Moment, in dem mein Kopf das Kissen berührt, schießt ein rotes Licht vom Himmel herunter. Ich schließe meine Augen, höre die Explosion wie ein Echo im Traum. Als ich morgens aufwache, frage ich Hanna sofort nach der Feuerpause. Hanna nickt. Heute hat sie nichts dagegen, dass die Kinder zu meinem Vater und ins Internetcafé zum Spielen gehen. Sie freut sich, dass sie endlich, wahrscheinlich sogar zwölf Stunden lang, draußen herumlaufen können. Für sich selbst freut sie sich auch. Seit einer Stunde überlegt sie, wo sie hingehen soll.

Ich werde mit Aed und Salim nach Shuja'iyya fahren, um zu sehen, wie es dort aussieht.

Sonntag, 27. Juli

Das Massaker von Shuja'iyya

»Das ist kein Krieg. Das ist der Tag des Jüngsten Gerichts.« Ein Mann steht vor einem Schutthaufen, der einmal sein Haus gewesen ist. In diesem Viertel wurde so viel zerstört, dass ein anderer, der weiter die Straße hinunter in den Trümmern steht, nicht mehr weiß, was davon einmal zu seinem Zuhause gehörte und was nicht. Der ganze Straßenzug besteht nur noch aus Schutt – Stein, Metall, Ziegel, Sandhaufen. Hier und da ein Brocken Asphalt, der vermuten lässt, wo die Straße verlaufen ist. Aber es gibt eigentlich keine Straße mehr, keine Begrenzung zwischen ihr und den Gebäuden und den Gebäuden untereinander. Die Häuser hatten einmal separat gestanden, eins vom anderen und von der Straße klar unterschieden. Jetzt ist alles eins.

Häuser sind in Gaza mittlerweile so miteinander verflochten, als würde eine alte Frau sie wie Wollfäden zu einem Schal zusammenstricken, trotz verschiedener Farben, Materialien, Stilarten. Ein Mann, der Trümmer aufliest, schreit: »Dafür hat meine Familie sechzig Jahre lang gespart!« Das alles sehe ich, als ich mit Aed und Salim durch Shuja'iyya fahre. Die Bagdad-Straße, eine der Hauptdurchgangsstraßen des Viertels, die von der Altstadt zur Karama-Straße am südöstlichen Ende von Gazas Innenstadt läuft, ist vollständig vernichtet worden. Ironischerweise sieht die Bagdad-Straße nun dem, was die amerikanischen und britischen Streitkräfte nach dem Einmarsch 2003 im Irak hinterlassen haben, nicht unähnlich. Häuser ohne Form und Gestalt, ein Balkon liegt wie ein zerbrochener Stuhl mitten auf der Fahrbahn. Er hat sich wohl von einem Gebäude in der Umgebung abgetrennt. Langsam fahren wir um ihn herum. Beschädigte Kabel und entwurzelte Bäume befinden sich kreuz und quer auf dem Weg.

Am Rand des Viertels finden wir etwa ein Dutzend tote Kühe. Nicht einmal sie konnten dem Krieg entkommen. Sie liegen auf der Seite, die Zungen hängen aus den Mäulern, ihre Bäuche sind vom beginnenden Verwesungsprozess aufgequollen. Ein Tier ist genau in der Mitte geteilt worden. Wir sind erleichtert, als wir eine überlebende Kuh finden. Sie steht in einem kleinen Viereck aus Trümmern – wahrscheinlich vormals ihr Stall. Vorsichtig gehen wir auf sie zu. Sie steht nahe an der einzig verbliebenen Wand, sieht blass aus und hat eine Wunde am Bein. Als wir uns nähern, humpelt sie weg, offensichtlich unter Schmerzen, aber zu ängstlich, um sich von uns helfen zu lassen. Jemand sollte ihr sagen, dass wir keine Israelis sind.

Alte Frauen sitzen hilflos inmitten der Überreste ihres Zuhauses. Ein paar Kinder durchwühlen die Haufen nach Spielzeug. Sanitäter und Rettungsassistenten arbeiten pausenlos, um unter den Ruinen Überlebende zu finden. Allein heute wurden einhunderteinundfünfzig Leichen geborgen. Manche verwesten bereits. Dieser Gestank wabert durch ganz Shuja'iyya. Sie fanden eine Frau, die ihre beiden Kinder in den Armen trug. Sie hatte versucht, sie vor einer Panzergranate zu beschützen, und ließ auch trotz des Gewichts des Mauerwerks nicht los. Unter all dem Beton fanden sie ein Stillleben, scheinbar wie ein Foto, eine perfekte Komposition. Mein Nachbar Abu Nour half dabei, die Trümmer eines Hauses zu durchsuchen, in dem sechs Mitglieder einer Familie gestorben waren. Die Leiche eines der Kinder fehlte. Alle suchten verzweifelt nach einer Spur von ihr.

Abu Nour berührt Haut. Etwas, das sich wie der Körper eines Kindes anfühlt. Er schreit, ruft alle zu sich, damit sie ihm helfen, die Steine zu beseitigen. Er kann einen Körperteil festhalten und zieht ihn vorsichtig an die Oberfläche. Das Bein eines Mannes. Wessen? Niemand weiß es.

Die Feuerpause soll zwölf Stunden dauern, von acht Uhr morgens bis acht Uhr abends. Bis vier Uhr bleiben wir in Shuja'iyya, bewegen uns im Schneckentempo von einer Straße in die andere, versuchen, die Schäden vorsichtig zu umfahren und überall so gut wie möglich mit anzupacken. Als wir uns mit dem Auto wieder Richtung Osten in Bewegung setzen wollen, winkt uns ein Mann an den Straßenrand. Nur ein paar Hundert Meter entfernt stehen Panzer. Sobald sie uns sehen, werden sie auf uns zielen. Wir drehen um.

In Beit Hanun und Khuza'a sieht es nicht besser aus. Hier wurde gegen fünf Uhr schon wieder geschossen. In Khuza'a, so erfahren wir aus dem Autoradio, durften die Menschen die Trümmer ihrer Häuser nicht durchsuchen. Ständig gucken wir auf die Uhr.

Wir fahren zurück ins Stadtzentrum von Gaza, parken und gehen auf den Markt in der Nähe der Hauptmoschee. Sie erinnert mich an mittelalterliche Kirchen in Europa. Gegründet wurde sie als Kirche und später in eine Moschee umgewandelt. Ihre Architektur ist eine wunderschöne Mischung aus christlichen und muslimischen Elementen. Die Moschee formt und kennzeichnet den Markt, der sich von ihrem Haupttor in alle Richtungen ausbreitet. Ich rufe Hanna an. Sie bittet mich, Weißkohl und Petersilie mitzubringen. Ich möchte Fleisch und Hühnchen kaufen. Sie schränkt meinen Wunsch auf ein Kilo Hühnerbrust ein. Wegen der Stromausfälle können wir das Fleisch nicht kühlen. Also müssen wir täglich Lebensmittel einkaufen. In Kriegszeiten fühlt man sich nicht sicher, wenn der Kühlschrank nicht voll ist. Sobald du in der Nähe eines Lebensmittelladens bist, möchtest du eigentlich so viel kaufen, wie du tragen kannst. Doch ohne Strom ist Hamstern sinnlos. Alles würde schlecht werden. Wenn du zu Hause bist und geduldig wartest, dass das Bombardement und der Granatenbeschuss aufhören, sucht dich ständig die Frage heim, wie lange es wohl dauern wird, bis du das nächste Mal das Haus verlassen kannst, um Lebensmittel einzukaufen. Eigentlich soll alles seine Logik haben. Doch die dieses Krieges habe ich noch nicht entdeckt.

Aed lässt mich bei der Bäckerei auf der Al-Nasser-Straße aussteigen. Eine Dreiviertelstunde stehe ich an. Manchmal braucht man nur ein kleines bisschen Glück – oder man ringt mit sich. Gestern Nacht geht mein Glück zur Neige. Nach fünfundvierzig Minuten war ich dran, und der Bäcker teilte mir mit, dass alles verkauft war. Zehn kleine Brötchen sind alles, was er noch finden konnte.

Trotz des Tötens, der Zerstörung, der Vermissten, der Flüchtlinge, der Tränen, Wunden und Leiden – in dieser zwölfstündigen Feuerpause sehe ich Gaza wieder in gewohntem Licht. Tausende Menschen sind auf den Straßen, die Essen kaufen, sich von einem Ort zum anderen bewegen, die Läden sind geöffnet, Kinder spielen. Eine Stadt, die für einige friedliche Augenblicke übersprudelt. Die Feuerpause geht zu Ende. Die Panzergranaten wummern schon wieder, füllen die Luft mit Angst.

Im Radio wird über eine vierstündige Verlängerung der Feuerpause gesprochen, sodass sie bis Mitternacht dauern würde. Doch manchmal kümmert es dich einfach nicht, oder du glaubst es schlicht nicht, was im Radio gesagt wird. Ich nehme Jaffa mit zu meinem Vater, denn er vermisst sie. Sie spielt mit ihm, und dann bringe ich sie zurück. Hanna hatte darum gebeten. Luay ruft mich aus den Fernsehstudios an, um ein Interview mit mir zu machen. Er schickt einen Wagen.

Der Kameramann fragt, ob ich den gleichen Pullover trage wie beim letzten Interview. Das ist eine Woche her. Und es ist in der Tat der gleiche Pullover. Vor einer Woche trug ich die gleichen schwarzen Hosen, den gleichen blöden blauen Pullover, als ich meine Wohnung verließ. Andere Kleider hatte ich nicht eingepackt. Zu Hause ziehe ich einen Kaftan meines Schwiegervaters an. Ich brauche dringend neue Garderobe.

Montag, 28. Juli

Heute ist das Fest

Heute ist 'Id. Nach einem langen Monat ist das Fest des Fastenbrechens wie ein Seufzer der Erleichterung. Die Kinder stehen früh auf, von den Sprechchören und Gesängen, die von den Minaretten in unserer Umgebung hinunterschallen, geweckt, während die Sonne im Osten sich noch abmüht, aus dem Bett zu kommen. Normalerweise spielen die Kinder an 'Id draußen auf der Straße, begeistert, weil sie von ihren Eltern gerade Taschengeld bekommen haben. Die Kinder erhalten nur einmal im Jahr einen größeren Geldbetrag, und das geschieht an diesem Fest. Sie stürmen hinaus, kaufen Spielzeug, fahren Karussell, fliegen zwischen Himmel und Erde. Jedes Kind wünscht sich das ganze Jahr 'Id. In meiner Kindheit war es immer etwas ganz Besonderes, und so ist es jetzt auch für meine Kinder.

Gestern Abend diskutierten wir zwei Stunden lang, was für eine Art Fest wir feiern wollen. Natürlich wollten die Kinder ein 'Id, wie es immer ist. Das bedeutet: Sie bekommen neue Kleider, lassen sich die Haare schneiden (auch wenn sie gerade letzte Woche beim Friseur waren), sie dürfen Spielzeug und andere Zerstreuungen kaufen und ihr Taschengeld für Bonbons, Schokolade und Karussellfahrten ausgeben. »Es ist 'Id!« Das ist ihre Logik. Hanna und ich erklärten, dass es sehr viele Kinder gibt, die ihre Eltern verloren haben, die heute Abend nicht feiern können und noch trauriger werden, wenn sie andere Kinder sehen, die das tun. »Denkt an die Menschen in den Schulen, sie können nirgendwohin und haben nicht einmal die Möglichkeit, sich richtig zu waschen.«

Unsere Einwände und Begründungen stoßen auf taube Ohren. Schlussendlich ist es nicht ihre Schuld. Sie haben sich das ganze Jahr darauf gefreut. Ich gebe nach und verspreche, jedem etwas Neues zum Anziehen zu kaufen und vielleicht mit ihnen zum Friseur zu gehen. Mehr nicht. Kein Spielzeug, keine Schokolade.

Später am Abend wanderte ich drei Stunden auf dem Markt von Jabalia umher. Es ging das Gerücht einer erweiterten Feuerpause von vierundzwanzig Stunden um, die gegen zwei Uhr nachmittags beginnen sollte. Ab und zu schenkst du den Gerüchten Glauben, denn sie halten dich in Gang. Aber tief drinnen weißt du, dass dieses Gerede über Feuerpausen und Waffenstillstände sich als Witz entpuppen wird. Auf die Frage »Gibt es eine Feuerpause?« bekommst du ein ganzes Bündel von Antworten. Und die Analysen kriegst du gleich mitgeliefert. Antworten von Krethi und Plethi sind Analysen. »Soundso hat das und das gesagt.« Oder »Ich glaube, die Situation macht dieses und jenes deutlich«. Keiner hat richtige Informationen. Dein Fazit lautet also, dass es den Bewohnern des Gazastreifens mittlerweile egal ist, ob nun eine Feuerpause ausgerufen wurde oder nicht. Sie möchten ihre eigene, auch wenn der Pilot in der F16 keine will, und auch der nicht, der die Drohne von seinem Schreibtisch aus steuert, oder der Kapitän des Schiffs, der die Idee, dass seine Beute sich frei in den Straßen bewegen könnte, überhaupt nicht mag.

Die Antwort auf die Frage, ob es morgen eine Feuerpause geben wird, ist nicht länger relevant, denn jeder wird seine eigene Feuerpause zum Fest haben. Alle werden das Fest so gut wie möglich genießen. Gestern Nachmittag um drei wurde ein Haus in der Nachbarschaft meines Vaters von Granatsplittern getroffen. Niemand war zu der Zeit zu Hause, aber ein anderer Nachbar, der gerade vorbeiging, wurde verletzt. Natürlich dient das Hanna nun als Argument dagegen, dass ich die Kinder mit zu ihrem Großvater und ins Internetcafé nehme.

Gestern war der Markt voller Menschen, die hauptsächlich

Kleider kauften. Einige Läden verkauften auch Süßigkeiten und Schokolade, in dem Gedränge konnte ich mich kaum bewegen. Wenn der Markt so voll ist, wirst du automatisch weitergeschoben. Ich sollte den gedörrten, in Salz eingelegten Fisch kaufen, den wir am Festmorgen essen. Das ist Tradition. Der Fisch wird schon Monate vorher getrocknet und mit Salz gefüllt. Am Morgen des 'Id wird er gebraten, und in dem restlichen Öl werden hinterher Tomaten gekocht. Nach einem Monat des Fastens soll man etwas Salziges essen, damit man wieder beginnt, regelmäßig Wasser zu trinken. Der Schlüssel zu allem ist, auf welche Art und Weise du den Fisch zubereitest. Das ist das Geheimnis.

Wir braten den Fisch, aber haben kein Brot mehr, das wir dazu essen können. Das Brot im Kühlschrank ist verschimmelt, da wir nun schon drei Tage in Folge keinen Strom mehr hatten. Gestern Abend, gegen zehn, kam er kurz zurück, für nicht einmal anderthalb Stunden. Diesen Morgen stehen wir wieder ganz am Anfang. Wir müssen alles wegwerfen – Fleisch, Geflügel, sogar das Gemüse. Bis gestern Abend war das Brot noch genießbar, aber nun müssen wir uns beeilen, um neues zu bekommen. Mein Schwiegervater setzt sich aufs Fahrrad und fährt in die Bäckerei im Zentrum des Lagers. Glücklicherweise hat sie geöffnet, und nach weniger als einer Stunde ist er, beladen mit warmen Laiben, zurück.

Kaltes Wasser habe ich seit drei Tagen nicht getrunken. Nicht einmal in den Supermärkten gibt es noch gekühlte Getränke. Die größeren Geschäfte haben selbstverständlich ihre eigenen Generatoren, aber deren Energie verwenden sie nicht auf Getränke. Faraj erzählt mir, dass Wafi von Verwandten, die in einer Gegend leben, die noch mit Strom versorgt wird, ein bisschen Eis bekommen hat. Er hat Faraj etwas abgegeben, und so bitte ich ihn um ein paar Würfel für ein Glas Wasser. Ein Glas kaltes Wasser erscheint mir momentan als das Kostbarste, was ich besitzen könnte.

Auf dem Markt kam es gestern Abend zum Streit. Flüchtlinge aus Beit Hanun warfen den Süßigkeiten- und Schokoladenverkäufern mangelnde Sensibilität vor. Ihr Leiden sei ihnen egal, behaupteten sie. Schreie wurden ausgestoßen und dann Fäuste geschwungen, mitten auf dem Markt, es war ein großes Durcheinander. Die Menschen spalteten sich in zwei Parteien, genau wie die Kinder, Hanna und ich. Das Leben muss weitergehen, zumindest auf einem einfachen Niveau, denke ich. Niemand wurde ernsthaft verletzt, und wir konnten die Streithähne entzweien und jeden in Ruhe seine Argumente vortragen lassen. Der meistgehörte Gruß, den man dieses ’Id vernimmt, ist »Gott sei Dank ist das Fest gekommen, und dir geht es noch immer gut«. Wir wiederholten diesen Satz mehrmals gegenüber den Angreifern, um sie daran zu erinnern, wie froh sie sein konnten, die Massaker überlebt zu haben.

Als ich letzte Nacht mit Sohail vor seinem Haus stand, traf eine Gruppe Männer ein, die einen älteren, offenbar halb toten Mann trugen. Sohail erkannte ihn wieder. Er war der Direktor einer Schule im Lager von Bureij gewesen und außerdem ein Freund seines verstorbenen Vaters. Die israelischen Streitkräfte hatten ihn fünf Tage zuvor verhaftet und in der Nähe des Grenzübergangs von Erez gefangen gehalten. Nur eine Flasche Wasser hatte er bekommen, nichts zu essen. Fünf Tage und Nächte lang hat er auf dem bloßen Sand gesessen und geschlafen und war den über ihn hinwegfliegenden Projektilen und den auf allen Seiten einschlagenden Granaten schutzlos ausgeliefert. Vor ein paar Stunden schickten die Israelis ihn weg. »Wo soll ich denn hingehen?«, fragte er sie. »Irgendwohin, nur weg von hier.«

Die drei Kilometer bis zur Ostgrenze des Lagers legte er zu Fuß zurück. Auf der Straße brach er zusammen. Jemand spritzte ihm Wasser ins Gesicht, woraufhin er das Bewusstsein wiedererlangte. Als er erfuhr, wo er sich befand, bat er die

Menschen, die sich um ihn herum versammelt hatten, ihn zu Sohail zu bringen.

Dort duschte er und ruhte sich ein wenig aus, bis seine Söhne kamen, die Sohail kontaktiert hatte. Später erzählten sie uns den zweiten Teil der Geschichte. Nachdem die israelischen Soldaten ihren alten Vater aus seinem Haus im Dorf Murghraqa in der Nähe des Wadis von Gaza mitgenommen hatten, schlossen die Soldaten die Mutter und zwei Schwestern im Badezimmer ein. Es dauerte zwei Tage, bis jemand ihre Schreie hörte und die Tür aufbrach. Sie hatten nur Leitungswasser zu sich nehmen können. Der Retter fand sie an der Schwelle des Todes, am Rand des Abgrunds, weder beschützt noch beschützend, wie man in Israel sagt.

Am zweiten Kriegstag wurde ein kleines Mädchen geboren, nachdem ihre dreiundzwanzig Jahre alte Mutter ihren Verletzungen nach einem Angriff erlegen war. Eine wahre Geschichte. Auf dem Weg zum Krankenhaus bemerkte der Arzt, dass der Fötus noch lebte und dass eine Operation ihn retten würde.[18] So war es. Der alte Mann, der Überlebende, konnte zum ersten Mal lächeln, als wir ihm die Geschichte erzählten. Er merkte, dass es gut war, noch immer am Leben zu sein.

18 Shaima al-Sheikh Qanan war im achten Monat schwanger, als sie während eines israelischen Luftangriffs auf Deir al-Balah getötet wurde. Ein Notkaiserschnitt wurde durchgeführt, und ihre Tochter Shaima wurde geboren. Tragischerweise verstarb das Baby am Dienstag, 30. Juli. http://en.alalam.ir/news/1617749#sthash.lRbM1vXK.dpuf

Der dreiundzwanzigste Tag

Seit zwei Stunden hören wir nichts als Überschallknalle und Explosionen von Raketen und Mörsern. Granaten sind auf unsere Straße niedergegangen, wenige Hundert Meter von unserem Haus entfernt. Auch auf die Straße hinter dem Gebäude. Die Detonationen erfolgen ohne Unterbrechung, von allen Seiten, aber wir sind nicht immer sicher, welche davon Überschallknalle der F16 und welche wirklich Einschläge sind. Das Echo der einen wie der anderen erfüllt uns mit Angst, denn wir fürchten, selbst bald nur noch ein Echo zu sein, wenn eine davon uns direkt trifft.

Hanna streitet mit den Kindern, welche Art von Spielen sie kaufen wird, wenn sie wieder auf die Straße gehen und Besorgungen machen kann. Sie plädiert für ein einfaches Spielkarten-Set und ein Leiterspiel. Spiele, die in unserem Haushalt früher verpönt waren, liegen jetzt auf dem Tisch, damit die Kinder im Haus bleiben. Sie hat ihnen untersagt, in den Kramladen zu gehen, und blieb bei ihrem Verbot, das Internetcafé oder den PlayStation-Shop zu besuchen, unerbittlich. Die iPads der Kinder funktionieren nicht mehr, weil die Spannungsschwankungen die Akkus beschädigt haben, also quengeln sie, wir sollten mit ihnen in ein Geschäft gehen und sie reparieren lassen. Sie verstehen nicht, dass man in Kriegszeiten nicht normal einkaufen gehen kann. Sie müssen sich fügen. Wir werden ihnen also Spielkarten und ein Leiterspiel kaufen.

Letzte Nacht waren wir sicher, dass die Panzer bald zum Lager von Jabalia vorstoßen würden. Stundenlang beschossen sie die Ostseite des Lagers, die Viertel Ezbet Abed Rabbo und Jurun. Jurun liegt nur fünfhundert Meter vom Zentrum des Lagers entfernt. Die Gebäude in unserer Straße ächzten und taumelten, als würden sie gleich umfallen. Man hat das Gefühl, alles breche demnächst in sich zusammen. Als würde die Stadt gleich in einen bodenlosen Abgrund sinken. Mit jedem Einschlag verschiebt sich alles. Es ist, als sei man mitten in einem Katastrophenfilm. Allerdings spielt man nicht die Hauptrolle, man gehört nur zu den Komparsen, die in Scharen der Katastrophe zum Opfer fallen. Deine Aufgabe ist nur, den Zuschauer in Angst und Schrecken zu versetzen, und dann zu sterben.

Ein Trauerzug zieht unter dem Fenster vorbei. Die Leiche ist nur mit einem einzigen Laken bedeckt und wird von einer Handvoll Männern getragen. Einige stoßen laute Flüche gegen Israel, die internationale Gemeinschaft und verschiedene arabische Regierungen aus. Die Prozession erreicht den Friedhof, die Rufe verklingen wie ein Schrei in einem Traum. Ich habe die Trauernden gezählt – es waren nicht einmal zwanzig Personen. Momentan wird im Minutentakt überall im Gazastreifen ein Mensch zu Grabe getragen. Wenn jemand während der Ersten Intifada von den israelischen Streitkräften getötet worden war, war das ganze Lager auf den Beinen, um ihm die letzte Ehre zu erweisen. Wir sind uns gegenseitig auf die Füße getreten. Tausende haben um dich getrauert. Jetzt gibt es tagsüber so viele Angriffe, so viele Drohnen, die die Straßen überwachen, dass nur wenige das Risiko auf sich nehmen, auch wenn sie den Verstorbenen gut gekannt haben. Die Drohne über uns wetzt ihre Zähne.

Die Kinder streiten sich wegen des Kartenspiels. Hannas Plan geht auf.

Letzte Nacht empfingen wir eine Voice-Message der israelischen Armee auf unseren Mobiltelefonen. Sie warnten die Bewohner von Jabalia, Beit Lahia und Beit Hanun, dass Angriffe auf ihre Häuser wahrscheinlich seien, sie sollten die Gebäude verlassen. Aber wohin, fragte ich mich. Ich saß gerade mit Faraj, Abu Asil, Wafi und Mohammad beisammen. Mohammads Handy piepste als erstes, dann meines. Das war gegen neun Uhr. Wir ließen uns nicht von unseren Plänen für den Abend abbringen. Abu Asil schlug vor, er könne in seiner Wohnung gegenüber ein Nachtessen bereiten und uns bringen. Um uns herum fielen Bomben, Granaten und Raketen, näher, als unser scheinbar ruhiges Verhalten vielleicht vermuten ließ. Natürlich gab es keinen Strom, und nach jeder Explosion mutmaßten wir, wo sie eingeschlagen hatten. Das Radio ist keine große Hilfe bei diesem Ratespiel. Wenn es Granaten hagelt, können die Reporter nicht mithalten mit den Ereignissen und sind oft selbst in großer Gefahr. Abu Asil bringt also das Essen. Dazu rauchen wir Wasserpfeife. Es ist schon fast zehn Uhr, als ich mich auf den Heimweg mache. Erst auf halber Strecke wird mir klar, wie gefährlich es jetzt auf den Straßen ist. Niemand geht unter solchen Umständen ins Freie. Das ganze Viertel ist in Finsternis getaucht, nur die Blitze der Explosionen erhellen hin und wieder den Weg. Wie jede Nacht gehe ich durch eine Straße, in der sich vier der UNRWA-Schulen befinden, die in Flüchtlingszentren umgewandelt wurden. Ich halte diese Straße für sicherer als andere. Natürlich würden die israelischen Streitkräfte, ohne zu zögern, auch eine UNRWA-Schule angreifen. In den letzten drei Wochen haben sie das vier Mal getan, zuletzt in Beit Hanun. Aber in diesen verrückten Zeiten entwickelst du deine eigene fehlbare Logik, um zu überleben. Es geht nicht darum, den sichersten Ort zu finden. Kein Ort ist hundertprozentig sicher. Es geht darum, seiner eigenen Logik zu folgen und sich zu entscheiden.

Jede Nacht zähle ich die Esel, die an der Schulmauer festgebunden sind. Heute sind es dreiundachtzig. Natürlich zähle ich auch das Eselfohlen mit, das nicht älter als ein paar Wochen sein kann und in seinen ersten Lebenstagen seinen Hof verlassen haben und hierhergekommen sein muss. Die Esel suchen instinktiv den Schutz der Mauer. Auch ein paar

Pferde sind darunter. Wenn sie aufschrecken, hört man ihr Gezeter durchs ganze Viertel. In Gaza ist immer Lärm, aber jetzt ist es eine ohrenbetäubende Kakofonie. Was ist der Unterschied zwischen Eselschreien und dem Sirren der Drohnen, fragst du dich. Beide machen einen verrückt. Aber der Schrei eines Esels ist harmlos. Das Schultor ist verschlossen, und drinnen höre ich den UNRWA-Koordinator durch sein Megafon Anweisungen erteilen. Die Sirenen der Rettungswagen sind aus allen Richtungen zu hören.

Plötzlich ist das ganze Viertel hell erleuchtet. Manchmal ist ein solcher Stromstoß trügerisch und versiegt gleich wieder. Achtzig Stunden lang hatten wir gar keinen Strom, aber jetzt scheint er einige Zeit zu fließen. Zu Hause hat meine Familie schon beschlossen, aufzubleiben und den Strom, den wir alle so vermisst haben, zu nutzen. Wie glücklich wir sind – die ganze Familie vor dem Fernsehapparat. Keine Minute der wertvollen Energie wollen wir verpassen. Hanna meint, wir sollten keine Nachrichten schauen, nichts, das mit dem Krieg zu tun hat. Wir brauchen eine Pause. Als der Ramadan begann, sah sie die ersten Folgen einer neuen Fernsehserie. Ramadan ist der Monat der Serien im arabischen Fernsehen. Auf jedem Kanal laufen sie zu Dutzenden. Ich wende ein, es mache nicht viel Sinn, nachdem sie drei Wochen der Serie verpasst habe, nun im Finale, der dreißigsten Folge, wieder einzusteigen. Aber Hanna will wissen, was aus den Helden geworden ist, die sie beim Serienstart kennengelernt hat.

Wir können das Programm etwa eine halbe Stunde lang verfolgen, doch dann werden die Explosionen so laut, dass man die Dialoge nicht mehr versteht. Ich möchte umschalten, weil ich wissen muss, was los ist. Hanna protestiert, sie besteht darauf, die Serie zu sehen. Sie könne diese Bilder von Leichen, Blut, abgerissenen Körperteilen und Trümmern ohnehin nicht mehr ertragen. Schließlich stürmt sie in ein anderes Zimmer und schaut das Ende der Serie dort. In der einen Minute mittendrin und betroffen zu sein, und in der nächsten abzuschalten – das geht für mich nicht. Das ist, wie in einem Fußballspiel plötzlich ausgewechselt zu werden …

Ein weitere Gruppe Vertriebener kommt die Straße herunter auf die Schule zu. Das Gemurmel der Erwachsenen und das Geschrei der Kinder sind durch das Fenster zu hören. Sie gehen an uns vorbei in die Schule gegenüber. Natürlich sind diese Schulen schon völlig überfüllt. Es gibt keinen Platz mehr für einen einzigen zusätzlichen Flüchtling, geschweige denn für Hunderte. Der Koordinator bittet übers Megafon die bereits Untergebrachten, nach Möglichkeit Platz frei zu machen. Es bleibt ihnen nichts anderes übrig. Die Neuankömmlinge erzählen die Geschichten ihrer Vertreibung und Flucht, von Granaten und Raketen, die über ihr Leben niedergegangen sind, von Panzern, die in ihre Gärten rollten, ihre Häuser, Höfe und all ihre Habe zerstört haben.

Von meinem Fenster aus lausche ich dem, was sie zu erzählen haben. Die Lichtspur von Geschossen überzieht den Himmel. Für einen Augenblick ist das ganze Viertel erleuchtet. Die Bomben schwimmen durch den Himmel wie kleine, glimmende Fische.

Hanna meint, wir sollten wieder alle im Korridor schlafen, nahe der Treppe. Dort ist es sicherer. Die Kinder schlafen schnell ein. Dann schlägt in der Nähe eine Bombe ein, und sie schrecken hoch. Die kleine Jaffa schreit. Aber erstaunlich – bald sind sie wieder eingeschlafen. Die Angst stiehlt uns alles, nicht nur die Seelenruhe und die Würde, sondern manchmal sogar die Energie, die es braucht, um wach zu bleiben. Da liegen sie, zitternd in kaltem Schweiß. Aber sie schlafen. Hanna schlägt vor, jetzt seien wir dran.

Bis nach sechs Uhr liege ich wach, drehe und wende meinen Kopf auf dem Kissen, finde nicht die richtige Position. Das Licht der Bomben kriecht in den Korridor und starrt mich an. Wenn ich die Augen schließe, leuchtet es durch meine Lider hindurch. Dieses Licht, das schon durch Fleisch und Knochen und Beton gedrungen ist, dringt nun auch durch meine Augenlider. Manchmal denke ich, es lacht mich aus, dieses Licht. Es zielt direkt auf mich.

Gnädigerweise sind es Geräusche der kleinen Jaffa, die mich gegen zehn Uhr wecken – die Töne eines Spiels auf meinem Mobiltelefon, das sie jeden Morgen spielt.

Der dreiundzwanzigste Tag, Teil 2

18 Uhr

Den Tod zu sehen, ihn zu berühren, seinen Speichel zu riechen, ihn in den Händen zu spüren, um dich herum, an jeder Straßenecke. Seiner Rohheit, seiner Gewöhnlichkeit, seiner Gnadenlosigkeit zuzusehen. Dabei zu sein, wenn zerfetzte Körper gestapelt werden wie Prüfungsbögen am Ende eines Schuljahrs, wie zerrissene Briefe eines zurückgewiesenen Geliebten, wie die Papierstöße in der hintersten Ecke eines bankrotten Geschäfts. Hier ein Bein, dort ein Arm, ein Auge, ein abgetrennter Kopf, Finger, Haar, Gedärme ... Nichts gehört noch zusammen.

Dem Tod so nah zu sein.

Wie er dem Leben die Schönheit entreißt. Wie er alles Leben mit einem Taschenspielertrick in seine Gewalt bringt. Er ist hässlich, denn er hat Macht über das Leben.

Gerade hatten wir mit dem Mittagessen begonnen, als sich die Panzer entschieden, ebenfalls ihre Mahlzeit zu sich zu nehmen. Das Geräusch ihrer Geschosse donnerte durch unser Haus. Überzeugt davon, dass es direkt nebenan eingeschlagen hat, haste ich zum Fenster. Keine hundert Meter entfernt sehe ich die ersten Rauchsäulen von den Dächern aufsteigen und den Blitz einer zweiten Rakete, die gerade eingeschlagen ist. Das getroffene Haus liegt direkt neben der Moschee, in der mein Schwiegervater gerade sein Mittagsgebet verrichtet. Ich renne los, vergesse, dass der Beschuss um mich herum weitergeht. Seltsamerweise stehe ich vor verschlossener Tür. Die Moschee ist unversehrt. Das Gebäude nebenan ist verwüstet. Einige Männer haben bereits begonnen, Teile der zerfetzten Leichen einzusammeln, die überall herumliegen. Zerrissene Organe, abgetrennte Gliedmaßen, ich sehe alles. Ich hebe sie auf. Fasse sie an. Ein Mensch kann wie eine Kuh bei einem Metzger geschlachtet werden. Körper sind nicht mehr voneinander zu unterscheiden, wenn sie in so viele Stücke geteilt sind. Wir machen fünf Leichen aus, betten sie auf Laken und tragen sie zu den Autos, deren Besitzer ihre Hilfe angeboten haben. Die Familie Balata suchte in ein und demselben Raum Schutz, als zwei Raketen ihrem Leben ein Ende setzten.

Das Flugzeug fliegt wieder tief, durchbricht die Schallmauer, versetzt uns erneut in Angst und Schrecken. Viele Frauen aus den umliegenden Häusern hatten nach dem ersten Angriff kaum ihre Kinder von der Straße holen können. Wieder eine Explosion. Die F16 will mehr. Wir sind hundert Menschen und rennen so schnell, wie wir können. Rennen die Straße hinunter, in die entgegengesetzte Richtung. Der Tod verfolgt uns. Ich kann seine Schritte hinter mir hören, seinen Herzschlag spüren. Während ich weiterrenne, werfe ich einen Blick zurück. Ich sehe ihn, ich schwöre es, ich kann ihn sehen. Seine Blässe in den jungen Gesichtern hinter mir. Noch eine Explosion. Frauen rennen genauso schnell wie ich, sie halten ihre Tücher fest, ziehen die Kinder hinter sich her, die angefangen haben zu weinen. Der Tod hat lange Arme wie ein Drache. Er braucht sie nur auszustrecken und dich zu schnappen, egal, wo du bist.

Am Ende einer engen Straße stoße ich mit meinem Schwiegervater zusammen. Er versucht, weitere Rettungswagen zu rufen. Ich probiere, meine Schwiegermutter zu erreichen, um ihr zu sagen, dass ihr Ehemann in Sicherheit ist, aber das Netz ist überlastet. Endlich kommen die Krankenwagen. Jemand schreit den Fahrer an, dass sie zu spät kommen. Der Fahrer antwortet, dass überall in Jabalia Bomben detonieren. »Wir können nicht an jedem Ort zur gleichen Zeit sein.«

Wir begeben uns zusammen mit den Rettungskräften dorthin, wo der zweite Angriff stattgefunden hat, und bieten unsere Hilfe an. Ein Sanitäter, der der Einsatzleiter zu sein scheint, bittet uns, wegzugehen. Die schmale Gasse, die zu den Trümmern führt, muss frei von Menschen sein, damit die Rettungswagen durch sie hindurchfahren können. Wir gehen wieder auf die Hauptstraße, aber die Gasse ist zu schmal für die Krankenwagen. Nur das Notarztauto kann sich durchquetschen. Wir helfen dabei, die Fahrzeuge hinein- und hinauszuleiten und die Leichenteile zu den Rettungswagen zu bringen.

Ich öffne die Seiten- und Hintertüren der Wagen, gehe dann zu den Tragen, auf denen zerfetzte Körperteile aufgestapelt sind. Alles durcheinander. Meine Trage schiebe ich ganz nach hinten in den Wagen. Der Tod beendet alles. Ich trete zur Seite, warte, hoffe auf ihn.

Das lange schwarze Haar einer Frau wird herbeigetragen, verklumpt, Teile des Kopfes hängen noch daran. Das Haar ist vom Blut verfilzt wie der Lauf eines Schafs, wenn es gerade gehäutet wurde. Die Überreste ihres Körpers sind wie Glasscherben, jedes einzelne Stück, das wir aufheben, verletzt uns. Wir bringen die letzten Tragen zum Rettungswagen, heben sie hinein, schlagen die Tür zu. Wir erledigen das, so schnell wir können, vergessen aber, dass der Einsatzleiter bereits hinter dem Steuer sitzt und nur auf unser Zeichen zur Abfahrt wartet. Endlich erinnert sich jemand, auf die Seite des Wagens zu schlagen. Wohl alle spüren die Welle der Erleichterung, die uns überrollt, als der Wagen mit Höchstgeschwindigkeit wegfährt, wie ein Krimineller von einem Tatort. Auf der letzten Trage lagen zwei Leichen zu einem Haufen Fleisch ineinander verkeilt. Bei diesem Angriff wurden zehn Menschen getötet und sechzehn verletzt. Von oben bis unten bin ich so nass, als wäre ich im Meer schwimmen gewesen.

Als ich nach Hause komme, erschreckt Hanna über den Blutfleck auf meinem weißen Pullover. Sie untersucht mich überall, um zu sehen, ob es nicht eine unbemerkte Verletzung gegeben hat. Ich bin sicher, dass das Blut von einer der Leichen ist, die wir getragen haben. Meinen Pullover möchte sie sofort waschen. Keine Sekunde länger möchte sie noch eine Spur des Todes vor Augen haben. Die Sonne scheint jetzt direkt ins Wohnzimmer. Hanna will den Pullover nicht auf dem Dach trocknen, weil sie Angst vor einem erneuten Rechenfehler der Drohne hat. Stattdessen breitet sie meinen Pullover unter dem Fenster aus, kurz über dem Boden. Jetzt sieht er mit den ausgestreckten Ärmeln aus wie die Umrisse einer Leiche, die dort aufgezeichnet wurden. Das einzige Leben gibt ihm die Sonne.

Dichter Rauch steigt im Osten des Lagers auf, gefolgt von Flammen. Merkwürdige Formen sind an den Himmel geworfen, wie die Schatten eines Drachen oder eines Geistes, über dem Lager schwebend, wartend, wachend.

Das erste Mal seit Kriegsbeginn dusche ich ausgiebig. Jeder Millimeter meines Körpers wird gewaschen. Noch nie habe ich so lange gebraucht, jede Ecke und jeden Winkel meines Körpers einzuseifen. Ich möchte mir den Tod abwaschen. Seine Spuren, die er auf meinem Körper hinterlassen haben könnte, entfernen. Fünf Sorten Shampoo und Seife stehen in der Kabine, und ich benutze sie alle. Jedes Mal verteile ich den Schaum von den Haar- bis auf die Zehenspitzen und wasche alles ab. Niemand klopft an die Tür, weil er oder sie ins Bad muss. Niemand bittet mich, die längste Dusche meines Lebens endlich zum Abschluss zu bringen. Niemand beschwert sich, dass ich das letzte Wasser im Tank aufbrauchen könnte. Sie alle wollen, so scheint es, dass ich mich so gründlich wie möglich wasche.

Mittwoch, 30. Juli

Granatsplitter

Mit meinen eigenen Augen habe ich sie gesehen. Die Fußstapfen des Todes, nachdem er sich an einem Dutzend anderer Leben gütlich getan hatte. Sein ekelhafter Geruch liegt immer noch in der Luft. Der Widerhall seines Gebrülls klingelt immer noch in meinen Ohren. Die Überreste seines Abendessens liegen immer noch um mich herum verstreut.

Vor mir liegt ein Stück Metall, messerscharf, wie ein verdrehter Winkel. Es gehörte zu dem Geschoss, das vor wenigen Stunden in eine UNRWA-Schule eingeschlagen ist und Dutzende getötet hat. Dieser Granatsplitter befand sich neben der Schultür. In dem Moment, in dem ich ihn erblickte, zuckte ich zusammen, als könnte er wieder zum Leben erwecken, mir das Gesicht aufschlitzen, meinen Hals durchtrennen.

Ganz vorsichtig berühre ich ihn, hebe ihn auf, untersuche seine grauenerregende Gestalt. Er könnte jemanden getötet haben, bevor er hier gelandet ist. Er könnte durch unschuldige Leiber hindurchgeflogen sein, durch Menschen, die sich nach der stundenlangen Flucht aus ihren verwüsteten Häusern in Beit Lahia in der Schule ausruhen wollten. Er könnte in ihren Seelen geschwelgt und an ihrem Fleisch gerissen haben, von Körper zu Körper, bis er seinen Blutdurst gestillt hatte.

Ich drehe ihn in meinen Händen. Der Tod ruht darin, wie ein Dschinn, der sich irgendwo in dem Metall versteckt, wie ein schlafender Vulkan, der jede Minute ausbrechen könnte.

Gegen fünf Uhr morgens trafen Panzergranaten die Abu-

Hussain-Schule[19] nur ein paar Meter von der Wohnung meines Vaters entfernt. Die Räume im vorderen Gebäude sehen aus, als wären sie implodiert. Fünf Häuser gegenüber wurden zerstört. Im ersten Raum zur Straße hin hatten Menschen Schutz gesucht, die dem Tod in ihren Häusern in Beit Lahia schon einmal entkommen waren. Höchstwahrscheinlich waren sie in dieser Nacht wie wir alle hellwach. Wie wir alle werden sie dagesessen und sich vorgestellt haben, wie die Rakete ihr Zimmer trifft. Jeder erwartet jede Nacht den Tod. Aber er ist ein Besucher, der sich an keine Regeln hält, keine Normen beachtet. Also gibt es eigentlich keinen Grund, ihn zu einer bestimmten Zeit an einem bestimmten Ort zu erwarten. Er kommt entweder zu früh oder zu spät. In dem Moment, in dem du nicht mehr an ihn denkst, erschüttert er den Boden unter dir und zerstört den Himmel über deinem Kopf.

Morgens erzählt Hanna von dem Gerücht, dass eine der Schulen getroffen worden sein soll. Sie hat Angst, dass es die Schule ist, in der unsere Freunde aus Beit Hanun Unterschlupf gefunden haben. Mustafa, mein zweiter Sohn, befürchtet, dass es seine Schule gewesen ist. Er möchte mit mir mitkommen, um den Schaden zu inspizieren. Doch ich weigere mich rundheraus und sage ihm, es sei viel zu gefährlich. Das Letzte, was ich will, ist, dass er die Gräuel sehen muss, die ich gestern gesehen habe. So bittet er mich, ein Foto von seinem Klassenzimmer zu machen, damit er sieht, was mit seinem Pult passiert ist. Ich verspreche es.

Wie sich herausstellt, ist nicht Mustafas Schule angegriffen worden, sondern eine andere, ein paar Blocks entfernt.

19 Fünfzehn Menschen starben: Issam Jaber al-Khatib, Said Abu Jalala, Taysir Hamad, Luai al-Firi, Bassem Khaled al-Najjar, Thaer Khaled al-Najjar, Osama Mohammed Sahweel, Bilal Medhat al-Amoudi, Mohammed Musa Ghaban, Adel Mohammed Abu Qamar, Abdullah Medhat al-Amoudi, Ramadan Khodr Salman, Alaa Khodr Salman, Ali Ahmad Shahin, und Rami Barakat (Alter unbekannt).

Große Brocken Beton liegen verstreut herum, als ich eintreffe. Staub hat sich über alles und alle gelegt, sodass die heimatlosen Bewohner, die überlebt haben, weißhaarig und uralt aussehen. Die Wassertanks, die sich eigentlich auf dem Dach befinden sollten, kauern nun unten auf der Straße. Wasserleitungen baumeln an den Mauern wie Gehenkte. Die Matratzen, auf denen Menschen geschlafen hatten, haben sich in Schwämme verwandelt, tiefrot gefärbt, vollgesogen. Es könnte sich genauso gut um weitere Leichenteile handeln. Der kleine Kochtopf steht noch an der gleichen Stelle, mit dem Abendbrot, das nun niemand mehr essen wird. Diejenigen, für die es bestimmt war, wurden selbst gegessen. In der Ecke ein Paar Schuhe, die Tafel, der große Baum vor der Schule, die Kleider, die auf dem Spielplatz zum Trocknen hängen, die Bänke unter dem Baum, die Gesichter der Überlebenden, das Schwarze Brett im Versammlungsraum, der Tontopf im Empfangszimmer, die Decken, die Toiletten, die zersprungenen Kacheln, die selbstgemalten Bilder an den Wänden der Klassen, das Kinderspielzeug – alles und jedes Einzelne trägt den Stempel des Todes, seinen großen, staubigen Fußabdruck. Ich sehe ihn überall. Vor allem in den Gesichtern. Auch in meinem. Ich berühre ihn, spüre ihn, schmecke ihn – und fürchte, es ist kein Albtraum, sondern wirklich das, was ich gerade erleben muss.

Ein Teil meiner Verwandtschaft hatte in dieser Schule Zuflucht gesucht. Mir fällt es jäh ein, als ich durch die Verwüstung wandere. Fünfzehn Menschen sind hier gestorben. Im äußersten Norden von Beit Lahia leben zwei Tanten von mir. Ihre Söhne und Töchter hatten sich mit ihren Familien in diese Schule geflüchtet. Ich frage nach ihnen. Hier sind sie nicht. Mein Vater berichtet am Telefon, dass der Mann und der Sohn meiner Cousine Fathia verletzt und ins Krankenhaus eingeliefert wurden. Sie haben Wunden an Armen und Beinen. Einige Minuten später erfahren wir, dass auch mein Cousin Sha'ban eine Rücken- und eine Beinverletzung hat.

Die anderen Verwandten sind bereits in ihre Häuser an der Grenze zurückgekehrt.

Viele Esel, die die Flüchtlinge mitgebracht hatten, sind bei dem Angriff getötet worden. Sechs liegen vor der Schule auf der Straße. Ihre Gedärme hängen heraus. Ein siebter ist noch am Leben, allerdings ernsthaft verletzt. Niemand kümmert sich um ihn. Er liegt schwer atmend am Straßenrand. Fünf weitere Esel stehen in der Nähe und sehen verängstigt aus.

In den Fenstern der Klassenzimmer hängt Kleidung. Dieser Anblick erinnert mich an ein berühmtes israelisches Gefängnis, in dem Tausende Palästinenser jahrelang gefangen gehalten wurden, einige über drei Jahrzehnte lang. Ich weiß es, denn ich war einer von ihnen. Jetzt passiert es wieder, nur dass dieses Mal eine ganze Nation eingesperrt ist. Dieses Bild verfolgt diejenigen, die aus ihrem Zuhause geflüchtet sind, um am Leben zu bleiben. Es erinnert sie daran, dass sie sich in einem Gefängnis befinden, das Gaza genannt wird. Die Welt draußen schließt daraus, dass sie es genießen. Sie selbst haben es ja errichtet. Jedes Flüchtlingslager ist ein neues Gefängnis. Ein UN-sanktioniertes Gefängnis in einem Gefängnis. Und sogar dort werden sie bombardiert, beschossen, ermordet.

Diab, ein Freund aus meiner Kindheit, lebt in einem Haus gegenüber. Als ich ihn besuche, weint er über dem Verlust seiner Cousins[20]. Früher waren sie unsere Nachbarn, ich kannte sie. Außerdem wurden ein Mann und sein Sohn getötet. Während die Tränen noch immer seine Wangen hinunterrollen, zeigt Diab mir die drei Häuser der zerstörten Familie. Der Feigenbaum davor sieht aus wie in weiße Farbe getaucht, so voller Staub ist er. Auf dem Boden liegen Äste, seine Früchte verspotten uns. Diab führt mich in ein kleines

20 Basem al-Najar und Basim al-Najar (Alter unbekannt).

Zimmer im Haupthaus, dessen Boden mit kaputtem Spielzeug bedeckt ist. Er deutet auf die Ecke, in der sie einen zwei Jahre alten Jungen gefunden haben, der noch lebte. Irgendwo im Haus ruft die Stimme eines kleinen Mädchens fröhlich aus, dass die große Wanduhr noch funktioniert. Diese Uhr hängt am Ende eines lang gestreckten, schmalen Wohnzimmers. Die Freude des kleinen Mädchens ist der einzige frohe Moment des Tages. Alle anderen Familienmitglieder wurden verletzt. Ein Junge ist immer noch hysterisch, da er den Anblick der zerfetzten Körper seines Vaters und seines Onkels nicht verkraftet hat. Bisher konnten sie ihn nicht beruhigen.

Jetzt ist es Morgen, der Morgen nach der vielleicht schlimmsten Nacht dieses Krieges. Der Himmel war die ganze Zeit erleuchtet, und das Bombardement hörte nicht auf. Wie sonst auch, war alles sehr nah. Wie sonst auch, wussten wir nicht, wo die Rakete genau landen würde. Wir spürten nur den Nachhall und rieten, woher. Mein Kopf war auf das Kissen gebettet, aber der Schlaf kam nicht. Wir lagen alle im Flur. Hanna sah sich den schwarzen Himmel stundenlang durch das Fenster an. Die kleine Jaffa lag zwischen uns und schlief die meiste Zeit tief und fest. Meine Augen folgten jedem Lichtkügelchen, das vom Himmel fiel. Die Explosionen verhöhnten uns. Was wäre gewesen, wenn eine Granate genau dann auf uns gefallen wäre? Wir wären in Stücke gerissen worden. Unsere Körper hätte es miteinander vermischt. Ich betrachtete meine Arme und Beine und blickte zu Hanna und Jaffa. Manchmal ziehst du den Tod dem ewigen Warten auf ihn vor. Du willst endlich damit abschließen. Du möchtest, dass es schnell geht, schmerzlos, vielleicht wie eine sanfte Brise. Wenn der Tod eine Person wäre, mit der du sprechen könntest, würde ich ihn anflehen, mild und nett zu sein.

Die Einschläge kommen immer näher. Ein israelischer Panzer ist wie ein blindes Tier. Der Tod auch. Ist diese Nacht unsere letzte Nacht zusammen?, fragte ich mich. Einmal wachte Jaffa auf, als in unmittelbarer Nähe eine Bombe einschlägt. Das war, als die Schule getroffen wurde. Das Licht am Himmel zog Jaffas Aufmerksamkeit auf sich. Schlaftrunken deutete sie mit der Hand darauf und sagte: »Papa, Licht!« Sie wusste nicht, dass das Licht den Tod mit sich trug.

Jetzt ist es Morgen, und alles ist anders. Du siehst den Tod in den Augen der Menschen auf der Straße. Du spürst ihn. Dieses Stück Metall vor mir, dieses Fragment eines Geschosses, das mehr als fünfzehn unschuldige Menschen das Leben gekostet hat, erinnert mich an das Licht, auf das Jaffa gedeutet hat. Es erinnert mich daran, dass der Tod noch immer unter uns ist, noch nicht zufriedengestellt. Er braucht mehr.

Ich sehe den Granatsplitter an, möchte daran nicht mehr denken. Aber ich möchte es auch nicht vergessen.

Donnerstag, 31. Juli

Morgens

Die letzte Nacht war die ruhigste seit Kriegsbeginn. Wir haben nur wenige Bomben gehört und sahen auch nur gelegentlich einen Blitz oder einen Überwachungsballon am Himmel. Das ist relativ gut. Am Ende der Nacht, als bereits die Morgendämmerung eingesetzt hatte, gab es einen gewaltigen, ohrenbetäubenden Knall. Aber sonst hatte uns die ganze Nacht nichts ängstigen können. Wahrscheinlich ist ein anderes Ziel im Gazastreifen in den Fokus der Angriffe gerückt, Rafah vielleicht. Natürlich könnte es dort ähnlich schlimm werden, so wie es sonst dort und in anderen Regionen war. Jedenfalls haben wir seit einem Monat nicht so gut geschlafen. Der Strom schaltete sich abends gegen elf Uhr ein, sodass wir ein paar schöne Stunden vor dem Fernseher verbrachten. Nachdem wir vereinbart hatten, zur Abwechslung keine Nachrichten zu sehen, schauten wir einen Film und schliefen allesamt darüber ein. Wir hatten nicht erwartet, über mehrere Stunden so tief und fest zu schlummern. Die Nacht begann für uns wie immer in großer Angst und mit der Vorstellung, wie es wäre, getroffen und in Stücke gerissen zu werden.

Als ich aufwache, möchte ich auch kein Radio hören oder einen Freund nach den neuesten Entwicklungen fragen. Ich möchte einen normalen Vormittag verbringen, wie vor dem Krieg. Meinen Tag mit einer Tasse Kaffee beginnen, ihn in Ruhe über eine Stunde lang schlürfen. Aus dem Fenster blicken, die Menschen auf der Straße betrachten, den Takt des Lagers spüren.

Ich schlage Hanna vor, ein richtiges Frühstück zu essen, mit Hummus, gekochten Bohnen, Falafel. Nach einer Stunde kommt Mustafa mit leeren Händen zurück. Er hat sämtliche Restaurants in der Nachbarschaft abgeklappert, um Falafel zu bekommen. Mein Schwiegervater meint, es könnte an der großen Ölmenge liegen, die man für die Zubereitung braucht. Viel Öl zu erhitzen, bedeutet natürlich auch, viel Gas zu verbrauchen. Da noch immer niemand eine Ahnung hat, wann der Krieg enden könnte, gehen alle sehr sparsam mit ihren Gasflaschen um. Hanna denkt, dass der Mangel an Petersilie ein weiterer Grund sein könnte. Für gute Falafel ist Petersilie unverzichtbar. So entspinnt sich eine Unterhaltung über die Besonderheiten der Zubereitung von Falafel. Es ist ein einfaches Essen, das man normalerweise an jeder Straßenecke Gazas kaufen kann und das fast alle Familien jeden Tag zum Frühstück essen. Es ist das billigste Gericht, das man sich vorstellen kann. Und nun ist es so kompliziert.

Meine Schwiegermutter gießt ihre Pflanzen, obwohl die Wassertanks nicht mehr sehr voll sind. Die Pflanzen stehen im Wohnzimmer in dreizehn Töpfen. Das Grün strahlt Ruhe aus. Für meine Schwiegermutter ist es ein Garten. Jeden Morgen wird jedes einzelne Blatt begutachtet, sodass sie nicht übersieht, wenn ein neues hervorsprießt. Meine Schwiegermutter kennt ihre Länge und ihren Glanz. Die Farben der Blätter zeigen ihr, ob die Pflanzen durstig sind. Wenn sie Wasser brauchen, bekommen sie es.

Eine Minute später beschwert sie sich, dass Talal zu lange im Badezimmer braucht. Sie gießt ihre Blumen zu Ende und ruft ihm zu, er solle aufhören, so viel Wasser zu verbrauchen. Er ruft zurück, dass er gerade erst angefangen habe. Sie bittet ihn herauszukommen. Fünf Minuten duschen seien genug. Genau in diesem Moment begrüßen ihre Pflanzen das Wasser, das um ihre Wurzeln herum in die Erde sickert.

Im Badezimmer ist es sehr dunkel. Das Licht, das durch das kleine Fenster kommt, ist zu schwach, um genug zu sehen. Die Taschenlampe auf mein Kinn gerichtet, rasiere ich mich einhändig. Ein Reporter von Gaza-TV ruft an, um mir zu sagen, dass mich ein Taxi in einer halben Stunde für ein Interview abholt. Zehn Minuten später ruft er erneut an, weil das Taxiunternehmen keine Wagen nach Jabalia schickt. Anscheinend wird unsere Gegend jetzt wegen möglicher Angriffe gemieden.

Aed weiß auch nicht mehr als ich. Am Telefon erzählt er, er habe ebenfalls eine sehr ruhige Nacht gehabt und gut geschlafen. Von seinem Haus am Nordstrand ist er zu seiner Schwester nach Al-Nasser gezogen. Er fragt mich nach Berri, dem Kellner im Karawan-Café, der berühmteste Kellner in Gaza, der Beste. Wir verabreden uns zu halb zwölf an der Saraya-Kreuzung und wollen von dort aus zum Café laufen. Wenn es nicht geöffnet hat, müssen wir eben etwas anderes suchen, um den Morgen ausklingen zu lassen. Wir müssen ein wenig Normalität tanken, ein bisschen vom Alltag zurückgewinnen. Davon ist das Karawan-Café ein wichtiger Bestandteil. Sobald wir sitzen, wird wieder die alte Frage auftauchen: Wann ist die nächste Feuerpause?

Abends

Wir suchen ein Restaurant, in dem es noch Falafel gibt. Aber alles ist geschlossen. Schließlich finden wir das »Akila« auf der Wahda-Straße und schlagen uns dort den Bauch voll. Danach fahren wir durch die Altstadt und versuchen, die Verwüstung zu realisieren. Praktisch jeder Quadratmeter ist mit Scherben bedeckt. Schutt ist eigentlich alles, was deine Augen zu sehen kriegen. Nur wenige Autos kommen uns entgegen, die Läden bleiben geschlossen. Vielleicht öffnen sie, wenn es eine Feuerpause gibt. Die Stadt funktioniert nach dem Rhythmus des Krieges, sie stellt ihre Uhren danach. Viele Gebäude sind komplett verschwunden, als hätte sie ein Designer mit Photoshop einfach gelöscht. Der Designer, der der Pilot eines F16-Kampfjets sein könnte oder ein Drohnenpilot, ein Soldat in einem Kriegsschiff oder in einem Panzer. Sie wetteifern darum, wer dran ist, das nächste Gebäude auf dem Foto zu löschen. Sie sitzen vor Bildschirmen, weit, weit weg von dort, wo ihre Tötungsmaschinen ihren Auftrag ausführen, wechseln sich bei ihrem Lieblingsspiel ab. In vielen Straßen wurde mehr als ein Gebäude gelöscht. Manchmal wurde nur eine Mauer oder ein Dachgeschoss gelöscht. Jemand hat sich an seinem Schreibtisch viel Arbeit gemacht, geklickt und gezogen, und radiert, radiert, radiert. So viel Arbeit, dass ich die Straße schon morgen nicht mehr wiedererkennen würde. Das Foto hätte sich stark verändert, das Spiel wäre weit fortgeschritten.

Leider hat sowohl das Karawan- als auch das Ranush-Café zu. Nirgendwo kann man Wasserpfeife rauchen. Aed schlägt vor, Eis und kalte Getränke zu kaufen und damit zu Salim zu gehen. Seit mehreren Tagen habe ich kein kaltes Wasser oder irgendein anderes kaltes Getränk zu mir genommen. Endlich finde ich in der Nähe von Salims Haus einen Laden, in dem ich zwei gekühlte Flaschen Wasser und Cola kaufen kann. Das Gebäude gegenüber von Salims Haus ist zerstört. Seit zwei Tagen gibt es in seinem Haus keine Wasserversorgung mehr. Mit anderen Bewohnern zusammen versucht er, das Problem zu lösen. Sein Gebäude hat natürlich auch keinen Strom, aber eines am anderen Ende der Straße hat einen Generator. Salim und seine Nachbarn konnten die Besitzer überreden, vom Generator eine Leitung zu ihrem Haus zu legen, nur für einige Stunden, damit sie Wasser in die Tanks pumpen können. Bisher sind alle Versuche gescheitert. Die Leitung scheint irgendwo unterbrochen zu sein. Salims siebzig Jahre alte Mutter macht sich Sorgen, dass dieses Problem niemals gelöst werden wird. Es dauert noch bis acht Uhr abends, bis der Strom endlich wieder fließt.

Wir essen Eis, trinken Cola und rauchen Shisha, lauschen dem langsam in den Tank laufenden Wasser. Mehrere Stunden lang unterhalten wir uns, überlegen, wie man das Wasser am besten einteilt. Auf meinem Weg nach Hause sehe ich Hunderte Menschen für Brot anstehen. Dann setzt das Bombardement wieder ein, und ich eile zurück nach Jabalia. Hanna hat aus unserer Wohnung in Saftawi Kleider geholt. In dem Moment, in dem sie dort ankam, so erzählt sie mir, eröffnete eine F16 den Beschuss des Häuserblocks nebenan. Er war von einem kleinen, wunderschönen Orangenhain umgeben – er ist vernichtet.

Die Logik der Aufteilung

Der UNRWA-Koordinator in der Schule gegenüber verliest eine lange Liste von Anweisungen durch sein Megafon. Jeden Morgen um diese Zeit müssen die Flüchtlinge sehr genau zuhören. In Gruppen haben sie sich vor der Schule versammelt. Verschlafen sehen sie aus. Einige Kinder weinen, reiben sich die Augen. Gegen ihren Willen müssen sie diesen Anweisungen ihre ganze Aufmerksamkeit schenken. Diese Verpflichtung zur Aufmerksamkeit hat auch mich geweckt. Jedes Wort, jede Regel, jede Vorschrift höre ich glasklar hier in meinem Bett – trotz meiner Halsschmerzen.

Der Koordinator teilt mit, dass es eine dreitägige Feuerpause gibt. Sie beginnt an diesem Morgen, und es werden große Hoffnungen in sie gesetzt, dass sie in eine dauerhafte Waffenruhe umgewandelt wird. Ob die Menschen nach Hause gehen sollen oder dürfen, sagt der Koordinator nicht. Letztlich liegt es in ihrer Verantwortung. Die UNRWA ermutigt sie nicht gerade, aber wenn sie möchten, können sie gehen. Die Schule wird weiterhin eine Zuflucht für die als »heimatlos« registrierten Personen bieten, bis die Lage als sicher eingestuft wird.

Großartige Neuigkeiten.

»Eine Feuerpause! Für drei Tage!«

Sofort werden Meinungen kundgetan. Natürlich sind einige enttäuscht, dass es nur drei Tage sein sollen, aber alle sind froh, dass man sich endlich ein wenig ausruhen und einmal durchatmen kann. Die meisten entscheiden sich für die Rückkehr nach Hause, um ihre Ruhe zu haben – und vor allem Privatsphäre.

Die Kinder streiten schon wieder mit Hanna darum, in

den PlayStation-Laden bei ihrem Großvater gehen zu dürfen, um dort mit ihren Freunden zu spielen. In ihren Augen gibt es keinen Grund zur Besorgnis. Hannas Argumente kennen sie bereits: »Was ist, wenn die Feuerpause gebrochen wird, und ihr seid gerade draußen zum Spielen?« Sie sagen, es sei einer der glücklichsten Momente des letzten Monats. Alle sind entspannt. Mit diesen drei Tagen hat niemand gerechnet, und die Menschen beginnen, alles nachzuholen, was sie im ganzen letzten Monat nicht tun konnten.

Im Fernsehen wird darüber berichtet, dass Musa Abu Marzouk, Khalil al-Haya, Ziad al-Nakhala und Majid Faraj nach Kairo entsandt wurden, um über die Bedingungen eines Waffenstillstands zu verhandeln. Die Delegation wird von Azam al-Ahmad geleitet. Meine Schwiegermutter fragt mich, ob ich glaube, dass sie zu einer Einigung kommen. »Hoffentlich.« Damit ist sie natürlich nicht zufrieden. Sie möchte eine eindeutige Antwort. Ich sehe ihr an, dass sie sich keine großen Hoffnungen macht. Auf jeden Fall, fasst sie zusammen, müsste der Krieg bald enden, weil wir uns sonst daran gewöhnten, er zum Alltag würde. Als die Tür hinter den Kindern zuschlägt, fragt sie Hanna, ob sie wirklich meint, dass es für sie draußen sicher ist. Selbstverständlich kenne ich Hannas Befürchtungen, doch sie sagt: »Klar, natürlich!«

Vom Wohnzimmerfenster aus kann man die Menschenmengen beobachten, die sich auf den Weg nach Norden, Osten oder Westen zu ihren Häusern machen. Einige bleiben, um »abzuwarten«. Viele Familien haben sich aufgeteilt – eine Hälfte geht zurück nach Hause, um nach dem Rechten zu sehen, die andere, die die Kinder einschließt, harrt weiter in der Schule aus, für den Fall, dass die erste Hälfte nicht zurückkommt.

Nach dieser Logik teilt mein Freund Faraj auch jede Nacht seine Familie auf die unterschiedlichen Räume des Hauses auf. Sie sind sieben Menschen und schlafen in drei verschiedenen Zimmern. Wenn ein Raum beschossen wird, überleben die anderen. Nur ein Beispiel für die Verrücktheit, die jede einzelne deiner Entscheidungen bestimmt. Die Überlebensstrategien gelten nicht nur für dich, sondern für alle Mitglieder deiner Verwandtschaft. Gestern erzählte mir ein Bauer aus Sheikh Ijlin, dass er jeden Morgen gegen sechs Uhr mit der ganzen Familie auf seine Felder schleicht, um Gurken, Tomaten, Feigen und Weintrauben zu pflücken. Seine Landwirtschaft liegt am Strand, und während seine Familie auf den Feldern arbeitet, sausen Raketen von den Kriegsschiffen vor der Küste über ihre Köpfe hinweg auf die Stadt zu. Die Trauben aus Sheikh Ijlin sind wahrscheinlich die besten, die du jemals in deinem Leben gegessen hast. Der Bauer erklärt, dass dies eben sein Lebensinhalt ist, dass er keine andere Wahl hat, als es zu beschützen und am Leben zu erhalten.

Die letzte Nacht war eine der heftigsten bisher. Granaten und Raketen fielen die ganzen frühen Morgenstunden hindurch. Jede Nacht sind wir überzeugt, dass die Einschläge immer näher kommen, auch wenn dein verständiges Gehirn weiß, dass es nicht sein kann. Ein Gesetz des Krieges besagt, dass einer Feuerpause, oder einer versuchten Feuerpause, stets eine ziemlich schlimme Nacht vorausgeht. Also war es eine Voraussetzung, dass die vergangene Nacht als Vorabend der Feuerpause schlimm werden würde. Wenn es ruhig ist, bedeutet es dagegen, dass die Lage sich zuspitzen wird. Eine weitere merkwürdige Logik des Krieges. Sie beinhaltet keinen Sinn, aber so etwas wie eine absurde Schlüssigkeit. Daran klammerst du dich, besonders in den bösen Momenten, solchen Nächten wie der letzten. Die israelische Tötungsmaschine hat sich den Bauch vollgeschlagen, so viel gegessen, wie sie konnte, bevor sie beginnen musste zu fasten.

Jetzt ist es zwei Uhr nachmittags, und mein Schwiegervater erzählt mir, dass die Feuerpause gebrochen wurde. In Rafah sind vierzig Menschen gestorben. Hanna ruft Mustafa und Talal auf ihren Handys an, weil sie auf der Stelle nach Hause kommen sollen.

»Aber die Feuerpause …«

»Es gibt keine Feuerpause.«

Tod in Rafah

Mein Hals ist schlimmer geworden. Er ist entsetzlich trocken, und außerdem sind Brustschmerzen und allgemeine Schwäche hinzugekommen. Gestern war ich bei Wafi, und wir haben bis spätnachts Meinungen und Mutmaßungen ausgetauscht. Abu Asil bestätigte meine ernsten Befürchtungen. Hanna hatte mir zuvor von dicken, weißen Rauchschwaden berichtet, die gegen zwei Uhr morgens, aus östlicher Richtung kommend, tief über dem Lager hingen. Sie musste den ganzen Tag husten. Abu Asil war sogar draußen, als die Wolke über ihm schwebte. »Ich konnte kaum meine Hand vor Augen sehen.« Auch er litt an Brust- und Halsschmerzen. Wafi hatte es ebenfalls gerochen und hustete. Wir waren uns einig, dass es sich wahrscheinlich um Giftgas handelte. Offenbar hatten alle außer mir es gesehen oder gerochen. Eigentlich merkwürdig, denn ich hatte letzte Nacht nicht gut geschlafen. Hanna sagt, ich hätte auch nachts gehustet, aber da war ich wohl im Halbschlaf.

Sharif hat die Balsam-Apotheke, die älteste im Lager, von seinem Vater geerbt. Als ich ihn vorgestern aufsuchte, meinte er, ich solle mir keine Sorgen machen, es käme vom Betonstaub und dem Rauch in der Luft. In zwei Tagen wäre es besser. Hanna erzählte ihm gestern, dass es mit meinen Schmerzen überhaupt nicht bergauf ginge, also gab er ihr neue Medikamente und versicherte ihr, sie würden ganz bestimmt helfen. Gestern Morgen konnte ich nicht aufstehen, so schwach fühlte ich mich. Hanna gab mir die Medizin im Bett. Erst gegen drei Uhr nachmittags konnte ich es verlassen, um eine Kleinigkeit zu essen.

Mein Schwiegervater informiert mich darüber, dass sich

die israelischen Streitkräfte heute Nacht eventuell aus einem Teil von Beit Lahia zurückziehen werden. Abends fühlte ich mich aber so krank, dass ich nichts mehr mitbekam. Das ist das Wunder des Krankseins im Krieg. Du schläfst tief und fest, bemerkst gar nicht, und es kümmert dich auch nicht, dass die Welt um dich herum gerade auseinanderfällt. So war es letzte Nacht. Ich schlief zwar mit Schmerzen, aber sorglos. Anscheinend habe ich weder die Explosionen gehört noch die Lichter am Himmel gesehen. Mir war auch egal, ob eine Rakete einen Volltreffer landen und meinen Körper zerfetzen würde. Ich schloss einfach meine Augen und schlummerte. Fast wünschte ich, dass meine Krankheit bis zum Ende des Krieges anhielte. Ich wünschte, von dem ganzen Durcheinander abgeschirmt zu sein. Ausgesteckt, ausgeschaltet.

Doch heute Nachmittag fühle ich mich wieder einigermaßen wohl. Es gibt eine Menge nachzuholen.

Meine Schwiegermutter klagt über das Unglück ihrer Nichten, die die ganze Nacht auf der Straße verbrachten, weil ihr Haus von Drohnen angegriffen wurde. Als die erste Rakete gegen Mitternacht einschlug, flüchteten sie nach draußen. Glücklicherweise waren sie bereits wach, sonst hätten sie sich nicht so schnell wegbewegen können, um der zweiten zu entgehen, die das Zimmer traf, in dem sie sich einige Minuten zuvor noch aufgehalten hatten. Sie nahmen ihre Kinder und rannten. Jetzt beherbergt der Bruder meiner Schwiegermutter sechs Familien! Das entspricht insgesamt fast hundert Personen. Sein Haus ähnelt bereits einer der UNRWA-Schulen.

Die Hauptmoschee im Zentrum des Lagers wurde ebenfalls getroffen. Nun können wir die Rufe des Muezzins nicht mehr hören. Weil er den Einschlag einer zweiten Rakete fürchtete, ist er geflohen. Bisher ist das noch nicht passiert, aber die Menschen meiden die Moschee nun trotzdem. Früher war sie die einzige im Lager, als Kind bin ich dorthin zum Beten gegangen. Für mich hat sie eine große Bedeutung, viele Kindheitserinnerungen knüpfen sich daran.

Mehr als hundert Menschen wurden letzte Nacht in Rafah getötet. Die Grenzstadt, in der es während dieses Krieges bisher relativ ruhig war, ist plötzlich das Zentrum einer neuen Angriffswelle geworden. Israel beschuldigt palästinensische Milizen aus Rafah, einen israelischen Soldaten nach einem Gefecht, in dem zwei weitere Soldaten starben, gefangen genommen zu haben. Die Palästinenser wiesen diese Anschuldigungen zurück, aber Israel brach die Feuerpause und erklärte Rafah einen neuen Krieg, bis der Soldat gefunden ist. Bei einem Angriff wurde vierzig Menschen das Leben genommen. Die Menschen in Rafah dürfen ihre Häuser nicht verlassen. Israel benutzt die Wellenlängen lokaler Radiosender, um Nachrichten an die Bewohner des Gazastreifens zu verbreiten. Bei Wafi hatten wir Musik gehört, als die Sendung plötzlich unterbrochen wurde und die Stimme eines israelischen Generals ertönte, der den Menschen in Rafah drohte. Jeder, der auf der Straße unterwegs ist, jeder, der in einem Auto sitzt, wird erschossen. Nachdem der Sender seine Frequenz zurückbekommen hat, hören wir hektisch zusammengestellte neue Reportagen, darunter ein Interview mit dem Krankenhausdirektor in Rafah. Er berichtet, dass die israelische Armee ihn aufgefordert hat, die Klinik sofort zu evakuieren, die Kranken und Verletzten auf die Straße zu tragen, obwohl sie sich dort nicht aufhalten dürfen. »Wenn eine humanitäre Krise ausbricht, liegt das in deiner Verantwortung!«, hat die Stimme am Telefon ihm gesagt.

Im Zimmer nebenan spielen meine Kinder Karten mit ihrer Großmutter. Sie hat sich den ganzen Monat nicht beruhigen können. Niemand hat mehr Angst vor dem Krieg als sie. Und trotzdem schafft sie es, ihre Haltung zu bewahren. Sie genießt es, mit den Kindern zu spielen. Nur das Geräusch von Jaffas Weinen trübt die Szene etwas.

Anscheinend habe ich einen neuen Titel: Verwalter eines Internetcafés. Länger als eine Stunde am Tag sitze ich am Computer des Cafés neben dem Haus meines Vaters. Energieengpässe zu Hause sind nichts Neues – manchmal haben wir für eine Stunde Strom, manchmal vier Tage hintereinander nicht, manchmal eine Stunde lang mitten in der Nacht. Deshalb habe ich mich beinah dauerhaft im Café eingerichtet. Stundenlang lese ich meine E-Mails, schreibe und feile an meinem Manuskript, lese ich Zeitungen im Netz. Der Inhaber des Cafés ist sehr verständnisvoll und überlässt mir den Hauptcomputer. Dafür muss ich den Zeitplan für die anderen Computer verwalten. Für einen Schekel kann man etwas mehr als eine halbe Stunde das Internet nutzen. Ich stelle in dem Kästchen, das zu dem jeweiligen Gerät gehört, die Zeit ein, für die der Kunde bezahlt hat. Manche wollen eine Flatrate. Dann klicke ich einfach zweimal auf das Kästchen. Ich lerne ständig etwas Neues. Kunden rufen mir aus dem Café zu, ob sie eine Sitzung verlängern oder beenden möchten, und ich klicke das Kästchen an. Dann arbeite ich weiter. Ich bin ein Internetcafé-Boy geworden! Eigentlich finde ich das gut. Wenigstens ermöglicht es mir, meine Arbeit zu machen. Die Öffnungszeiten habe ich verinnerlicht. Mittlerweile lädt die gesamte Nachbarschaft dort einmal am Tag ihre Laptops, Handys und Taschenlampen auf.

Das Radio meines Schwiegervaters bringt Neuigkeiten. Israel erklärt seine Operation im Gazastreifen für fast beendet. Ich weiß nicht, was ich davon halten soll. In Gaza lernst du, nichts und niemandem zu vertrauen. Hanna möchte, wenn der Krieg endlich vorbei ist, als Allererstes nach Beit Hanun und Shuja'iyya fahren. Die Kinder schreien, sie möchten ihre iPads reparieren lassen. Ich möchte endlich frische Luft atmen.

Sonntag, 3. August

Die Normalität

Es ist ein Spiel ohne Ende. Nichts weiter. Gestern Abend hatte Israel den Abschluss seiner Operation in Gaza angekündigt. Doch heute Nacht wurden in der Nachbarschaft meines Vaters wieder vier Mitglieder einer Familie getötet und andere verletzt, während sie in dem gemieteten Haus, in das sie sich geflüchtet hatten, tief und fest schliefen. Der Tod folgte ihnen von Beit Hanun, wo sie viele Jahre lang friedlich gelebt hatten, und machte sie schließlich in Jabalia ausfindig[21]. Er ließ sie nicht los, folgte ihnen auf Schritt und Tritt. Gestern Nacht beendete er das Katz-und-Maus-Spiel. Die Rakete schlug mitten ins Haus ein und riss den ganzen Block mit sich. Beton, Granatsplitter, Ziegel, Eisenträger, Glasscherben, alles brach in ein Loch ein und gab das Ende dieser Familie bekannt.

Der Strom geht um halb zwei Uhr nachts an. Alle springen aus den Betten. Mittlerweile ist das normal. Die Kinder laden ihre Mobiltelefone auf, ich stecke meinen Laptop ein, mein Schwiegervater kontrolliert den Wasserstand. Wenn er niedrig ist, muss er die Pumpe anstellen, damit sich der Tank auf dem Dach füllt. Heute Nacht ist eine der wenigen Gelegenheiten, in denen die Wasserversorgung und zeitgleich der Strom funktionieren. Meine Schwiegermutter beginnt, Wäsche zu waschen. Jeder versucht, so viel wie möglich mit dem Strom anzufangen, bevor er wieder abgestellt wird. Wir haben maximal zwei Stunden. Noch immer fühle ich mich krank. Ich kann kaum aufstehen, ich will nur schlafen.

21 Die Familie Wadhan verlor in diesem Krieg insgesamt zwölf Mitglieder. Einige wurden in Beit Hanun in ihrem Haus, andere im Lager von Jabalia getötet.

An den Explosionslärm, der stets klingt, als käme er von nebenan, haben wir uns gewöhnt. Wir stürzen nicht mehr ans Fenster, um herauszufinden, wer getroffen wurde, und gehen nicht mehr auf die Straße, um zu helfen. Es sind einfach zu viele Einschläge. Du wartest von einer Stunde zur nächsten auf den Sonnenaufgang, der Antwort auf die Frage gibt, welches Gebäude und welche Familie zerstört wurden.

Alles normalisiert sich. Die Grausamkeit, die Gräuel, die Gefahr. Es wird regelrecht alltäglich. Die einzige wirklich quälende Sorge, die du hast, ist, dass dieser Krieg nach all diesen Wochen vielleicht niemals zu Ende gehen wird. Ihr wohnen Hunderte anderer Sorgen inne. Du könntest sterben. Deine Kinder könnten sterben. Deine ganze Verwandtschaft könnte sterben. Du könntest Gliedmaßen verlieren, eine Behinderung davontragen. Dein Haus könnte zerstört, deine Familie obdachlos werden. Du könntest deine Freunde, deine Partnerin verlieren. Du könntest gezwungen sein, dein Haus zu verlassen und in einer UNRWA-Schule zu schlafen oder auf der Straße. Die einzelnen Sorgen verlieren ihre Macht über dich, sie beherrschen dich nicht mehr. Diese sind in die größere, quälende Sorge eingebettet, aber davon abgesehen, bist du jetzt furchtlos. Der Explosionslärm ist zum normalsten Geräusch der Welt geworden, das blendende Licht, das kurz vor einem Drohnenangriff abgegeben wird – normal. Das konstante Summen der Drohnen – normal. Das Geräusch eines Rettungswagens, der mit quietschenden Reifen eine Kurve nimmt oder nur schlitternd zum Halten kommt – normal. Die Schreie der Mütter, die Rufe der Rettungskräfte – alles völlig normal. Die aufgezeichnete Mitteilung der israelischen Armee auf deinem Handy, die dir befiehlt, auf eigene Gefahr zu bleiben, wo du bist – vollkommen normal. Am Morgen aufzuwachen und festzustellen, dass das Haus nebenan nicht mehr existiert – ganz normal. Prozessionen zu jeder Stunde auf der Straße unter deinem Fenster – durch und durch normal. Strom für gerade mal eine Stunde am Tag oder Stromausfall fünf Tage in Folge – normal. Drei Treppen mit den Armen voller Wasserflaschen hochzulaufen, um einen Wassertank aufzufüllen – normal. Vergessen, welchen Tag oder welches Datum wir haben – alles normal, sogar fast schon banal.

Wir müssen uns neue Gewohnheiten aneignen. Mit der Zeit merkt man, dass es keine flüchtigen Ausnahmen sind oder etwas Einmaliges. Es sind Rituale und Abläufe, mit denen wir seit einem Monat leben und die wir zwei oder auch sechs Monate beibehalten müssen. Zu Kriegsbeginn, Anfang Juli, dachte ich noch, es dauert nur ein paar Tage. Nach einer Woche dachte ich, noch eine Woche, nur eine. Nach zwei Wochen sagte ich zu Hanna: »Keine Sorge, nur noch ein paar Tage, dann ist es vorbei.« Wir verschieben unsere eigenen Vermutungen, und bevor wir uns versehen, reden wir über Monate, und der Krieg erscheint immer noch jung und kräftig. Er hört nicht auf. Vielleicht dauert er wirklich nur noch ein paar Tage, aber er hat noch ziemlich viel Leben in sich.

Die israelischen Streitkräfte haben die Menschen aus Beit Lahia und dem Beduinendorf aufgefordert, nach Hause zurückzukehren, aber die wenigsten tun das. Sie trauen den Israelis nicht. Der Koordinator in der UNRWA-Schule hat noch einmal wiederholt, dass es bei ihnen liege, ob sie nach Hause gehen oder bleiben. Wenige entscheiden sich für die Rückkehr, darunter auch meine Cousins. Nirgendwo ist es sicher. Fünf von ihnen wurden bei einem Angriff auf die Schule verletzt. Mein jüngerer Bruder Mohammad, der in Kairo Geschichte studiert, rief mich gestern an, weil unser Cousin Sha'ban im Palästina-Krankenhaus in Kairo angekommen ist. Er hatte ihn zusammen mit einigen palästinensischen Freunden besucht.

Jabalia ist unvorstellbar voll, seit Bewohner aus dem Norden des Gazastreifens eingetroffen sind. Auf den Straßen sind nun Menschen von überall: Beit Lahia, Beit Hanun, aus dem Beduinendorf, Ezbet Abed Rabbo und Etwam. Die meisten wohnen in den Schulen. Die Glücklichen haben Verwandtschaft in Jabalia, bei der sie bleiben können. Inzwischen wohnen in jedem Haus drei oder vier Familien. Tausende wandern durch die Straßen, ihr Trauma ist fühlbar. Einige sind erblindet, einige atmen schwer, einige scheinen sich in einem Trancezustand zu bewegen, einige zittern und beben bei jedem Schritt. Alles zusammen ergibt ein Bild der Katastrophe.

Ein weiterer Trauerzug schiebt sich am Fenster vorbei. Die Leichen dreier Opfer werden getragen. An den Umrissen, die sich unter den über die Bahren gebreiteten Flaggen abzeichnen, kann man sehen, dass es keine Leichen sind, sondern Leichenteile, Fleischhaufen, die nach einem Angriff zusammengesammelt wurden. Wütende Slogans werden gerufen. Dann werden die Rufe vom Schweigen verschluckt, und alles, was zurückbleibt, ist der Schmerz.

Die Kinder haben beim Spielen im Wohnzimmer einen der Blumentöpfe kaputt gemacht. Sie spielten Fangen, einer warf ein Kissen, und der Topf zerbrach. Aus der Sicht ihrer Großmutter ist das das Allerschlimmste, was passieren kann. Die Kinder verfallen in Schweigen, als ihre Oma traurig die freiliegenden Wurzeln der Pflanze begutachtet. Ich sage: »Mach dir keine Sorgen, die Pflanze ist jung, sie wird es überleben.« Sie zieht es vor, nicht zu antworten. Sie ist zu beschäftigt damit, das Geschehene ungeschehen zu machen.

Der Apotheker Sharif ist nun unser Familienarzt. Hanna ging mit Na'im zu ihm, da er seit zwei Tagen Fieber hat. Kliniken behandeln Wehwehchen wie diese momentan nicht. Es wäre peinlich, wegen Fieber oder Kopfschmerzen dort vorzusprechen. Jede Minute sterben Menschen. Sharif ist die einzige Möglichkeit. Er errät die Krankheit und bietet ein passendes Medikament an. Der Krieg macht alle krank, so scheint es. Mir selbst geht es heute besser. Ich habe drei verschiedene Medikamente genommen. Mein Hals tut weniger weh, und meine Brust ist ruhiger. Ich huste kaum noch. Mamoun, ein ehemaliger Kollege aus dem Außenministerium, hat mir erzählt, auch er huste seit Tagen. Das Gas, das die israelische Armee auf sein Haus in Khan Yunis gefeuert hat, ließ seine ganze Familie husten. Es könnte Langzeitschäden verursachen, wer weiß? Wenn du damit beschäftigt bist, Raketen zu meiden, schenkst du einem merkwürdigen Dauerhusten nicht so viel Aufmerksamkeit. In der Apotheke sage ich: »Es könnte etwas Ernstes sein. Das Gas könnte ebenso lebensbedrohlich sein.« Doch Sharif ignoriert mich. Er fragt, ob ich kaltes Wasser hätte. Ich lache. In diesem Krieg wird nicht derjenige, der das meiste Land oder die schönsten Grundstücke hat, mit Neid betrachtet, sondern derjenige, der eine Flasche gekühltes Wasser in der Hand hält.

Das Summen der Drohnen ist zurück. Auf der Suche nach ihrem nächsten Opfer schwebt sie über unseren Köpfen. Es ist sehr heiß. Jaffa weint. Meine Schwiegermutter ermahnt die Kinder, ihre gesegneten Pflanzen ja nicht zu berühren. Ich schreibe meinen wöchentlichen Artikel für die morgige Ausgabe von *Al-Ayyam*. Der Artikel soll mit den Worten »Alles okay hier in Gaza« beginnen, aber das stimmt nicht, es ist niemals okay. Trotzdem, die Hoffnung bleibt, auch in den schlechtesten Zeiten. Sie ist das Einzige, das dir keiner nehmen kann. Das Einzige, das eine F16, eine Drohne, ein Panzer oder ein Kriegsschiff nicht erreichen kann. Also hältst du sie fest umklammert. Lass sie nicht los. In dem Moment, in dem du sie gehen lässt, verlierst du das Kostbarste, das die Natur der Menschheit gegeben hat. Hoffnung ist deine einzige Waffe. Sie funktioniert immer, lässt dich nicht im Stich. Niemals. Und auch dieses Mal nicht. Hoffentlich.

Eine neue Feuerpause

Beim Aufwachen höre ich wieder Stimmen unter meinem Fenster. Alle sprechen darüber: Die Vereinbarung für eine Feuerpause wird unterzeichnet.

Morgen früh soll sie beginnen.

»Bist du dir sicher?«

»Ja, das haben sie in den Nachrichten gesagt.«

»Und die Panzer? Und die Drohnen? Es ist zwar ruhiger, aber man kann sie immer noch hören.«

»Heute Morgen wurde doch nur eine Familie getötet[22]. Im Lager von Al-Shati', ein paar Minuten von hier.«

»Also, dann geht es doch weiter!«

»Mann, glaub mir doch einfach. Es gibt eine Feuerpause.«

»Würde ich ja. Aber die Drohne da oben nicht.«

»Du weißt, dass sie sich heute in Kairo zu Verhandlungen treffen.«

»Wer?«

»Die palästinensischen Fraktionen sprechen mit den Ägyptern, und dann sprechen die Ägypter mit der amerikanischen und israelischen Delegation.«

»Und ich kann zurück nach Hause, nach Beit Hanun?«

»Dazu haben sie nichts gesagt. Nur dass die Verhandlungen beginnen.«

»Was ist mit meinem Haus?«

»Es geht nicht um dein Haus, es geht um den Waffenstillstand.«

»Ist mir egal. Ich möchte in mein Haus zurück.«

Das Gemurmel der beiden Männer vor der UNRWA-

22 Die Familie von Hamoudi al-Bakri.

Schule geht noch ein bisschen weiter. Die Sonne blinzelt gerade hinter einem niedrigen Gebäude im Osten hervor.

Die Gespräche in Kairo sind das Hauptthema auf der Straße. Alle diskutieren das Kräftemessen, jeder gibt seine Meinung ab und schätzt ein, ob sie erfolgreich sind oder scheitern. Die bloße Tatsache, dass die Gespräche überhaupt stattfinden, ist an sich schon eine großartige Neuigkeit. Wenigstens wird miteinander gesprochen! Endlich können wir uns Hoffnungen auf eine Übereinkunft machen.

Auch die beiden Männer unter meinem Fenster führen ihre Diskussion fort. Dabei rauchen sie eine Zigarette nach der anderen.

»Du willst also nach Hause? So was habe ich nicht mehr, meins wurde zerstört.«

»Ich weiß. Aber wenigstens bedeutet das, dass der Krieg bald zu Ende ist. Ich habe die Nase voll. Ich muss mich ausruhen.«

»Eine Unterbrechung der Kämpfe ist auf jeden Fall gut. Du solltest dir gratulieren, dass du überlebt hast.«

»Bring deine Familie zu mir. Ihr könnt in meinem Haus wohnen.«

»Ich lebe seit fünfundvierzig Jahren in Beit Hanun. Ich habe die Straße nicht wiedererkannt, als ich neulich dort war. Alles ist anders. Die meisten Häuser sind zerstört. Ich brauchte mehrere Anläufe, um meine Straße zu finden. Und welcher dieser Schutthaufen gehört nun mir? Keine Ahnung. Natürlich ist es gut, dass ich am Leben bin. Zum Glück wurde keines meiner Kinder verletzt oder Schlimmeres. An dem Tag rannte ich zwischen den Geschossen herum, als wäre ich Teil eines Videospiels. Als wäre ich eine Figur, und jemand spielt mich. Jede dieser Granaten hätte mich töten können.«

Er raucht seine Zigarette zu Ende, wirft sie dann auf den Boden und tritt sie mit dem Fuß aus.

Beit Hanun ist wie dieser Zigarettenstummel. Jemand hat es mit dem Fuß ausgetreten.

Am frühen Nachmittag ist die Feuerpause beschlossen. Alle freuen sich. Eigentlich beginnt sie erst morgen früh um acht Uhr, aber offensichtlich wurde der Beschuss jetzt schon eingestellt. Hanna geht zum Markt, um Hühnchen und Gemüse für Couscous zu kaufen.

Gestern Nacht bombardierte eine F16 ein Haus in Jabalia, und acht Mitglieder der Familie Nejem[23] kamen ums Leben. Daran gewöhnt man sich. Der Tod ist ein Bewohner unseres Viertels geworden. Man hört von ihm, wie von jemandem, den man kennt. Der vor langer Zeit in die Nachbarschaft gezogen und nun einer von uns ist. Er ist nicht mehr der Fremde, der sich ins Lager schleicht und einfach wieder verschwindet. Er ist ein Einwohner. Seine Anwesenheit ist fast natürlicher als unsere. Die ganze Nacht lang sandten uns die Panzer ihre Granaten. Explosionen klingen nun, als hättest du ein Glas auf dem Fußboden zerschmettert. Du redest auf dich ein: »Mach dir keine Sorgen, es ist alles gut. Es wird alles gut.« Aber du machst dir größere Sorgen als jemals zuvor.

Wenn ich morgens aufwache, frage ich mich erst einmal, ob ich eigentlich noch am Leben bin. Ich könnte mich ja auch im Jenseits befinden. Dann sehe ich meine Kinder, meine Frau, meine Schwiegereltern. Und noch immer bin ich nicht überzeugt. Vielleicht sind sie ja mit mir zusammen gestorben. Wie kann ich sichergehen, noch am Leben zu sein? Sehe mich um, starre die Wände an. Werde einfach nicht damit fertig, dass dieser Albtraum kein Albtraum ist. Manchmal wünsche ich mir wirklich, ich träumte alles, und dies wäre nicht mein Leben. Oft sind meine Träume allerdings realistischer als das, was ich im Wachzustand erlebe. Was wäre, wenn einer dieser Träume eigentlich mein Leben ist?

23 Bilal Abdel Karim Nejem, Abdel Karim Nejem, Ahmad Abdel Karim Nejem, Raghad Nejem, Suha Nejem, Shaima Qassem, Wael Qassem und eine nicht identifizierte Person. (Alter unbekannt)

Gestern Abend verbrachte ich drei Stunden bei Freunden in einer UNRWA-Schule, in die sie sich vor den Panzergranaten in Beit Hanun geflüchtet hatten. Es war die gleiche Schule, die ich vor fünfunddreißig Jahren besucht hatte. Als ich über die Schwelle trat, fiel mir mein erster Schultag wieder ein. Ich habe geweint. Das ganze Gebäude hatte ich mit meinem Weinen erfüllt, nachdem meine Eltern sich am Schultor verabschiedet hatten. Ich erinnere mich an jede Einzelheit. Jetzt ist meine Schule ein Zufluchtsort, und der erste Klassenraum, in dem ich jemals gesessen habe, ist jetzt das Zuhause meines Freundes und seiner Familie. Es ist das Zuhause, in dem sie überleben können. Sie teilen sich das bisschen Platz, an dem ich das Alphabet gelernt habe, mit fünf Geschwistern meines Freundes und deren Familien. Alle in einem Zimmer. Die Reste dessen, was Schüler an die Tafel geschrieben haben, sind noch immer zu sehen. Könnte man unter all dem Kreidestaub vielleicht auch irgendwo meine ersten Schreibversuche ausmachen?

In diesem Zuhause müssen sie erst einmal eine neue Art zu leben finden, ihre eigene. Mein Freund kocht Tee. Wir trinken ihn in der Abendsonne auf dem Spielplatz, die gerade hinter den Kriegsschiffen versinkt, deren Feuerbälle noch immer in unsere Richtung sausen.

Um drei Uhr nachmittags treffe ich Aed und Salim im Karawan-Café. Seit Beginn des Krieges hat das Café zum ersten Mal wieder geöffnet. Allerdings sind nicht viele Gäste da. Berri bedient gerade einige, als wir eintreffen. Seit einem Monat haben wir uns nicht gesehen. Es werden die üblichen Fragen nach Verlusten, Verletzungen und Schäden gestellt. Die Stadt steht unter Schock. Nur wenige sind auf der Straße zu sehen. Die meisten Geschäfte haben geschlossen. Heute haben anscheinend nur das Karawan und Kazim, eine Eisdiele, geöffnet. Und dort sitzen noch weniger Menschen.

Die Jala'a-Straße, die vom Norden der Stadt in ihr Zentrum führt, ist wie leer gefegt. Diese sonst so lebendige, überfüllte Straße sieht nun trüb, dunkel und traurig aus. An jeder Ecke Zerstörung und Ruinen. Eben noch war der Krieg hier, nur ein paar Minuten zuvor. In den späten 1950er-Jahren wurde sie »Jala'a« getauft, nachdem die israelischen Streitkräfte aus Gaza-Stadt abgezogen waren. Für einige Monate im Jahr 1956 war sie von ihnen besetzt gewesen. Eigentlich bedeutet der Name der Straße »sich zurückziehen« oder auch einfach »verlassen«, aber jetzt ist sie ein weiterer Beweis dafür, dass sie genau das nicht getan haben.

Eine Drohne schwebt über dem Auto. Ich beobachte sie, und mir schießen die üblichen Gedanken durch den Kopf: Wir lenken ihre Aufmerksamkeit auf uns, die nächste Rakete wird uns treffen. Anscheinend will Israel Gaza niemals verlassen. Es ist immer hier, auch wenn die Soldaten nicht sichtbar sind, sie nicht die Straßen entlangpatrouillieren wie vor noch gar nicht so langer Zeit. Die Okkupation ist nun wirklich im 21. Jahrhundert angekommen – die beste Drohnentechnologie der Welt wird hier eingesetzt, nur um uns weiterhin zu besetzen.

Heute Abend rufe ich meine Kollegin Asmaa al-Ghoul an, die auch bei *The Book of Gaza* mitgewirkt hat, einer Anthologie von Kurzgeschichten palästinensischer Autoren aus dem Gazastreifen, die ich kurz vor Ausbruch des Krieges herausgegeben habe. Bei einem Angriff in Rafah wurden vor einigen Tagen neun ihrer Familienmitglieder[24] getötet. Ihre Stimme bricht, und sie versucht, sich vom Weinen abzuhalten, als sie

24 Asmaas Onkel Ismail Wael al-Ghoul (60), seine 62-jährige Frau Khadra Khaled al-Ghoul, ihre Töchter Hanadi Ismail al-Ghoul (28) und Asmaa Ismail al-Ghoul (22), ihre Söhne Mohammed Ismail al-Ghoul (32) und Wael Ismail al-Ghoul (35), Waels fünfjährige Tochter Malak Wael al-Ghoul und seine Söhne Ismail Mohammed al-Ghoul (11) sowie Mostafa Wael al-Ghoul (vierundzwanzig Tage alt) http://al-monitor.com/pulse/originals/2014/08/rafah-gaza-warhospitals-filled-bodies-palestinians.html

mich fragt: »Atef, hast du irgendeine Ahnung, wann dieser Krieg endlich enden wird?« Sie weiß, dass ich keine Antwort habe. Aber die Hoffnung erhält uns am Leben. Hoffnung gibt uns die Kraft, gegen unsere Enttäuschung anzukämpfen.

Als ich in mein Zuhause in Jabalia zurückkehre, ist die Zigarettenkippe von heute Morgen noch immer zu sehen. Wie Gaza.

Die Spuren des Todes

Wir sind vom Tod erwacht. Wir kehren aus Abwesenheit und Vergessen zurück, springen von unseren Kreuzen hinunter, noch immer blutend, zitternd. Zuerst können unsere Beine uns nicht tragen, und wir fallen zu Boden. Dann sammeln wir unsere Kräfte und machen uns auf den Weg. Das Radio flüstert, dass es keine Lüge ist, keine Morgenandacht und auch keine Art von Prophezeiung. Es ist wahr: Wir leben und sind vom Tod zurückgekehrt. Unsere Auferstehung brauchte kein Wunder. Es passierte einfach.

Wenn du die Straßen von Gaza entlanggehst, siehst du die Spur des Todes in jedem Gesicht. Du spürst, dass er dort gewesen ist, dass er ganz nah an diese Person herangekommen ist. Du spürst es beim Händeschütteln. Du riechst es. Ihre Gesichter erzählen dir, dass sie nicht wissen, warum sie überlebt haben. Den Krieg zu überleben, ist wie ein Lotteriespiel. Diese Menschen haben gewonnen, ungefähr 1900 andere nicht. Für sie stand das Kreuzchen an der falschen Stelle.

Niemand ist glücklich. Niemand glaubt, dass er oder sie es geschafft hat. »Es war nicht meine Entscheidung«, sagen sie. »Ich hatte überhaupt keine Wahlmöglichkeit.« Für die Kriegsmaschine waren wir nur Ziele, mit denen sie gespielt hat. Der Drohnenpilot ärgert sich bestimmt, weil sein kleines Videospiel jetzt erst einmal Pause macht. Er schaut uns auf seinem Bildschirm zu, tritt gegen seinen Schreibtisch und droht uns mit der Faust. »Das Spiel ist noch nicht zu Ende!«

Es wurde ein dreitägiger Waffenstillstand ausgerufen, währenddessen Palästinenser und Israelis unter Federführung des ägyptischen Präsidenten in Kairo einen dauerhaften Waffenstillstand diskutieren. Es wäre die längste Feuerpause bisher, falls sie bestehen bleibt. Entweder werden beide Seiten ihre Bedingungen für eine permanente Waffenruhe durchsetzen, oder der Waffenstillstand wird auf eine Woche verlängert, sodass mehr Zeit für die Verhandlungen bleibt. In beiden Fällen haben wir eine Pause. Eine richtige Pause. Letzten Monat waren Pausen immer kurz und spärlich und hießen lediglich »humanitäre Pausen«. Im Krieg lernt man, wie wichtig die kleinen Unterschiede, winzige semantische Variationen sind. Ein schlecht gewähltes Wort kann den Waffenstillstand brechen und die ganze Stadt in ein Flammenmeer verwandeln. Dieses Mal bin ich zuversichtlich, dass es keine »humanitäre Feuerpause« ist. Vielleicht führt sie zu einer permanenten Waffenruhe, vielleicht auch nicht.

Ich versuche, es meinen Kindern zu erklären, besonders meinem Zweitältesten Mustafa. Für ihn ist die wichtigste Frage: »Ist der Krieg zu Ende?« Meine Antwort ist nicht zufriedenstellend. »Er ist zu Ende, aber wir wissen nicht, für wie lange.«

»Also könnten sie wieder angreifen?«

»Nicht in den nächsten drei Tagen.«

»Sicher?«

Natürlich bin ich das nicht. Aber damit seine Nerven beruhigt sind, muss ich wenigstens so tun. Er weiß sowieso, dass ich ihm etwas vorspiele. Lächelnd wendet er sich zum Fenster. Einige Flüchtlingsfamilien verlassen die Schule. In wenigen Tagen wird die dreiwöchige Heimatlosigkeit nur noch Erinnerung sein. Viel zurückzutragen haben sie nicht, nur eine Handvoll Hoffnungen – dass ihr Zuhause noch existiert, es noch einen Ort gibt, den sie ihr Eigen nennen und in dem sie zumindest einen Unterschlupf errichten können, dass ihr Acker oder ihr Arbeitsplatz erhalten geblieben ist. Das Verlassen der Schule verheißt eine ernsthafte Veränderung in den Herzen und Köpfen der Menschen, neue Energie liegt in der Luft.

Mustafa findet das noch besser als irgendeine meiner Beteuerungen. Fröhlich deutet er auf den Menschenstrom: »Sie gehen!«

»Nicht alle«, sage ich. »Einige bleiben.«

Man hört wieder den UNRWA-Koordinator durch sein Megafon sprechen. Die Menschen aus Beit Lahia, Tel al-Zaatar, Attarta und den Vororten von Jabalia sollen nach Hause gehen. Das heißt, sie müssen die Schule verlassen. Die Personen aus Beit Hanun auch. Die Schule ist nun nur noch Herberge für diejenigen, deren Häuser zerstört und unbewohnbar sind. Er verspricht, dass eine Kommission die Gebäude begutachten und die Statik von teilbeschädigten Häusern prüfen wird. Viele Menschen glauben noch nicht daran. Sie wollen bleiben. Ein Monat pausen- und gnadenloses Bombardement lässt sie an einem Kriegsende zweifeln. Für sie ist der Krieg zu einem Lied geworden, das im Hintergrund ständig läuft. Drohnen, F16-Kampfflugzeuge, Kriegsschiffe, Panzer sind die Instrumente, die dieses Orchester für die neue Melodie ihres Lebens braucht. Der Koordinator wiederholt immer und immer wieder, dass die Schule verlassen werden muss.

Heute ist Hanna wirklich glücklich, es gibt keinen Streit. Sie sagt, dass es der erste Tag ist, an dem sie sich sicher fühlt. Natürlich zitieren die Kinder sie sofort, als das Internetcafé zur Sprache kommt. »Komm schon! Guck dir mal die Menschen auf der Straße an!«, sagt Talal. Dieses Mal brauchen sie meine Hilfe nicht, sie haben gewonnen, mit links.

In Beit Hanun wurde alles auf den Kopf gestellt. Mit mehreren Freunden fahren wir hin. Manches ist schwer zu glauben. Kein Foto, keine Fernsehreportage kann das abbilden, was wir mit eigenen Augen sehen. Sie können die Realität einfach nicht wiedergeben. Diese Worte hier, und alle Worte, die zuvor geschrieben wurden, können der Wahrheit einfach nicht gerecht werden. Die Wahrheit ist härter als alles, was ein Journalist oder ich jemals vermitteln könnten.

Zufällig treffen wir meinen Freund Nafiz. Er steht in den Ruinen seines Hauses, starrt die Zerstörung an, lacht beinahe. Sein dreistöckiges Bauernhaus ist dem Erdboden gleichgemacht worden, wie man vielleicht eine große Schachtel Zigaretten zwischen beiden Händen flach drückt. Nafiz ist Getreidebauer. Seine sechs Traktoren, beide Autos und seine große Sämaschine, die ihm zusammen mit seinen zwei Brüdern gehören, sind stark beschädigt, wahrscheinlich irreparabel. Alle Gebäude in der unmittelbaren Umgebung sind nur noch Schutthaufen. Mitten in den Trümmern pickt eine Henne, sie scheint überzeugt zu sein, dass sich unter dem Schutt etwas zu Fressen verbirgt. Mit einem Bein hängt sie an einem Trümmerteil fest. Wir befreien sie und bringen ihr ein paar Körner. Sie blickt genauso drein wie wir. Sie fasst es nicht, dass sie es geschafft hat. Dieses Huhn war das einzige lebende Tier, das wir auf unserer vierstündigen Tour durch Beit Hanun gesehen haben. Wir ließen Nafiz mit seinen ungläubigen Blicken auf die Trümmer seines Hauses zurück. Wie soll er damit fertig werden, dass er noch einmal ganz von vorne anfangen muss?

Was hat es für einen Sinn, über die Rohheit und Gemeinheit zu berichten, der Beit Hanun zum Opfer gefallen ist? Keine Phrase, keine Metapher, keine Redekunst kann ihr gerecht werden. Wenn ein Prophet in diese Stadt käme, würde er vielleicht ein Dekret erlassen: »Eure Kreuze sind noch stabil. Klettert wieder hoch, sodass die Vögel eure Gehirne essen können.«

Den ganzen Tag habe ich mich nicht gut gefühlt. Ich bin schweißgebadet, müde und erschöpft. Ich fühle mich verbraucht. Der Krieg hat mich verändert, aus mir einen alten Mann gemacht. Appetit habe ich auch nicht, als müsste mein Körper erst einmal davon überzeugt werden, dass das normale Leben wieder beginnt. Mein Freund Ibrahim, der siebenundzwanzig Jahre in einem israelischen Gefängnis gesessen hat, erzählt uns oft von der Fremdheit, die ihn den ersten Monat in Freiheit begleitete. Als er das erste Mal Obst auf dem Markt kaufte, betastete er es eine halbe Stunde lang, sagte sich immer wieder: »Das ist wirklich eine Orange, und ich kaufe sie.« Wenn er sich schlafen legte, ließ er Türen und Fenster weit geöffnet, um sicherzugehen, dass er sich wirklich nicht mehr in einem Gefängnis befand. Über einen langen Zeitraum hatte er Konzentrationsstörungen und vergaß, dass das, was vor seinen Augen geschah, real war.

So fühle ich mich heute. Ich kann mir gut vorstellen, wie es Ibrahim ergangen ist. Alles besteht darauf, dass es real ist. Nur mein Verstand flüstert: »Warte ab.«

Mittwoch, 6. August

Ein Bett im Schutt

Heute ist der zweite Tag der Feuerpause. Die Gespräche in Kairo werden fortgesetzt, und jeder Bewohner Gazas ist mit seinen Gedanken und Hoffnungen bei dem Treffen. Auf der Straße ist es das einzige Thema. Es werden Neuigkeiten, Analysen und Mutmaßungen ausgetauscht. Aber die gemeinsame Furcht steht über allem – dass die Verhandlungen abgebrochen werden und die Kriegsmaschine zurückkehrt und uns weiter abknallt, einen nach dem anderen. Jede neue Nachricht, jedes noch so kleine Detail aus Kairo kann die Stimmung verändern. Eine optimistische Einschätzung eines Politikers oder sogar eines Journalisten kann uns den ganzen Tag versüßen.

Spannung und Ungewissheit behalten noch die Oberhand, aber das Leben erscheint – im Augenblick – normal. Das Zentrum des Lagers ist von Autos verstopft. In dem Moment, in dem du deinen Motor startest, befindest du dich in einem Stau. Autos kommen aus allen Richtungen auf dich zu. Nicht nur Autos, sondern auch Motor- und Fahrräder, Esel, Pferde und sogar Dreiräder. Wie eine Montage von Bildmaterial unterschiedlicher Epochen – die gleiche Stadt, aber zu einer anderen Zeit. An der Tankstelle hat sich eine lange Schlange gebildet. Die Bauern bringen das ins Lager, was sie von ihren Höfen holen konnten. Endlich gibt es wieder frische Lebensmittel. Kartoffeln, Gurken, Tomaten, Auberginen, Zucchini und grüne Paprika liegen jetzt funkelnd in den Ständen aus. Natürlich sind nicht alle Bauern auf ihren Feldern gewesen. Diejenigen, deren Land in der Nähe der Grenze liegt, werden es nicht riskieren, bevor keine dauerhafte Waffenruhe vereinbart ist.

Meine Kinder fordern immer wieder eine Antwort auf die Frage: »Wann ziehen wir wieder nach Hause?«

»Bald.«

»Wie bald?«

Hanna möchte ebenfalls Klarheit.

Hisham, dessen Familie momentan in unserer Wohnung lebt, sagt, dass sie vorhaben, bald in ihr Haus in Beit Hanun zurückzukehren. Allerdings will er seine Familie und sich der Gefahr nicht aussetzen, solange die Verhandlungen nicht abgeschlossen sind und er sicher sein kann, dass nachts keine Panzer über sie hinwegrollen. »Kein Problem«, sage ich ihm am Telefon, »warte lieber noch ein paar Tage.« Zum Glück ist sein Haus nur teilweise beschädigt. Eine Granate hat einen Großteil seines Wohnzimmers im ersten Stock zerstört, viele Möbel sind verbrannt, alle Fenster und die meisten Türen sind zerschmettert. Seinem Haus geht es also relativ gut. Es wurde als sicher eingestuft. Die Menschen sagen: »Wir sind besser dran als viele, schlechter als wenige.« Sei froh, unversehrt geblieben zu sein, einen Ort zum Leben zu haben, auch wenn es ein bisschen Arbeit erfordert. Viele haben nicht einmal eine Mauer, hinter der sie Schutz suchen können. Ihre Häuser sind einfach weg.

Nafiz erzählte mir heute von seinem Onkel, dessen Haus in Beit Hanun vollständig zerstört wurde. Seine Söhne halfen ihm, die Trümmer vom Grundstück zu räumen, und nachdem sie mehrere Stunden Steine und Metall zur Seite geräumt hatten, war ein kleiner Platz in all dem Schutt frei geworden. Der Onkel legte eine Matratze auf die Erde und bettete sich darauf. Wegbewegen will er sich von dort nicht mehr. Er bat sogar seine Söhne, ein Zelt um ihn herum aufzubauen. Nafiz stellt sich vor, wie viele Menschen in Beit Hanun das jetzt genauso machen. Eine Stadt, die vor einem Monat noch blühte und gedieh, wird über Nacht zum Lager, zu einer Zeltstadt. Die Palästinenser haben dieses Bild seit dem Krieg von 1948 in ihrer Erinnerung eingebrannt. Eine ganze Nation zivilisierter Menschen wird auf ein Meer von Flüchtlingslagern reduziert, das bis an den Horizont reicht.

Meine Großmutter Aisha, eine gebildete, wohlhabende Frau aus der Küstenstadt Jaffa, fand sich plötzlich im Alter von fünfunddreißig Jahren in einem Zelt auf dem heißen Sand Gazas wieder, den sie mit Zehntausenden anderen teilen musste. Wenn ich in die Augen meiner kleinen Tochter Jaffa blicke, die meiner Großmutter sehr ähnlich sieht, verspreche ich ihr, dass sie nicht das gleiche Schicksal ereilen wird wie Aisha. Sie wird kein Flüchtling sein, nirgends. Und trotzdem ist der häufigste Albtraum dieses Krieges, dass ich mit Jaffa auf dem Arm durch Granaten- und Bombenhagel renne.

Aisha lernte aus dem Krieg von 1948. Als die israelischen Streitkräfte 1967 den Gazastreifen besetzten, wollte ihr Ehemann, mein Großvater Ibrahim, nach Jordanien auswandern. Sie weigerte sich. Sie sagte ihm, dass sie nicht bereit sei, »zweimal aus dem gleichen Glas zu trinken«. Sie würde nicht fliehen, sich nirgendwohin flüchten, niemals wieder. Sie blieb in Palästina.

Dank dieser starken Frau wurde ich hier geboren und nicht in irgendeinem Flüchtlingslager außerhalb des Landes. Mein Großvater ging mit seiner zweiten Frau und seinen Kindern – außer meinem Vater, er blieb bei Aisha – nach Jordanien, wo er starb.

Letzte Woche kamen die Panzer so nah, dass Geschosse in den engen Gassen meines Viertels landeten. Da dachte ich, dass der Albtraum, mit Jaffa in den Armen durch die Straßen zu rennen, wahr werden würde. Nur dass diesmal meine ganze Familie dabei wäre. Ich bin nicht verrückt. Schließlich ist das im vergangenen Monat 400 000 Menschen geschehen. Wir haben bisher einfach Glück gehabt.

Nael Shalaiel, ein Freund aus den Al-Nadi-Hochhäusern, fragt mich nach einer Wohnung, die er mieten könnte. Seine beiden Wohnungen im Al-Nadi-Komplex wurden zerstört.

Der ganze Block wurde dem Erdboden gleichgemacht. Im Augenblick lebt er bei seinen Eltern, aber er braucht eine Bleibe, bis seine Wohnung wieder aufgebaut ist. Was zwei Jahre dauern könnte – »wenn wir Glück haben«, sagt er.

Überall, wo du hinkommst, hörst du diese Geschichten. Viele können einfach nicht glauben, was passiert ist. Das ist der Schock. Sie laufen scheinbar ziellos durch die Gegend, scheinen die Stadt kaum wiederzuerkennen. Ihr Überleben können sie trotzdem nicht feiern, noch nicht.

Am liebsten möchte ich vor diesem allen weglaufen. Meine Augen schließen, meine Ohren zuhalten, schlafen, und erst wieder aufwachen, wenn alles vorbei ist. Ich will nichts hören von der Frau in der Schule gegenüber, die ihrem Sohn einen letzten Blick schenkt. Seine Leiche wurde in den Trümmern ihres Hauses gefunden. Ein Teil der Familie konnte fliehen, bevor das Haus in sich zusammenbrach, andere nicht. Ich möchte ihre schwarzen Tränen nicht sehen, nicht, wie sie im Rinnstein gegenüber von meinem Fenster sitzt. Ja, ihre Tränen sind dunkel, aus schwarzem Wasser. Auch die Sorge in Nafiz' Augen, wenn er über die Zukunft spricht, ertrage ich nicht mehr. Wie er darüber nachdenkt, ohne Traktor, ohne Haus, ohne Auto zurechtzukommen, sich fragt, wie er sein Feld bestellen soll. Ich will auch den Schmerz im Gesicht des älteren Mannes vom anderen Ende unserer Straße nicht sehen. Er schläft jetzt mit seiner Familie im ehemaligen Laden seines Sohnes, nachdem sein Haus ausradiert wurde. Und die Drohne über mir, die ständig die Distanz neu berechnet, möchte ich auch nicht mehr hören. Keine Nachrichten mehr. Während des letzten Monats habe ich genug Nachrichten für den Rest meines Lebens gehört. Mittlerweile erkenne ich die Reporter an ihren Stimmen, ich kenne die Bezirke, aus denen sie berichten, ich weiß, wie sie den nächsten Bericht abliefern werden. Es kommt mir vor, als hätte ich ihre Stimmen öfter gehört als meine eigene in einundvierzig Jahren.

Am liebsten möchte ich einfach das Fenster schließen, die Augen zumachen, Watte in die Ohren stopfen und mich schlafen legen.

Der Platz des Unbekannten Soldaten

Ich muss früh aufstehen. So zeitig wie möglich, damit ich das Beste aus dieser Feuerpause machen kann. Stell dir vor, ich würde sie einfach verschlafen! Schlaf ist in diesem Krieg sehr kostbar – wenn du es hinbekommst, überhaupt welchen während der nächtlichen Luftangriffe zu finden, wachst du vor lauter Überraschung, dass du noch lebst, trotzdem früh auf. Dennoch ist es an einem Morgen wie diesem, die auf eine relativ ruhige Nacht folgen, sehr verlockend auszuschlafen. Nimm dir so viel Schlaf, wie du kannst. Denn sollte die Feuerpause nicht verlängert werden, wird es der letzte richtige Schlaf für eine Weile sein. Ein Dilemma. Mach ich jetzt das Beste aus dem Tag oder aus dem Schlaf?

Gestern Abend war ich mit meinem Freund Ramiz Abu Safia, einem vielversprechenden jungen Mann im diplomatischen Dienst, im Italienischen Hof in Al-Nasser. Ramiz hat einen Posten in der palästinensischen Botschaft in Amsterdam erhalten und wartet nun darauf, dass die Grenze bei Rafah geöffnet wird. Niemals hat er sich etwas so sehr gewünscht wie jetzt, dass die Verhandlungen in Kairo erfolgreich sind, damit er die Grenze passieren kann. Die meiste Zeit des Jahres hielt Ägypten den Übergang geschlossen. Ramiz sitzt auf gepackten Koffern. Er hat Visa für seine Frau, sein Kind und sich, er hat seine Flugtickets. Mit der Arbeit im Ausland soll sein größter Traum in Erfüllung gehen.

Im Karawan-Café herrschte Schweigen, obwohl es ziemlich voll war. Normalerweise sitzen dort viele ältere Männer, die Karten spielen und sich über die gute alte Zeit unterhalten. Manchmal zanken sie sich. Heute spielt niemand Karten. Niemand spricht über die Vergangenheit. Man spricht über eine unbestimmte Zukunft. Berri bereitet die Wasserpfeifen für die Gäste vor. Sein Blick ist düster. Wie die meisten sieht er müde und erschöpft aus. Der Krieg hat ihn ausgelaugt. Auf eine Zigarette setzt er sich neben mich. Sein Haar ist ungekämmt, auf seinem T-Shirt sind Kaffeeflecken. Er hält die Kohlenzange mit der linken Hand, sieht mir forschend in die Augen und fragt: »Fängt es wieder an?«

Mamoun kehrte heute Morgen in seine Wohnung in Tel al-Hawa im Süden von Gaza-Stadt zurück. In seiner wie in den meisten Wohnungen im Gebäude ist aus fast allen Fenstern das Glas herausgedrückt worden. Jetzt bebt er vor Wut. Ununterbrochen spricht er, redet sich alles von der Seele, zählt eine halbe Stunde lang seine Enttäuschungen auf. Er kann nicht fassen, was er in Khuza'a gesehen hat. Es sei ein Kriegsverbrechen, das bestraft gehöre. Zwei Tage zuvor, am ersten Tag der Feuerpause, ist er in dem beschaulichen Dorf östlich von Khan Yunis gewesen, um seine Verwandtschaft zu sehen. Er half, in den Trümmern nach Vermissten zu suchen. Er schwitzt, während er davon erzählt. Aed und ich rauchen schweigend, lauschen seinem Groll.

Aed ist ein linksgerichteter Intellektueller. Er ist nicht weniger wütend als Mamoun, sagt aber kein Wort. Wir bitten ihn um seine Meinung, aber er bleibt zurückhaltend. »Ich sage lieber nichts. Worte können die Wut, die man spürt, nicht ausdrücken.« Er hat recht. Haben sie beide. Auch Berri mit seinen Sorgen. Aber niemand kann die Situation ändern. Ich habe genug von dieser Düsterkeit. Manchmal muss man einfach etwas Positives hören: um dich selbst zu widerlegen, um deinen Erwartungen die Stirn zu bieten, um dich mit einer anderen Realität zu umgeben. Du brauchst die Realität, um dich über deine Sorgen zu erheben und sie zu entkräften.

Im Park des Unbekannten Soldaten haben sich einige Hundert Menschen vor einem Politiker versammelt, der an sie appelliert, weiterhin das Militär zu unterstützen. Dieser wütende Mann steht hinten in einem Kastenwagen und schreit durch ein Megafon: »Wir gewinnen! Israel wird besiegt!« Er verspricht, dass der Krieg nicht ohne Ergebnisse bleiben wird. Es ist Mittag, und die Menschen können nicht länger in der Sonne stehen. Die Kazim-Eisdiele um die Ecke füllt sich langsam mit denen, die ein wenig Abkühlung brauchen. Berri betrachtet die Menschen, die den Park verlassen. »Ich will einfach nur, dass der Krieg aufhört.« Er tritt seine Zigarette mit dem Fuß aus.

Wir hatten jetzt sechs Stunden lang ununterbrochen Strom. Das ist die längste Phase seit einem Monat. Der Stromanbieter hat bekannt gegeben, dass wichtige Leitungen und Infrastruktur, die von den Israelis beschädigt wurden, repariert werden konnten. Der neue Zeitplan sieht sechs Stunden Strom am Tag vor. Ab heute. Du merkst erst, wenn etwas fehlt, wie wichtig es eigentlich ist. Den ganzen Nachmittag sitze ich neben dem Ventilator, während draußen die Sonne niederbrennt. Ich könnte schlafen, tue es aber nicht. Ich möchte einfach nur genießen, was es bedeutet, wieder Elektrizität zu haben: einen Ventilator, ein Lüftchen, Kühle.

Offenbar sind die Verhandlungen fruchtlos. Die Positionen sind einfach zu weit voneinander entfernt. Je mehr Nachrichten ich höre, desto deprimierter werde ich. Ständig heißt es, morgen früh um acht Uhr geht der Krieg weiter. Bis zum Abend verlieren alle, die ich kenne, die Hoffnung. Sie sind sicher, dass der Krieg wieder heraufzieht. Das Sirren der Drohne über uns verwandelt diese Furcht in ein Faktum.

Man beginnt, sich entsprechend zu verhalten. Die Geschäfte schließen früh. Viele der Flüchtlinge, die kurz zu Hause in Beit Lahia und Beit Hanun waren, kehren in die UNRWA-Schulen zurück. Sie können ihr Leben nicht aufs Spiel setzen und in diesen häufigen Angriffen ausgesetzten Gebieten bleiben. Niemand freut sich an diesem Abend über die Nachrichten.

Gerade esse ich eine Kleinigkeit bei Faraj, als wir Gewehrfeuer hören. Verängstigt sehen wir uns an. Wasim, Farajs

Sohn, meint, es müssen Freudenschüsse angesichts einer verlängerten Waffenruhe sein. Faraj sieht draußen nach, was los ist. Aber dort ist niemand fröhlich. Im Gegenteil, die Straßen werden von Wut beherrscht. Fünf Militärangehörige wurden im Laufe des Tages bei Unfällen getötet und werden nun zu Grabe getragen. Das Gewehrfeuer waren Salutschüsse.

Jetzt ist es elf Uhr abends. Gegen acht Uhr, in neun Stunden also, ist die Feuerpause zu Ende, und wir befinden uns wieder im Krieg. Das ist sicher. Als ich daran denke, dass morgen eine andere Art von Tag ist, spüre ich eine große Müdigkeit. Zu Faraj sage ich: »Wenigstens hatten wir drei gute Tage, an denen wir uns frei bewegen und ein wenig ausruhen konnten.« Morgen wird es anders sein, natürlich. Wenn du leben musst, bringst du dir bei, wie zu sterben ist. Wenn du tot bist, musst du dich daran erinnern, wie es war zu leben. So gehen wir mit der Situation um. Jetzt müssen wir uns wieder daran erinnern, dass ein Leben möglich ist, auch wenn morgen die Granaten und Raketen wieder auf uns niederprasseln.

Als ich nach Hause gehe, ist es Mitternacht. Jaffa versucht zu schlafen. Das Mondlicht erhellt den Himmel und scheint zum Fenster hinein. Jaffa hat gerade erst gelernt, »Mond« zu sagen.

Ich frage: »Was ist das?«

Ganz behutsam spricht sie: »Moooooond.«

Manchmal deutet sie auf den Mond, und sagt wieder: »Moooooond!« Über ihre neue Entdeckung scheint sie sich sehr zu freuen. Sein Licht lässt ihr ganzes Gesicht strahlen, ihr Haar an einigen Stellen schimmern. Als sie an diesem Abend ins Bett krabbelte, nahm sie ihren neuesten, wohlgehüteten Schatz mit. Hanna hat Jaffa Schuhe gekauft. Sie liegen neben ihr auf dem Bett. Glücklich mit den Schühchen und nach einem bewundernden Blick auf ihren neuen Freund am Himmel, schläft sie ein, ohne sich von Hanna und mir stören zu lassen.

Freitag, 8. August

Ein patriotisches Lied

Es ist acht Uhr morgens, und die Feuerpause hat gerade geendet. Ich habe kaum geschlafen. Die ganze Nacht habe ich in den Nachrichten auf einen Hoffnungsschimmer für eine Verlängerung gewartet. Gegen halb sieben stand ich auf und blickte aus dem Fenster. In anderthalb Stunden, dachte ich, würde dieser Frieden vorbei sein. Ich legte mich wieder hin, alle anderen schliefen. Sogar Jaffa, die normalerweise morgens immer die Erste ist, schlummert tief und fest. Ab und zu schaue ich auf die Uhr an der Wand. Plötzlich hört man ein Auto vorbeirasen, eine Hupe ertönt, dann weitere. Hanna regt sich. »Vielleicht gibt es eine neue Feuerpause, und sie feiern«, meint sie. Ich vermute das Gegenteil. Mit ihrem Krach erinnern sie uns daran, dass die Feuerpause zu Ende ist, sie läuten erneut den Krieg ein. Wir müssen wieder wachsamer sein. Punkt acht Uhr.

Und ich liege hier, warte auf die Explosionen. Es bleibt alles ruhig. Zumindest ist nichts in unserer Nähe. Das ist schon mal gut. Also versuche ich nochmals einzuschlafen. Jaffa ist noch in ihren Träumen versunken, ich sollte es ihr gleichtun. Aber das übrige Lager beginnt den Tag wie immer. Menschen laufen auf der Straße hin und her, jemand gegenüber hat das Radio so laut gedreht, dass wir jedes einzelne Wort verstehen.

Explosionen in Zeitoun, Gaza-Stadt. Mehrere Häuser dort wurden von einer F16-Maschine bombardiert.

Noch immer bin ich nicht ganz wach. Meine Augen sind weder geöffnet noch geschlossen. Die Stimme des Reporters verebbt und kehrt wieder wie die Gezeiten, während ich zwischen Schlaf und Wachen dahindrifte. Manchmal strenge ich mich an zuzuhören, aufzupassen, manchmal versuche ich verzweifelt, wieder einzuschlafen und die Berichte zu ignorieren. Wieder frage ich mich, was Traum ist, was Realität.

»Israelische Raketen trafen die Nour-Moschee in Sheikh Radwan, Gaza-Stadt. Zwei verletzte Teenager wurden gemeldet. Schweres Bombardement auch in Wohngebieten des Lagers von Nuseirat, in Rafah und Beit Lahia. Angriffe aus der Luft, vom Land, vom Meer.«

Nach dieser Mitteilung wird ein patriotisches Lied gespielt, seine Leidenschaft füllt die Straße und alle Häuser in der Nachbarschaft. Ich schließe meine Augen. Die Phrasen und nationalistischen Ausdrücke hallen in meinem Kopf wider. Ich stelle mir vor, wie alle Bewohner der Straße im Takt des Liedes marschieren, ihre Knie hoch in die Luft reißen und die Füße in den Asphalt rammen. Ihre Arme wirbeln zur Melodie, der Rhythmus treibt sie an.

Hanna telefoniert mit ihrer Cousine Nisrin, die in Nuseirat wohnt. Heute hat sie Geburtstag, und wie üblich dauert das Telefonat ziemlich lange.

Der Ruf zum Freitagsgebet ertönt. Doch an diesem Tag wird mein Schwiegervater nicht daran teilnehmen. Es wird einer der wenigen Freitage sein, an denen er nicht in die Moschee geht. Seit drei Tagen leidet er unter Bauchkrämpfen. Er meint, es sei ein Gas, das die israelischen Streitkräfte verteilten. Laut einem Gerücht sollen sie des Nachts weißen Phosphor abgeworfen haben. Seit Wochen höre ich von vielen Menschen, dass sie unter Hals- oder Bauchschmerzen leiden, wie auch ich. Mein Schwiegervater hat ebenfalls einen entzündeten Hals und war bereits beim Arzt. Der sagte, es sei wahrscheinlich nur eine Infektion, aber er fände es merkwürdig, wie viele Menschen sie plötzlich hätten. Also wird mein Schwiegervater die heutigen Gebete verpassen. Er könnte nicht einmal auf eigenen Füßen zur Moschee gehen. Er ist enttäuscht. Der Freitagsimam ist immer sehr wütend und verspricht allen eine Belohnung im Himmel, und dass ewiges Leben auf sie warte. Aber die Menschen wollen etwas über die gegenwärtige Welt erfahren, wollen hören, dass sie hier ein bisschen mehr Zeit bekommen, dass sie überleben.

Bis zum Nachmittag werden weitere Angriffe aus dem ganzen Gazastreifen gemeldet. Nur langsam begreifen wir, dass der Krieg weitergeht. Uns ist bewusst, dass ein dummer Teil des Gehirns sich noch immer an die Hoffnung einer Feuerpause klammert. Auch jetzt.

Plötzlich hören wir eine schwere Explosion. Irgendwo ganz in der Nähe. Jabalia bebt. Alle haben Angst. Hat es vielleicht eines der Nachbargebäude getroffen? Hanna und ich gehen zu Fenstern auf entgegengesetzten Seiten der Wohnung, die Kinder verteilen sich auf die Fenster dazwischen, um vielleicht einen Blick auf das getroffene Haus zu erhaschen. Na'im hat es gefunden. Er ruft uns, zeigt auf ein Gebäude, von dessen Dach Rauch aufsteigt. Eine dicke Wolke breitet sich von dort über dem ganzen Lager aus. Schnell schließen wir das Fenster und treten zurück, als der weiße Rauch direkt daran vorbei- und die Straße hinunterzieht. Als er das Ende der Straße erreicht, hören wir die ersten Sirenen in Wettbewerb mit dem Rauch treten.

Später erfahren wir, dass die F16 das Haus der Familie Suliman in der Nähe des Sportclubs von Jabalia ausradiert hat. Viele Menschen wurden verletzt.

Unser Alltag wird vom Rhythmus Krieg – Feuerpause – Krieg – Feuerpause vorgegeben, es ist wie ein Tanz, dem du folgen musst. Der Krieg entscheidet, wann wir ins Bett gehen, wann wir aufstehen. Er verlangt, dass wir uns voll und ganz den Kleinigkeiten des täglichen Lebens widmen. Strom wird erst das Wichtigste auf der ganzen Welt, und dann sollst du von einer Minute auf die andere vergessen, dass es so etwas wie Elektrizität überhaupt einmal gegeben hat. Deine Stimmung ist an den Krieg gebunden, und dann auf einmal an die Feuerpause. Wenn es einen Waffenstillstand gibt, fühlst du dich wie auf Wolke sieben. Du willst eine Party schmeißen.

Dann hörst du, dass jemand gestorben ist. Du verzweifelst. Es braucht nur einen weiteren Angriff, erinnerst du dich, einen weiteren Bruch in der Feuerpause, eine weitere Rakete, die vom Himmel fällt, sich ausrichtet, ihre Triebwerke zündet – und dich findet. Deine ganze Existenz wird zu einem luftleeren Raum, etwas, das nichts beinhaltet, und dann verschwindet, sobald es kann.

In den Gesichtern meiner Kinder spiegelt sich die Angst. Diesen Rhythmus zwischen Krieg und Feuerpause, Krieg und Feuerpause können sie nicht verstehen. Mit der Logik dahinter und den Begründungen werden sie nicht fertig. Sie dachten, der Krieg sei zu Ende. Wie kann etwas, das zu Ende war, von Neuem beginnen? Wie kann etwas sich innerhalb einer Stunde um hundertachtzig Grad drehen?

»Natürlich sterben wir nicht!«, sagt Mustafa plötzlich. Ich weiß nicht, ob er mir eine Frage stellt oder ob er nur etwas kundtun will, von dem er sehr überzeugt ist. Niemand versteht es. Wir schauen einander nur von Zeit zu Zeit an, und wenn wieder eine Bombe detoniert ist, vergewissern wir uns: »Habt ihr das gehört?«

Anscheinend hat sich das Lager mit diesem Krieg arrangiert, beschlossen, damit zu leben, weiterzumachen, egal, wie grausam er ist. Als ich gegen sieben Uhr abends endlich das Haus verlasse, sind viele Bewohner unterwegs. Die Läden sind immer noch geöffnet. Auf dem Markt werden Weintrauben und Feigen verkauft, die Waren in jeder erdenklichen Ecke feilgeboten. Ich frage mich, ob es eine Feuerpause gibt, von der ich nichts weiß. »Vielleicht hat es doch wieder Verhandlungen in Kairo gegeben?«, vermute ich gegenüber einem Verkäufer. Allerdings interpretiert er meine Frage als Neuigkeit, er beginnt zu lächeln und wird ganz aufgeregt. Bevor ich noch die Chance habe, meine Äußerung richtigzustellen, donnert eine Explosion aus Osten zu uns herüber.

Ich grinse. »Was macht es schon für einen Unterschied?«

Samstag, 9. August

Über die Straße gehen

Heute ist es ruhig. Bisher keine Explosionen. Alles hat den Anschein von Normalität. Wohnte man nicht in der Nähe eines UNRWA-Lagers, wüsste man überhaupt nicht, dass ein Krieg stattfindet. Das Sirren der Drohnen hält an, aber das ist in Gaza normal, egal, ob Krieg ist oder nicht. Alle gehen ihren Tagesgeschäften nach, wie sie es auch in Friedenszeiten tun. Dir kommt es eigenartig vor. Du traust dem nicht. Es muss einen Haken geben, oder einen Trick. Irgendetwas, von dem du noch nichts mitgekriegt hast. Der Tag fühlt sich an wie eine Oase inmitten einer sich grenzenlos erstreckenden Wüste. Eine Fata Morgana?

Es ist bereits Mittag, und nichts ist passiert. Ich schalte das Radio an, um zu hören, ob es Nachrichten gibt, die ich noch nicht kenne. Nachts vernimmst du jede einzelne Explosion, doch tagsüber werden sie von anderen Geräuschen überdeckt, sodass du nicht von jeder etwas mitbekommst. Außerdem gewöhnst du dich immer mehr an das, was geschieht, egal wie extrem oder lebensbedrohlich es ist. Deshalb traue ich weder der Stille noch der Ruhe. Ich kann einfach nicht daran glauben. Ebenso wenig, wie du daran glauben kannst, wenn du dich mitten in einem Luftangriff befindest. Es ist unwirklich, du sagst dir, dass du träumst, dass es aufhören wird.

Hanna erzählt von einer Diskussion im Radio über die Verschiebung des Schuljahresanfangs. Eigentlich sollte es am 24. August losgehen, doch das ist mindestens für die UNRWA-Schulen unmöglich, da noch Tausende Flüchtlinge in ihnen leben. Sie überlegen nun, ob sie das Schulhalbjahr erst im Oktober beginnen lassen. Na'im hört sich schweigend Hannas Ausführungen an. Für einen Jungen seines Alters ist es recht ungewöhnlich, aber er liebt die Schule. Bis Oktober möchte er nicht warten. Dann platzt er heraus: »Lebt jemand in meiner Schule?« Die Schule, die Talal und Mustafa besuchen, wird von der UNRWA betrieben und befindet sich hier im Lager, ganz in unserer Nähe. Na'im und Yasser gehen hingegen auf eine staatliche Schule in Saftawi, wo wir wohnen. Als ich ihm erkläre, dass in seiner Schule niemand beherbergt ist, freut sich Na'im.

»Dann wird das Schuljahr nicht verschoben!«

Für ihn ist das logisch, und so sollte man handeln Nur leider wird das nicht der Fall sein. Ich bin froh, dass es nicht meine Entscheidung ist. Hanna erklärt ihm, dass das Schuljahr überall verspätet beginnt, und löst damit weiteren Protest von Na'im aus.

»Was vermisst du denn an der Schule?«, frage ich ihn.

Alles, sagt er. Seine Freunde, die Lehrer, sogar den Unterricht.

Yasser hört aufmerksam zu und stürzt sich dann begeistert ins Gespräch. »Ich will Schule! Ich will Schule!« Natürlich ahmt er Na'im nach.

»Du vermisst also auch die Schule?«

Er weiß nicht, was »vermissen« bedeutet, also erkläre ich, dass man etwas uuuuunbedingt zurückhaben will, was man vorher hatte. »Ja, ich will uuuuunbedingt Schule!«

Meine Zweifel an der Ruhe waren berechtigt. Hier passiert nichts, aber im Lager von Nuseirat hat eine F16 sich wieder gütlich getan. Die Moschee von Nuseirat gibt es nicht mehr. Drei Tote werden gemeldet. Ein Mann, der mit dem Motorrad gerade den Schauplatz verließ, wurde bei einem erneuten Einschlag getötet. Im Radio wird alles sehr genau beschrieben. Die Angriffe gehen weiter, im Süden in Rafah und im Norden in Beit Hanun und Beit Lahia. Ich bin dankbar, dass ich hier bin.

An diesem Nachmittag ist die Hitze einfach zu viel für

mich. Ich muss mich hinlegen. Aus der Ruhe das Beste zu machen, nämlich nichts zu tun, für einige Stunden an nichts zu denken, das könnte mir gefallen. Aber in der Hitze ist sogar das unangenehm, es ist zu heiß zum Schlafen.

Na'im, Yasser und Jaffa rennen in der Wohnung herum und machen Krach. Für ihr Spiel nehmen sie verschiedene Möbelstücke in Beschlag – Matratzen, Kissen, Decken, Laken. Sie bauen sich »Häuser«, wie sie es nennen, mit Mauern aus Matratzen und Kissen und Laken als Dach. Dann sitzt jeder in seinem eigenen und kommuniziert mit den anderen durch die Wände. Das »Häuserspiel« war früher eines meiner Lieblingsspiele. Mit meinem Bruder und meinen Schwestern haben wir vor dreißig Jahren etwas Ähnliches gespielt. Damals hatte die israelische Armee eine endlose Reihe von Ausgangssperren über das Lager verhängt. Manchmal mussten wir über einen Monat in unserer kleinen, aufgeheizten Wohnung bleiben. Die Frauen schlichen sich ab und zu, vor allem nachts, nach draußen, riskierten dabei, von den Soldaten erschossen zu werden, um Lebensmittel aus der nahe gelegenen Stadt Jabalia oder aus Beit Lahia zu holen. Während der Ersten Intifada zeigten die Bauern große Solidarität mit den Lagerbewohnern, indem sie Teile ihrer Ernte zu vereinbarten Treffpunkten außerhalb der Lagergebiete brachten. Für uns Kinder bedeutete die Ausgangssperre eine unumgängliche Gefängnisstrafe und die Erfindung von Möglichkeiten; die Zeit zu vertreiben und sich auf beengtem Raum irgendwie zu beschäftigen, wurde eine Notwendigkeit. Diese Notwendigkeit wird für meine Kinder gerade zum Alltag. Yasser zerstört jubelnd Jaffas Haus. Jaffa beginnt zu weinen und will so schnell nicht wieder aufhören. Also stehe ich auf und helfe ihr bei den Reparaturmaßnahmen.

Mein neuerdings obdachloser Freund Nafiz wohnt jetzt wie so viele andere in einer Schule. Der Krieg geht weiter, und die Schulen füllen sich wieder, also muss die UNRWA zusätzliche Schulen von der Palästinensischen Autonomiebehörde anmieten. In einer dieser Schulen wohnt Nafiz. Seine ist in der Nähe des Sheikh-Zayed-Platzes, im Norden des Lagers von Jabalia. Er engagiert sich in der Organisation der Tagesabläufe. Sie haben Komitees gebildet, um Essen auszuteilen, Streit zwischen den Heimatlosen zu schlichten, die Wachen vor den Eingängen gegen Diebe und Eindringlinge einzuteilen.

Mit ihm und einigen Freunden sitze ich in einem der Klassenzimmer. Er kocht Kaffee ohne Zucker. Der Alltag in den Schulen ist so nervenaufreibend und vereinnahmend, dass ein Besuch von außen für die Bewohner eine der wenigen Chancen darstellt, einen flüchtigen Blick von dem zu erhaschen, was im Rest der Welt vor sich geht. Neuigkeiten und Informationen soll ich bringen. Ich werde mit Fragen bombardiert: Was habe ich gehört? Was sagen die Leute? Wie analysiere ich das Ganze? Ich erzähle ihnen, was ich weiß, ich denke, dass es mehr Zeit braucht. »Doch bald …«, sage ich, unsicher, ob ich selbst daran glaube.

Auf meinem Weg nach Hause werde ich während eines Telefongesprächs auf einmal von einem kleinen Jungen am Arm gefasst. Vermutlich will er betteln, also erkläre ich, »Ich telefoniere«. Aber der Kleine, etwa zehn Jahre alt, gibt nicht auf. Mein Gespräch ist zu Ende, und er beginnt, pantomimisch einen Autofahrer darzustellen. Ich gehe mit ihm. Wieder nimmt er mich am Arm, und wir überqueren die Straße, ganz langsam. Endlich verstehe ich, dass er taubstumm ist, und einfach nur Hilfe wollte, um sicher über die Straße zu kommen.

Sonntag, 10. August

Berühmt sein

Heute Nacht klopfte die Drohne an unsere Tür. Um ein Uhr gibt es eine riesige Explosion, ganz, ganz nah. Näher als der Schrank, näher als die Wanduhr. Ich springe aus dem Bett und laufe durch die Wohnung, um zu sehen, was passiert ist. Hanna wacht auf und deutet zum Fenster. Es ist dunkel. Der Vollmond ist keine Hilfe. Nachbarn verlassen bereits ihre Häuser und strömen auf die Straße, also gehe ich zur Tür und rufe den Flur hinunter. »Wurden wir getroffen?« Nichts. Ich renne hinunter und aus dem Haus, um mir die Antwort zu holen.

Doch auch draußen wird nicht klar, was passiert ist. Rufe, Versuche, herauszufinden, welches Gebäude getroffen wurde. Plötzlich tritt mitten in dem Durcheinander ein junger Mann vor, von oben bis unten mit weißem Staub bedeckt. Er sieht aus wie ein Geist, der gerade vom Himmel gefallen ist. Es war sein Haus.

»Welches?«, fragen wir. Dann sehen wir es. Das vorletzte in der Straße. Alle setzen sich in Bewegung. Der Geist erzählt, er hätte geschlafen, und als er aufwachte, lag er plötzlich auf der Straße. Seine Arme bluten, in seinem Gesicht sind Schnitte, kleine rote Flecken im Weißen. Glücklicherweise ist die Rakete in der Nähe der Treppen, dem stabilsten Teil, eingeschlagen, sodass das Haus nicht eingestürzt ist. Bei der Bergung nutzen wir das Licht unserer Mobiltelefone, denn es gibt keinen Strom, und die Stadt ist von Finsternis eingehüllt.

Wir finden drei verletzte Familienangehörige. Eine Frau hat ihr Bein verloren.

Ich blicke hoch zu unserer Wohnung und sehe die Silhouetten von Hanna und Mustafa im Fenster. Die Rettungswagen kommen, um die Verletzten mitzunehmen, dann kehrt Stille ein, als ob nichts Außergewöhnliches geschehen wäre. Ich versuche zu schlafen. Aber wie immer hält mich der Strudel der Ungewissheit davon ab. Was ist, wenn der Tod jetzt, in dieser Minute, kommt? Was, wenn dies mein letzter Gedanke ist? Und so weiter und so fort. Draußen ist alles dunkel. Ich stehe auf und blicke aus dem Fenster. Nur die Wäsche unten vor dem Laden, in dem jetzt eine heimatlose Familie lebt, bewegt sich in der Brise. Innerhalb eines Sekundenbruchteils kannst du gleichzeitig aufhören, zu existieren und zu einer Pressemeldung werden. Du tauschst deine Existenz gegen Sendezeit und Berichterstattung. Eine Rakete trifft dein Schlafzimmer, und du spürst nichts. Nur ein Traum, den du gerade geträumt hast. Doch dieses Mal besteht dein Körper nur noch aus kleinen Stücken, die deine Nachbarn in Plastiktüten sammeln. Wenige Minuten später wirst du wiedergeboren. Der Radiomoderator gibt deinen Familiennamen und dein Alter in einer Eilmeldung bekannt, erklärt, dies seien vorläufige Berichte, die noch nicht bestätigt sind. Etwas später erscheint dein voller Name im Newsticker des Fernsehprogramms. Falls sie deinen Namen falsch geschrieben haben, solltest du nachsichtig sein. Nicht ärgern. Du bist berühmt.

Und es ist *dennoch* ein Traum. Ein Traum, der unter einem anderen läuft – dem Leben – der wiederum unter einem anderen läuft – dem, den du gerade im Schlaf hattest – der wiederum unter einem anderen läuft – den Erinnerungen, die in deinem Traum hochkommen, und so fort. Ohne Ende. Es geht immer so weiter. Und wenn du endlich aufwachst und merkst, dass es der nächste Morgen ist, stehst du wirklich auf. Du lebst. Das ist es, denkst du. Du wurdest verschont.

Heute wurden bei verschiedenen Angriffen überall im Gazastreifen sieben Menschen getötet. Das ist eine relativ kleine Zahl. An ein und demselben Tag sind auch schon einmal hundert Menschen gestorben. An diese Einordnung gewöhnst du dich. Sieben Tote sind gut. Die Nachrichten melden außerdem zehn Leichen, die in Gebieten, aus denen sich die israelischen Panzer zurückgezogen haben, unter dem Schutt gefunden wurden. Diese Zahlenspiele spenden mir Trost. In den ersten Kriegstagen hatte die täglich gemeldete Zahl der Todesopfer nicht einmal zwanzig erreicht. Dann stieg sie auf fünfzig. Auf dem Höhepunkt starben hundertzwanzig Menschen pro Tag, und jetzt wird die Zahl wieder kleiner. Wenn du dem Graphen folgst, wird die Linie früher oder später null erreichen. Dann wird der Krieg enden. Null ist, wo alles beginnt und endet. Wenn man die Feuerpausen unberücksichtigt lässt, ist diese Kurve recht gleichmäßig. Mit etwas Glück wird es so bleiben und der Krieg bald vorbei sein.

Merkwürdig, was man so über den Wert des Lebens lernt. Alles, was du weißt, ist, dass du es in vollen Zügen genießen wirst, wenn der Krieg dich mit dem Leben davonkommen lässt. Menschen, die du kennst, sterben. Andere verlieren Gliedmaßen, verkrüppeln und können nicht mehr frei über ihr Leben bestimmen. Mein Cousin Yahia ist seit dem Krieg von 2008/2009 blind. Am 6. Januar 2009 floh er mit seinen Brüdern aus ihrem Haus in Beit Lahia, nahe der Grenze. Sie wollten zu ihrer Schwester nach Sheikh Radwan, als eine F16 die unter UNRWA-Verwaltung stehende Fakhoura-Schule bombardierte. Sie gingen gerade an ihr vorbei. Mein Cousin war zur falschen Zeit am falschen Ort. Vierzig Menschen starben bei diesem Angriff, Yahia verlor beide Augen, seine Hände und Beine sind entstellt[25].

Dieser große, energiegeladene junge Mann musste im dritten Jahr an der Universität seinem Leben auf einmal eine ganz neue Struktur geben. Das Einzige, was ihn aufrecht hält, ist sein Humor, glaube ich. Seine Sorgen werden ein wenig von

25 http://news.bbc.co.uk/1/hi/world/middle_east/7814054.stm

dessen Süße zugedeckt. Leben ohne die Fähigkeit, noch einmal neu, ganz von vorn, zu beginnen, muss unerträglich sein.

Mein Freund Abu Suliman wohnt noch immer im Friseursalon seiner Frau. Seine Wohnung im Al-Nada-Wohnkomplex wurde zerstört, und in den Laden, einen winzigen Salon am Rand des Lagers, zu ziehen, war die beste Lösung. Die ganze Familie lebt da: seine drei Söhne, seine Frau und er. Zuerst schien es perfekt zu sein, doch jetzt kann er mit seinen Gefühlen kaum noch hinter dem Berg halten. Er kocht Kaffee, während er sich mir anvertraut. Man kann an so einem Ort nicht leben, sagt er. Die Föne, Perücken, Extensions, Scheren, das Make-up, … Frauenkram. Zuerst war es lustig. Aber nun wohnen sie Tag für Tag in dieser anderen, unwirklichen Welt, einer Parallelwelt der Models und Bräute an ihren Hochzeitsmorgen. Eine Welt voller Lächeln und bizarren Haarschnitten, die sich über sie lustig macht.

Ich erzähle ihm, obwohl es noch nicht ganz sicher ist, von der vielleicht heute Abend beginnenden Feuerpause. Er schüttelt den Kopf. Er möchte eine dauerhafte Lösung. Er will keinen Waffenstillstand und keinen Frieden, der wieder nur zwei Jahre dauert. Im letzten Krieg von 2012 drohte seine ganze Familie ausgelöscht zu werden. Drei Tage lang waren sie in der Wohnung eingeschlossen, während Granaten auf das Gebäude niederregneten. Sie weigerten sich, es zu verlassen, und starben deshalb beinahe. Dieses Mal wurden sie gedemütigt, weil sie an diesem Ort schlafen müssen. Aber nun hat er genug. Genau wie ich hat er schon unzählige Kriege erlebt und von ihrer Absurdität die Nase voll.

Gazas Gesichter

Na'im fragt: »Wenn wir sterben, wachen wir dann morgens auf?«

Mustafa schaltet sich ein: »Wenn wir sterben, leben wir trotzdem *irgendwie* weiter, wir sterben nicht wirklich.«

Na'im reicht diese Erklärung nicht. »Aber wenn wir *jetzt* sterben, heute Abend, sind wir morgen wieder alle zusammen?«

Was für eine Frage. Was passiert *nach* dem Tod? Die ganzen Ideen, wie der Tod sein könnte, sind allesamt ungeeignete Konzepte: eine Reise in die Finsternis – als wäre es der Anfang einer neuen Geschichte. Für Na'im klingt alles grausam und abscheulich, aber er stellt es sich wie alle anderen Ereignisse im Leben vor. Wie man sich abends eine Geschichte anhört oder mit Fieber im Bett liegt. Etwas, das zu Ende ist, wenn du aufwachst. Die Bilder von verletzten Kindern – überall Blut, Schreie, Tränen, die gewaltsamen Maßnahmen, die Ärzte und Pfleger durchführen müssen, um ihnen zu helfen – das ist für Kinder zu viel. Ich verbiete meinen Kindern, sich diese Szenen im Fernsehen anzuschauen, wenn es Strom gibt. Aber natürlich sehen sie sie trotzdem, wenn sie allein oder im Internet fernsehen. Talal und Mustafa haben eigene Facebook-Seiten.

Mustafa war während des Krieges von 2008/2009 fünf Jahre alt. Zu der Zeit wohnten wir in der Nähe des Strandes. Er fragte mich, warum die Schiffe auf unser Haus feuerten. »Sterben wir?« Ich antwortete mit einem knappen, bestimmten: »Nein!« Ich erinnere mich daran, wie wenig überzeugt er aussah.

»Aber so viele Menschen sind gestorben.«

»Klar«, sagte ich. »Aber wir sterben nicht.«

Er deutete in Richtung Meer, auf den Horizont voller Schiffe, und nach oben zu den am Himmel brennenden Lichtern, den Raketen, die von den F16-Flugzeugen und Drohnen herunterfielen. Er rief: »Sag ihnen, sie sollen aufhören!«

Wer kann ihnen sagen, sie sollen aufhören? Wer kann es endlich beenden?

Gestern Abend, als die Kinder bereits im Bett lagen, schauten Hanna und ich fern. Um Mitternacht begann die neu vereinbarte dreitägige Feuerpause, also hatten wir eine ruhige Nacht vor uns. Außerdem war es der Todestag von Mahmud Darwisch. Fast alle palästinensischen Fernsehsender brachten Mitschnitte seiner Lesungen und Interviews. Eine Stunde lang lauschten Hanna und ich dem Vortrag seines berühmten Gedichts Madih al-thill al-'aali (»Lob des hohen Schattens«) über Beirut aus dem Jahr 1983. Im Publikum saßen alle palästinensischen Politiker, unter ihnen Yasser Arafat. Wie Darwisch das Leben in Beirut in seinem Gedicht darstellt, so ist es jetzt auch hier in Gaza. Wie genau er die menschliche Fähigkeit, mit Krieg und Verlust umzugehen, beschreibt. Am Ende, so sagt er, findet die Seele eine Quelle der Kraft, die die Reise erträglich macht. Darwisch ist einer der wenigen Dichter Palästinas, neben vielleicht Ghassan Kanafani, der die Idee einer Heimat einfängt. Wenn ich ihre Werke lese, fühle ich mich zu Hause. Es ist immer, als würde ich über mich selbst lesen.

Heute muss ich einen Artikel für eine palästinensische Tageszeitung schreiben und denke viel über die Auswirkungen der jahrzehntelangen Auseinandersetzungen in Gaza nach. Die letzten hundert Jahre könnte man als einen einzigen langen Krieg bezeichnen, der manchmal durch Waffenstillstände, die nie länger als ein paar Jahre dauerten, unterbrochen wird. Während der britischen Besatzung von 1917 bis 1948 war

Gaza wie alle anderen größeren palästinensischen Städte – Jaffa, Haifa, Jerusalem – Schauplatz des nationalen Befreiungskampfes. Viele bedeutende Streiks und Aufstände fanden in dieser Zeit statt: 1920, 1929, 1936–1939 (der berühmte Arabische Aufstand) und der Krieg von 1948, auch Nakba, Katastrophe, genannt. Nun war Gaza plötzlich Zufluchtsort für Hunderttausende Flüchtlinge, die aus ganz Palästina in diesen winzigen Küstenstreifen hinunterkamen. Auf einmal bestand die Mehrheit der Bewohner Gazas aus Flüchtlingen. Von da an war Gaza Schauplatz unzähliger Kriege: 1956, 1967, der Widerstand gegen die Besatzung in den 1970er-Jahren, die Erste Intifada von 1987 bis 1993, die Zweite von 2000 bis 2005. Dann der Krieg von 2008/2009, den die Israelis »Operation Gegossenes Blei« nannten, der von 2012, der »Operation Säule der Verteidigung« heißt, und der jetzige, »Protective Edge«. Krieg folgt Krieg folgt Krieg. Die Geschichte dieses Gebietes ist eine Geschichte der Kriege. Ein Dutzend in weniger als neunzig Jahren.

Nachdem ich meinen Artikel geschrieben habe, verlasse ich die Wohnung und gehe zum Karawan-Café. Auf dem Weg denke ich an diese lange, traurige Geschichte. Es ist nicht die Anzahl der Kriege, die mich sorgenvoll stimmt.

Gazas Gesicht ändert sich mit jedem Krieg. Jedes Mal, wenn die Kriegsmaschinen heranrollen, um sich die Stadt einzuverleiben, kratzen sie nicht nur an ihm herum oder schürfen die Haut auf, sondern verschlingen ganze Stücke von ihm. Infolgedessen hat Gaza keine konstante Form oder ein unveränderliches Aussehen. Dazu kommt noch, dass bei jedem Krieg ein bis dahin unverwechselbares Merkmal einfach verschwindet. Im Krieg von 2008/2009 wurde das Saraya-Gelände durch mehrere F16-Angriffe dem Erdboden gleichgemacht. In der ersten Hälfte des 20. Jahrhunderts war es die Militärbasis für die britische Armee, später für die jeweilige Armee, die Gaza gerade beherrschte. Es war einer der wenigen Orte der Stadt, die in der Welt bekannt waren. Jetzt ist es ein Stück Brachland mit ein paar Grasbüscheln zwischen den mit Sand bedeckten Grundmauern. Alles, was geblieben ist, ist der Name. Die Kreuzung wird »Saraya-Kreuzung« genannt. Gegenüber dem Saraya-Gelände befand sich der Verwaltungskomplex Abu Khadra. Hier waren alle Abteilungen des öffentlichen Dienstes untergebracht. Nach den letzten beiden Kriegen ist davon nur noch Staub übrig. Nicht einmal Gras wächst an der Stelle.

Außerdem gab es ein neues Regierungsareal in Tel al-Hawa, in dem in einem großen Bürogebäudekomplex wichtige Behörden wie das Außen- und das Finanzministerium, das Arbeits- und Bauamt und viele weitere untergebracht waren. Das ist ebenfalls verschwunden. Auch Ansar, das einmal ein israelisches Gefängnis war und dann in ein Militärgelände umgewandelt wurde und sich in der Nähe von Arafats Büro und Wohnhaus befand, ist nicht mehr da.

Wenn du durch Gaza gehst, wird dir ständig bewusst, dass dieser und jener Teil der Stadt sich verändert hat. Deine Kinder werden niemals erfahren, was hier oder dort gewesen ist, und was zuvor an dessen Platz gestanden hat. Die endlosen Kriege gestatteten es der Stadt nicht, in die eine oder andere Richtung zu wachsen. Jemand, der vor zehn Jahren aus Gaza weggezogen ist und nun zurückkehrt, würde sie nicht wiedererkennen. Erst recht nicht jemand, der die Stadt nach hundert Jahren wiedersieht.

Im Karawan-Café warte ich auf Mamoun, der sich verspätet. Er schreibt mir in einer SMS, dass er versucht, für seine Familie ein paar Lebensmittel zu ergattern. Angesichts der Feuerpause rennen alle herum und versuchen, ihre Vorräte aufzustocken, um die nächste Phase der Angriffe zu überstehen. Hussain al-Asmar setzt sich zu mir. Er ist Theaterregisseur und hat in der Vergangenheit schon einige meiner Stücke inszeniert. Er sieht deprimiert aus, erschöpft von der wochenlangen Ungewissheit. Er erzählt, dass er begonnen hatte, den Monolog einer Frau zu schreiben, die ihr Haus im Krieg verloren hat. Nach zwei Seiten konnte er nicht mehr. Er weinte und zerriss alles. Ein weiterer bekannter Theaterregisseur und Freund, Soud Mohana, kommt an den Tisch. Er hat einen Bruder und eine Nichte in diesem Krieg verloren. Vier Meter befanden sie sich von ihm entfernt, als sie von einer Rakete in nichts verwandelt wurden. Ein Wunder, dass er überlebt hat. Er richtet seinen Hut und starrt auf den Boden, als würde er dort irgendetwas suchen. Wir rauchen Shisha, tauschen Blicke aus und hüllen uns in Schweigen. Berri eilt geschäftig herum, das Café ist gut gefüllt.

Die Herrschaft des Wassers

Mein Schwiegervater ist den ganzen Morgen damit beschäftigt, Wasser abzufüllen. Sein Alltag wird von der Wasserversorgung bestimmt. Momentan gibt es keinen Strom, und er ist unruhig, weil die Tanks auf dem Dach nur noch halb voll sind. Wenn die Strom- und die Wasserversorgung nicht zur gleichen Zeit funktionieren, befürchtet er, dass wir schon bald auf dem Trockenen sitzen, da die Tanks Strom brauchen, damit sie sich wieder füllen. Um diese Katastrophe abzuwenden, sagt er immer wieder, sollte in so vielen Gefäßen wie möglich ein Wasservorrat angelegt werden, zum Beispiel in Töpfen, Flaschen und Kannen. Den ganzen Tag über stellt er Berechnungen an. Manchmal erscheinen diese Berechnungen sinnlos, wenn man nicht so dicht am Geschehen ist wie wir. Wasser ist nur ein Teil dessen, worauf du achten musst. Du musst die Gasflasche im Auge behalten. Deine Laptops, Taschenlampen, Handys und alle elektronischen Geräte solltest du immer aufladen, wenn du Strom hast. Du solltest kontrollieren, ob der Kühlschrank trotz der Stromschwankungen noch funktioniert. Brot musst du immer für zwei Tage kaufen, falls die Bäckerei am nächsten Tag geschlossen oder die Schlange zu lang ist. Trinkwasser muss vorrätig sein und so weiter und so weiter.

Jeder hat eine Liste von Pflichten, denen man täglich nachgehen muss. Wenn wir eine vergessen, werden alle anderen in Mitleidenschaft gezogen. Im Kriegschaos ist es aber sehr wahrscheinlich, dass du etwas vergisst oder es schlicht nicht möglich ist, alle Pflichten zu erfüllen. Man kann nicht alles haben. Das ist eine von Gazas wichtigsten Lektionen. Bestimmte Dinge können einfach nicht zustande gebracht,

Ansprüche nicht immer erfüllt werden. Wir müssen einfach nur unser Bestes tun. Wie mein Schwiegervater, wenn er seine allmorgendlichen Berechnungen anstellt. Er tut sein Bestes. Wenn einer von uns nachlässig mit seinen Pflichten umgeht, kann eine Woche lang niemand duschen. Mit welcher Energie mein Schwiegervater ans Werk geht, die jeder Bewohner Gazas aufbringt, um alles am Laufen zu halten, das grenzt an ein Wunder. Wir sind vom Tod umgeben, aber alles, woran die Bewohner Gazas in ihren niemals endenden, täglichen Berechnungen denken können, ist das Leben. Umgeben von Tod und Zerstörung, zeigen wir unsere besondere Begabung, es zu meistern.

Heute ist der zweite Tag der Feuerpause, der zweiten richtigen Waffenruhe dieses Krieges. Während der dreitägigen Waffenstillstände folgen wir einem bestimmten Rhythmus. In den ersten Stunden trauen wir uns kaum, zu glauben, dass es passiert, und fragen uns den halben Tag lang, ob man sich an die Feuerpause halten wird, ob es wirklich sicher ist. Erst gegen Abend beginnt man, sich zu entspannen. Am zweiten Tag begreifen wir langsam, dass der Tod eine Pause macht. Er ist noch nicht zufriedengestellt, aber er muss zurückweichen und für einige Zeit Distanz wahren. Morgens gehen die Menschen auf die Straße, kaufen ein, erinnern sich flüchtig an ihr früheres Leben. Gegen Mittag richten sich unsere Gedanken bereits auf den kommenden Tag, den morgigen Abend, wir fragen uns, ob die Feuerpause verlängert wird. Die Freude, die wir an diesen friedlichen Tagen erwartet haben zu empfinden, ist verdorben und vergiftet durch den Zweifel, die Sorge, die Bedrohung durch die Rückkehr des Todes. Der beste Wahrsager der Welt hat nicht die leiseste Ahnung von dem, was kommen mag.

Es ist wie die Pause in einem Horrorfilm, wenn im Kinosaal kurz die Lichter angehen. Unser Leben ist wie der Film und die Feuerpause wie eine Gelegenheit, um Popcorn und Getränke zu kaufen. Stell dir vor, wie die Szene genau dann anhält, wenn das Gesicht des Monsters mit seinen weit aufgerissenen Augen im schummrigen Licht gezeigt wird. Du begibst dich zur Kasse, kaufst ein paar Snacks, gehst zur Toilette. Aber das Gesicht mit dem offen stehenden Maul folgt dir. Du denkst, du hörst das Brüllen des Monsters im Wasserrauschen der Toilettenspülung, du hörst es aus den Kassenschubladen, du spürst seine Augen auf dir, während du den dunklen Flur wieder hinunter zum Saal gehst. Du merkst, dass diese Fünfminutenpause mitten im Film keine große Hilfe war.

Das Lager von Jabalia ist heute sehr voll. Die Polizisten schaffen es kaum, den Verkehr zu regeln. Mit einigen Freunden fahre ich in einem Taxi nach Beit Hanun zu meinem Freund 'Isa, dessen Vater verstorben ist. Keine Trauerfeier, keine Beerdigung. Nur ein paar Freunde und Beileidsbekundungen. Die Stadt lässt mich an die Darstellungen des Jüngsten Tags in der Bibel und dem Koran denken. Als unsere Blicke über die Verwüstung schweifen, erblicke ich auf einmal Nafiz. Mitten in den Trümmern seines Hauses hat er ein Zelt aufgeschlagen. Er sitzt mit seiner Familie unter dem Vordach beim Mittagessen. Von einem dreistöckigen Wohnhaus mit Garten zu einem Zelt. Seine Geschichte fasst die Katastrophe von Gaza zusammen. Wenn man sich umsieht, sieht man überall Menschen im Schutt herumwühlen, etwas suchen, was die Angriffe vielleicht überstanden hat. Ein Junge hält nach seinen Schulbüchern Ausschau. Nafiz bittet uns in sein Zelt und erzählt, wie er sich die Zukunft vorstellt. Eine Zukunft ohne Haus, ohne Arbeit. Eine Zukunft, die zerstört wurde wie sein Zuhause, seine Traktoren und seine Tiere.

Na'im und Yasser wollen Shawerma zum Abendbrot. Normalerweise führe ich die Kinder einmal in der Woche in ein Restaurant aus, um Shawerma oder Kebab zu essen. Seit drei Tagen wären sie nicht draußen gewesen und in einem Restaurant seit sechsunddreißig Tagen nicht, rechnen sie mir vor. Wir entscheiden uns für eines meiner Lieblingsrestaurants, Al-Suri, der Syrer, im Zentrum des Lagers. Das Lokal ist überfüllt. Hinterher gehen wir ein bisschen spazieren. Fröhlich fragt Na'im: »Papa, ist der Krieg zu Ende?«

»Hoffentlich.«

»Es muss so sein. Die Menschen sind draußen und wir auch«, schließt er.

Zu Hause hören wir in den Nachrichten, dass Kriegsschiffe das Strandlager beschossen haben. Sie haben den Waffenstillstand gebrochen.

Aber Gaza macht weiter wie bisher. Noch immer sind die Straßen voller Menschen. Bis spät in die Nacht hören wir Autos. Die Stadt füllt weiterhin unsere Wohnung mit ihrem Lärm.

Ein Hauch WLAN

Und wieder kennt man nur ein Thema: den Waffenstillstand. Wo du auch hingehst, die Menschen sprechen nur darüber, geben Theorien ab und Prognosen. Ob er erfolgreich sein wird oder scheitert, ist eine Frage des Glücks. Das ist keine Kunst. Und es ist immer das Gleiche: unzählige Meinungen, stundenlanges Streiten, tagelange Kommentare, wochenlange Analysen, Experte folgt auf Experte, Kontext auf Kontext, und noch immer gibt es kein Ergebnis. Heute ist der dritte und letzte Tag der Gespräche. Mittags ist die Feuerpause zu Ende, und erneute Gefechte stehen vor der Tür.

Hanna ist ohnehin schon süchtig nach Nachrichten, und zunehmend nutzt sie das Internet. Sie berichtet mir von jeder Neuigkeit, jeder Entwicklung, zitiert jeden Kommentar wie auswendig gelernt, kennt jede Quelle. Sie ist Expertin, aber nichts stellt sie zufrieden, es sind nicht die Nachrichten, die sie lesen will.

Die Kinder haben ein WLAN-Signal im Haus entdeckt. Es kommt von Hannas Cousin, der in der Wohnung neben der meines Schwiegervaters wohnt. Das Signal kann man nur in einer Ecke des Treppenhauses empfangen. Die Kinder stellen einen kleinen auf einen großen Tisch und darauf einen Stuhl, stellen sich obendrauf und strecken sich, um das Signal zu erreichen. Den ganzen Tag lang haben sie ihre Entdeckung gefeiert. Sie erklimmen ihren kleinen Tisch-Tisch-Stuhl-Berg jede Viertelstunde, um vom Gipfel zu senden und zu empfangen. Die Versuchung, es mit meinem Laptop zu probieren, ist groß, aber ich habe Angst, ihn fallen zu lassen.

Mustafa bettelt Hanna wie jeden Tag an, zu meinem Vater gehen zu dürfen. Der alte Streit. Hanna ändert ihre Meinung nicht, aber Mustafa kennt all ihre Gründe, bevor sie sie genannt hat, und hat sich bereits Antworten zurechtgelegt. Schließlich trägt er sein Totschlagargument vor: »Stell dir vor, du lässt mich jetzt nicht gehen, und wenn morgen die Feuerpause endet, werde ich von einer Rakete getötet. Dein ganzes restliches Leben lang wirst du weinen, weil du mir das eine, was ich wollte, verboten hast.« Ich weiß nicht, ob ich von seiner Argumentation beeindruckt oder bestürzt sein soll. Er hat Hannas Logik auf den Kopf gestellt.

Talal hat sich die Nachrichten von den Gesprächen in Kairo angehört. Er fragt mich, warum Gaza einen Seehafen fordert. »Wir können doch einen bauen, ohne die Israelis zu fragen«, meint er.

»Natürlich könnten wir das.«

»Wir schwimmen im Meer, die Fischer fischen im Meer, also können wir doch auch einen Hafen darin haben.«

Er hat recht, aber recht haben ist nicht genug. »Recht« und »gerecht« werden in der Politik nicht auf die gleiche Art und Weise berücksichtigt wie in einem Wörterbuch.

Die Politiker werden überleben, egal, was passiert. Auch wenn die Feuerpause nicht verlängert wird, wissen sie, dass sie nicht ewig so weitermachen können. In Gaza ist nichts vorhersehbar. Ein Krieg, von dem wir alle dachten, er würde höchstens eine Woche dauern, geht jetzt in seinen zweiten Monat. Also muss das Leben weitergehen.

In weniger als zwei Stunden ist die Feuerpause zu Ende, und noch immer gibt es keinen Durchbruch.

Wieder ein Exodus

Gestern Abend wurde unerwartet eine fünftägige Waffenruhe vereinbart. Das ist der längste Waffenstillstand seit Kriegsbeginn. Alle freuen sich und feiern diese verlängerte Ruhepause. Als ich die einzelnen Punkte der Übereinkunft lese, wird mir ein wenig übel. So viel wurde vorgeschlagen, so viel zurückgewiesen, so wenig akzeptiert. Aber was in diesem Augenblick wichtig ist, denke ich dann, ist, dass wir eine richtige Pause haben. Eine, in der wir über das Geschehene nachdenken, Kräfte sammeln und Pläne für die Zukunft machen können. Wenn du aufhörst, an die Zukunft zu denken, wird dir die Lebensenergie genommen. Du fährst auf Reserve. Die Zukunft ist die Energiequelle, die das Leben erträglich macht.

Fürs Erste können wir wieder tanken.

Viele Familien verlassen die Schule gegenüber und machen sich auf den Weg zu ihren Häusern. Fünf Tage sollten reichen, um wieder ein Zuhause herzurichten, auch wenn das Zuhause halb zerstört ist, keine Fenster, Türen, Wände mehr hat. Man fühlt sich trotzdem heimelig. Die kurze Zeitspanne gibt der Rückkehr eine gewisse Dringlichkeit. Man sieht in ihren Gesichtern, dass sie sich beeilen, um so viel Zeit wie möglich zu Hause zu verbringen.

Von meinem Fenster aus kann ich Männer beobachten, die Matratzen tragen, Frauen, die Kartons mit Band zusammenschnüren, Kinder, die so viel tragen, wie sie können. Den Augenblick des Aufbruchs sollte man genießen. Ein kleiner Junge will nicht mit seinem Vater mitgehen. Er weigert sich, die Schule zu verlassen, und schreit, das Flugzeug würde sie töten, wenn sie nach Hause gingen. Sein Vater schreit zurück, dass der Krieg vorbei sei. Der Junge zeigt auf den Himmel und verengt seine Augen. »Nein, ist er nicht.« Der UNRWA-Koordinator hält wieder einmal eine seiner endlosen Reden durch das Megafon. Jetzt dürfen nur noch Personen bleiben, deren Häuser komplett zerstört wurden.

Meine Kinder bekommen das natürlich mit. »Und wann gehen wir nach Hause?«

»Bald«, sage ich. Ich erkläre, dass Hisham und seine Familie noch dort wohnen. Wenn sie zurück in ihr Haus gehen, gehen wir zurück in unseres.

»Wir vermissen unsere Wohnung«, sagt Talal.

Ich bin nicht so sicher wie der Vater unten auf der Straße, dass der Krieg vorbei ist. Den Kindern sage ich, dass wir hierbleiben, damit sie mehr Zeit mit ihren Großeltern verbringen können, und nicht, weil der Krieg irgendwann weitergehen könnte. Das klingt nicht wirklich überzeugend, ich weiß.

Tatsächlich stellt sich jetzt heraus, dass Hisham und seine Familie in ihr Haus in Beit Hanun zurückkehren wollen. Am Nachmittag ruft er an und erzählt, er hätte den ganzen Tag über das Haus bewohnbar gemacht. Einige Wände sind eingestürzt, viele Zimmer haben keine Fenster und Türen mehr. »Frag mich bloß nicht nach dem Garten«, sagt er. Der Garten ist jetzt baumlos. Die Pfirsich-, Oliven- und Apfelbäume wurden von den Panzern niedergewalzt. Auch der Jasminstrauch, der sich an die Außenmauern geschmiegt hatte, ist am Staub erstickt und abgeknickt. Acht Stunden lang hat Hisham Schutt und Trümmer weggeräumt, nun kann das Haus sie wieder aufnehmen. Hisham möchte jetzt umziehen. Ich denke, es ist nicht die richtige Entscheidung, er soll lieber warten, was bei den Gesprächen in Kairo herauskommt. Aber er beharrt darauf, er möchte rasch mit den Reparaturen beginnen.

»Das kannst du immer noch, wenn es zu Ende ist«, sage ich vergeblich. »Aber doch nicht jetzt.«

Am Abend kommt er mit seiner Frau bei meinem Schwiegervater vorbei und bringt die Schlüssel. Er sieht müde aus und ist total durchnässt. Er hat gerade von Hand den Wassertank aufgefüllt, erklärt er. Außerdem sind die Fenster nun mit Klarsichtfolie abgedeckt und die Türen mit Baustoffresten. Er muss anfangen, sagt er. Obwohl ich unsicher bin, was diese Entscheidung angeht, gebe ich ihm die Hand und wünsche ihm alles Gute. Seiner Frau und ihm sehe ich noch lange nach, bis sie auf der Straße verschwunden sind.

Die Al-Jala'a-Straße ist noch geschäftiger als sonst. Ein Mann wirft kaputte Möbel aus seinem Fenster auf den Gehsteig. Oben auf dem Haufen liegt eine große Matratze. Sie liegt dort als Pfand, als Erinnerung an Momente romantischer Zweisamkeit und an Momente, die es nun nicht mehr geben wird.

Zu Hause

Heute Nacht haben wir das erste Mal wieder zu Hause geschlafen. Es fühlte sich gut an, wieder hier zu sein. Die Drohnen begrüßten uns wenig überraschend mit ihrem Sirren, das die ganze Nacht über nicht aufhörte. Wenn du dir gestattest, ihnen zu lauschen, wirst du nicht zum Schlafen kommen. Ich strengte mich an, sie zu ignorieren. Im Dunkeln denkst du beinahe, sie befänden sich bei dir im Schlafzimmer, hinter den Vorhängen, auf dem Kleiderschrank. Du wedelst dir mit der Hand vor dem Gesicht herum, um sie zu fangen und totzuschlagen, wie du es mit einer Mücke tun würdest.

Trotzdem ist es gut, wieder seinen eigenen Platz zu haben. Der Geruch, das Gefüge des täglichen Lebens, wie es einmal war, die Vertrautheit, wie leicht man entspannen kann, unsere Privatsphäre. Wieder zu Hause zu sein, gibt uns das Gefühl, dass das Leben weitergeht.

Hanna hat den ganzen Tag lang die Wohnung gereinigt. Natürlich hat Hishams Familie alles ordentlich hinterlassen, aber Hanna hat eine besondere Beziehung zu ihren Dingen und dazu, die Wohnung so zu gestalten, wie sie es möchte. Sie geht alles durch und putzt es ein weiteres Mal, vom Teppich bis zum Trockenschrank. Sie trägt Seife und Wasser von einem Zimmer zum anderen und wäscht alle Küchenutensilien, die Kleider, Tische, Oberflächen. Das gesamte Bettzeug wird aus dem Schrank genommen und aufgestapelt. Während ihres Aufenthalts war lediglich meine Bibliothek für Hishams Familie tabu. Hisham hatte sie meistens abgeschlossen, mir gegenüber aber zugegeben, dass er von Zeit zu Zeit hineingeschlichen ist, um das eine oder andere Buch zu lesen. Auch ich habe die Bibliothek sehr vermisst. Ich durchstreife den Raum, bin so froh, wieder hier zu sein. Die Regale, der Schreibtisch, die Souvenirs, die Bilder an der Wand, sogar mein Abdruck im Stuhl vom letzten Mal, als ich hier saß, um zu lesen. Wieder zu Hause zu sein, ist beruhigend, gibt mir das Gefühl, zu etwas dazuzugehören. Es kommt mir vor, als wären wir jahrelang weg gewesen. Das ist merkwürdig. Monatelang war ich schon verreist, aber nie habe ich so empfunden wie jetzt. In der Vergangenheit wusste ich wahrscheinlich immer, dass ich zurückkehren würde.

Dieses Mal war ich nicht sicher, ob die Wohnung, oder schlimmer, ob *ich* es überleben würde. Als meine Großmutter Aisha gezwungen war, ihr Haus am Strand von Jaffa zu verlassen, dachte sie, es wäre nur für ein paar Tage, bis sich die Ausschreitungen und Kämpfe gelegt hatten. Sie ließ sogar die Fenster leicht geöffnet, damit die Gardinen wie eine betrunkene Frau im leichten Wind, der von der See hereinströmte, tanzen konnten. Sie wollte nicht, dass sich das Haus in der Zeit, in der sie weg war, zu sehr aufheizte. Das war 1948. Fünfundvierzig Jahre lang wartete Aisha darauf, in ihr Haus zurückkehren, die Fenster schließen und sich im Schatten der Gardinen ausruhen zu können. Natürlich starb sie im Flüchtlingslager von Jabalia, ohne sie noch einmal tanzen zu sehen.

An diese Geschichte musste ich den ganzen Sommer denken – was es bedeutet, niemals zurückzukehren. Letztlich kannst du dich auf nichts verlassen in diesem sogenannten »Heiligen Land«.

Heute nehme ich Jaffa und Talal mit zum Markt. Jaffa liebt die Vögel in den Käfigen und versucht immer, mit ihnen zu spielen. Heute ist Freitag, also wird das Angebot groß sein: Hühner, Truthähne, Enten, Gänse, Tauben und sogar Wachteln. Außerdem gibt es Kaninchen. Jaffa wird so viel Zeit wie möglich bei den Holzkäfigen verbringen, ihren Finger durch das Gitter stecken und »Tschiep, tschiep« sagen. Sie liebt die Vögel. Später am Abend wird sie noch ein paar Mal zu sich selber sagen: »Tschiep, tschiep.« Der Marktbesuch heute ist etwas ganz Besonderes für sie. Sie sieht Hunderte Vögel. Offenbar versuchen die Bauern, all ihre Tiere zu verkaufen, da sie fürchten, sie zu verlieren, wenn die Lage wieder eskaliert.

Ein Kartenspiel

Meine Freunde Faraj, Mohammed, Raed, Ali und Haitham habe ich zu einer Partie Rimi, der arabischen Version von Rommé, zu mir nach Hause eingeladen. Normalerweise treffen wir uns jeden Donnerstagabend, entweder bei Raed oder bei mir, und sitzen manchmal bis spätnachts vor den Karten. Wir spielen, rauchen Wasserpfeife und unterhalten uns. Dies ist eines meiner Rituale. Jeder bringt eine Taschenlampe mit, die wir zwischen uns stellen, falls wir keinen Strom haben. Normalerweise spielen wir im Sommer am Strand, nehmen Essen und Getränke mit und mieten für einige Stunden ein Zelt. In den letzten Jahren haben die Israelis im Sommer stets auf Fischerboote gefeuert, die am Horizont zu sehen waren. Wir hatten uns daran gewöhnt. Sie schossen nur nachts, also packten wir pflichtbewusst gegen zehn oder elf Uhr unsere Sachen, bevor sie begannen. Nur falls eine Rakete landeinwärts schoss.

Heute Abend bringen wir uns während des Spiels auf den neuesten Stand. Alle wollen ihre Geschichten loswerden. Haitham arbeitet bei der Stadtverwaltung und wohnte früher in der gleichen Straße wie ich. Raed und Ali habe ich seit Kriegsbeginn nicht gesehen. Sie sind Sportler und ehemalige Spieler der Volleyball-Nationalmannschaft. Ali hat sechs Jahre lang in einem israelischen Gefängnis gesessen und wurde erst vor Kurzem entlassen. Eigentlich lebt er in Beit Lahia, ist aber nun bei seinem Schwager im Stadtzentrum eingezogen. Raed wohnt in Tel Al-Zaatar, am östlichen Rand des Lagers von Jabalia. Seit einem Monat hat er sich nicht mehr getraut, sein Haus zu verlassen. Es war einfach zu gefährlich.

Am Morgen hatte ich großen Appetit auf Fisch. Seit vierzig Tagen habe ich keinen mehr gegessen. Mit Hannas Erlaubnis gehe ich auf den Fischmarkt. Der Platz ist leer. Kein Fisch auf dem Fischmarkt. Aber warum sollte es auch welchen geben? Die Fischer trauten sich nicht, die Segel zu setzen, solange das Meer voller Kriegsschiffe ist. Sie boten dem Wasser nicht die Stirn, genauso wenig, wie die Bauern sich getraut haben, während jedes Waffenstillstands auf ihre Felder zu gehen. Obwohl Gaza eine Küstenstadt ist, wird ihr seit fast fünfzig Jahren verwehrt, diese Gegebenheit zu genießen. Seit der Besatzung von 1967 durfte kein einziges Schiff anlanden. Obwohl sich in Gaza die Überreste eines der ältesten Häfen der Welt befinden – die Ruinen eines phönizischen Hafens können am Strand von Balakhia besichtigt werden –, hat die Stadt keine Anlegestelle. Vor dreitausend Jahren schon, aber jetzt nicht mehr. In einer meiner Geschichten schrieb ich, dass das Meer wie ein schönes Gemälde an der Wand ist. Nicht mehr als ein Bild. Du kannst dich an den Strand stellen und die Pinselführung und das Farbzusammenspiel bewundern. Aber du darfst nicht hineinspringen. Du darfst nicht in einem Boot hinausfahren und die Welt erkunden. Du kannst deine Füße ins seichte Wasser tauchen, und zu Friedenszeiten mag es dir erlaubt sein, einige Kilometer hinauszufahren – höchstens und nur unter den Augen der Kriegsschiffe. Wenn du schwimmen darfst, dann nur, weil es die israelische Marine erlaubt, nicht, weil es dein Recht ist, weil es dein Meer ist.

Die Fischer von Gaza müssen selbst zu günstigen Zeiten allerlei Herausforderungen bestehen. Wenn sie hinausfahren, sehen sie sich Kriegsschiffen, Patrouillenbooten, U-Booten, Küstengeschützen und Drohnen ausgesetzt, die sie auslöschen könnten. Von der See ganz zu schweigen. Seit 2007 müssen sich die etwa hundert Fischer, die eine Erlaubnis haben, sogar in friedlichen Zeiten meist auf drei Meilen beschränken. Hin und wieder wird die Erlaubnis auf sechs

Meilen ausgeweitet. Sich auf diesem winzigen Streifen Meer zu bewegen, ist ein Tanz mit dem Tod. Während der siebenjährigen Blockade blieb den Fischern nichts anderes übrig, als mit ägyptischen Fischern zu handeln. Oft müssen die Palästinenser kaufen, was die Ägypter in Gewässern gefangen haben, die ihnen verboten sind, und die Ausbeute nach Gaza bringen. Dieses Tauschgeschäft findet draußen auf See statt. Nur wer diesen unheimlichen, wässrigen Handel bewältigt, kann Gaza mit seinem Fang das Gefühl verleihen, eine Stadt am Meer zu sein.

Also habe ich heute keinen Fisch bekommen. Es ist schon spät. Während ich hier sitze und schreibe, schaue ich aus dem Wohnzimmerfenster nach Westen, zum Meer. Es ist fast vollkommen dunkel. Das einzige Lichtflackern, das ich am schwarzen Horizont sehe, kommt von den Kriegsschiffen, sechs bis acht Kilometer vor der Küste. Sie warten auf ihre nächste Mahlzeit.

Sonntag, 17. August

Ein sonderbarer Menschenschlag

Feuerpause. Gefechte.

Gefechte. Feuerpause.

Feuerpause. Gefechte.

Gefechte, dann Feuerpause.

Nichts als Gefechte.

Nichts als Feuerpause.

Heute ist der vierte Tag des Waffenstillstands, und man wacht mit dem Gedanken auf, dass sich alles sehr schnell wieder verschlechtern könnte. Weitere Gefechte stehen vor der Tür. Während der letzten drei Tage vergaß man die drohende Rückkehr der F16-Flugzeuge, Drohnen, Panzer und Kriegsschiffe beinahe. Man hat nicht mehr im Kopf, dass diese Ruhe eine Ausnahme, der Frieden nicht der Normalzustand ist. Aber nun erinnern einen die Medien daran. Fernseh- und Radiosender, Onlinemagazine, alle ziehen in Erwägung, dass bis morgen Abend keine langfristige Vereinbarung getroffen wird. Plötzlich sind alle wütend darüber, einen Frieden zu verlieren, den wir noch gar nicht haben.

Im Fernsehstudio von *Huna al-Quds* werde ich zum Leben in Gaza während des Krieges und meiner Einschätzung zu einem dauerhaften Übereinkommen interviewt. In Gaza gibt es einen terrestrischen Fernsehkanal und vier Satellitenkanäle. Aus dem Off höre ich die Stimme des Aufnahmeleiters mitteilen, dass der Generator nur noch wenig Treibstoff hat. Die Moderatorin löst das Problem sehr elegant, indem sie eine kurze Werbepause ankündigt. Zwanzig Minuten lang sitzen wir im Dunkeln. Ein Kameramann bringt uns eine Taschenlampe, die unsere großen Schatten an die Wand hinter uns wirft.

Das Studio befindet sich im zehnten Stock des Shuruk-Hochhauses, das diverse Male von Bomben getroffen wurde, aber offenbar noch nicht oft genug, um es einstürzen zu lassen. Die Menschen, die hier arbeiten, sind mittlerweile so an die Bombardements gewöhnt, dass sie ziemlich langsam darauf reagieren. Wenn sie aber von einer Gefahr irgendwo anders hören, können sie sich sehr schnell bewegen. Wann immer es eine Eilmeldung in Gaza gibt, sieht man sie wie wahnsinnig die Treppen vorm Gebäude hinunterdrängen, nachdem sie geradezu verzweifelt auf einen Einsatz gewartet haben. Ein grotesker Anblick, an den man sich aber hier im Viertel gewöhnt.

Journalisten sind ein sonderbarer Menschenschlag. Ein Freund von mir ist Fotograf und Kameramann. Als wir einmal auf dem Dach des Al-Shawa-Hosary-Hochhauses mit der Skyline von Gaza als Kulisse drehten, schlug plötzlich eine Rakete in eines der Gebäude hinter uns ein. Mein Freund riss die Kamera herum. Zuerst regte sich nichts. Es muss eine kleine Rakete gewesen sein. Dann traf eine große die Grundmauer und verwandelte das gesamte Gebäude in eine dicke Rauchwolke. »Wow! Exklusiv!«, schrie mein Freund. Wie viele Journalisten denkt er nur an die Arbeit, auch wenn gerade jemand sein Leben verloren hat. Seine Karriere ist auf dem Leid anderer errichtet. Deshalb hassen viele Bewohner Gazas Journalisten und die Medien im Allgemeinen. Ihnen ist natürlich die Notwendigkeit der Berichterstattung bewusst, aber auch, dass Journalisten oft das Feuer des Konflikts schüren.

Vor einigen Tagen sah ich in Beit Hanun einen älteren Mann auf den Ruinen seines Hauses sitzen. Plötzlich begann er, einen jüngeren anzuschreien, der ihn filmte. »Hör damit auf! Ich will nicht gefilmt werden! Ich hab dir das nicht erlaubt!« Der junge Mann versuchte zu erklären, dass er mit dem Film nur Gutes wolle, nämlich der internationalen Gemeinschaft zeigen, welche Verbrechen hier begangen wurden und mehr Aufmerksamkeit auf Gazas Misere richten. Der ältere Mann, der vor Wut und Trauer weinte, schrie: »Kann dein Film etwa meine drei Jungen oder meine Tochter zurückbringen?« Keine Antwort. Wie der Journalist habe auch ich keine Antwort.

Die Kriegsschiffe haben heute wieder auf den Strand gefeuert. Eine Person wurde verletzt. Andere Zwischenfälle wurden aus Rafah und vom Strand bei Beit Lahia gemeldet. Der Krieg kommt zurück. Man spürt seinen Geruch. Ein Mann auf der Straße erzählt mir, dass auf den Schiffen bereits die Mörser bestückt werden.

Den ganzen Tag über spiele ich mit einem Stück Papier, das ich aus Spaß in meiner Hosentasche trage. Auf die eine Seite habe ich »Feuerpause«, auf die andere »Gefechte« geschrieben. Ab und zu nehme ich es heraus und gucke, welche Seite oben ist. Ob man es nun so oder anders herausfindet, ist ja eigentlich egal. Ein Glücksspiel, wie das Leben ohnehin eines ist. Gaza mag in den Augen der hungrigen Medien nur eine reizvolle Exklusivstory sein. Vielleicht auch nur eine Übung in Stadtplanung, die nach Meinung des Drohnenpiloten noch einmal zurück aufs Reißbrett gehört. Aber für mich ist es ein Glücksspiel, das ich dank des Krieges auf einem Stückchen Papier improvisiert habe.

Montag, 18. August

Ein Tag am Strand

Bereits sechs Wochen ist es her, seit ich zuletzt am Strand war. Zusammen mit Hanna komme ich darauf, als wir über den ausklingenden Sommer sprechen und ich merke, dass ich noch nicht ein einziges Mal geschwommen bin. Die letzten drei Male, die ich vor Kriegsbeginn am Strand war, kam ich nicht dazu, ins Wasser zu gehen. Das erste Mal war ich mit der Familie dort und behielt die ganze Zeit Jaffa im Auge, die am Ufer herumpaddelte. Sie ist vorher noch nie am Meer gewesen. Für sie war es wie ein Wunder. Die nächsten beiden Male war ich mit meinen Freunden dort, wir unterhielten uns und schauten Spiele der Weltmeisterschaft in der Strandbar. Auch hier verpasste ich die Gelegenheit zu schwimmen.

Normalerweise gehen wir alle zwei Wochen zum Strand. Wir nehmen einen großen Picknickkorb mit und bleiben vom Nachmittag bis Mitternacht. Während des Ramadan ist das etwas ganz Besonderes, weil wir das Fasten am Strand brechen und in den ersten Stunden der Dunkelheit schwimmen gehen. Bevor wir wieder aufbrechen, statte ich den Fischern an der Hafenmauer einen Besuch ab, die dort fangfrischen Fisch verkaufen. Für das Mittagessen am nächsten Tag nehme ich immer welchen mit. Diesen Ramadan mussten wir auf all das verzichten.

Mustafa sagt, wenn der Krieg nicht vor dem Schuljahresbeginn endet, wird auch er einen schwimmfreien Sommer gehabt haben. Daraufhin fangen alle Kinder an zu schreien, dass sie an den Strand wollen. Hanna findet die Idee überhaupt nicht gut. Sie hebt eine Hand und spricht ein langes, unanfechtbares »Nein!«. Allerdings, gebe ich zu bedenken, könnte mit dem heutigen Ende der Feuerpause jetzt unsere letzte Chance sein. So finden wir einen Kompromiss. Mustafa, Yasser und Na'im dürfen mitkommen. Talal bleibt zu Hause. Und Jaffa? Vergiss es, Hanna erlaubt es nicht.

Ich rufe Abu Asil, Wafi und Faraj an, damit wir alle zusammen gehen können. Heute ist noch Frieden und morgen vielleicht nicht mehr. Ihnen gefällt die Idee. Zwei Stunden später fährt Wafi uns alle mit seinem dreirädrigen Motorrad an den Strand. Verständlicherweise sind nur wenige im Wasser. Ich bereite eine Shisha vor, während Abu Asil mit den Kindern schwimmt. Wafi, Faraj und ich unterhalten uns, sehen ihnen zu und genießen den Ausblick. Bis zum Sonnenuntergang merke ich gar nicht, dass ich *noch immer* nicht geschwommen bin. Ich ziehe mich bis auf die Badehose aus und gehe in der beginnenden Dämmerung auf das Meer zu. Meine Füße haben gerade das Wasser berührt, als zwei Lichtstrahlen von den Kriegsschiffen herumschwenken und sich auf einen Punkt richten: auf mich. Einen Moment lang werde ich geblendet. Abu Asil ruft, dass es das nicht wert sei, ich soll mich umdrehen und langsam zurückgehen, keine plötzlichen Bewegungen machen.

Heute Morgen fand ich in Beit Hanun ein Stück Papier, das zwischen den Trümmern herumflatterte. Es schien eine Art Liebesbrief zu sein:

»Meine Geliebte, lass mich aus einem Traum erwachen und von deinen lächelnden Lippen begrüßt werden. So beginnt mein Tag mit ›Ich liebe dich‹, und ich bedecke meine Gefühle mit dem Wahnsinn deiner Liebe.«

Darunter waren sechs Mädchennamen inklusive Telefonnummern geschrieben. Faten, Ashjan, Dana, Rana, Nariman und Manar.

Dieser Junge – die ungleichmäßige Handschrift lässt vermuten, dass es ein Junge war – hatte ein und dieselbe romantische Nachricht an alle sechs Mädchen geschrieben!

Gott weiß, was mit diesem jungen Liebenden und seinen sechs Angebeteten geschehen ist. Ich traue mich kaum, darüber nachzudenken. Soll ich sie anrufen, um zu erfahren, wie es ihnen geht, und um vielleicht sogar die Nachricht zu überbringen? Das mache ich beinahe wirklich, und stelle mir vor, was ich zu dem ersten Mädchen auf der Liste, Faten, sagen würde. Dann verwerfe ich die Idee. Manche Geschichten soll man nicht weiter verfolgen. Ich möchte nicht wissen, ob der Junge oder eines der Mädchen gestorben ist. Lieber stelle ich ihn mir lebendig vor: wie er auf seinem Bett sitzt und romantische Briefe an eine skandalöse Zahl von Geliebten schreibt, während Israel die ganze Macht seiner riesigen Kriegsmaschine zusammenzieht, um sein kleines Zuhause zu beschießen. Es ist besser, an seine Bemühungen zu denken, wie er Gefühle in einem der winzigen Herzen entfacht, um eine von ihnen durch ein schmählich falsches Liebesgeständnis zu erreichen. Dann denke ich an das Glück, das die Nachricht in diesen schlimmen Zeiten vielleicht bei den Mädchen ausgelöst hätte.

Auf der Rückseite des Zettels ist der Name eines Horrorfilms oder vielleicht auch eines Computerspiels gedruckt:

»The King of Fighters EX2. Howling Blood«.

Zeiten des Grauens, Zeiten der Liebe. Ich nehme dieses Kriegssouvenir an mich und werde es in meinem Archiv in der Bibliothek aufbewahren. Ein weiteres Beweisstück für das Leben.

Am Abend stellt Hanna fest, dass das Sirren der Drohnen ihr nützlich sein kann. Sie leidet an der Ménière-Krankheit, ein Problem mit dem Innenohr, das ein ständiges Schwindelgefühl und tiefe Ohrgeräusche verursacht. Das Summen der Drohnen ist etwa eine Oktave höher als ihr Tinnitus, und jetzt, wo man sie fast die ganze Zeit hört, vergisst sie, an ihre Krankheit zu denken. Bei dem Gedanken muss Hanna lachen. »Danke, liebe Drohnen.«

Dienstag, 19. August

Der Tunnel

Und wieder eine Vertagung. Ein weiterer Tag in Gnaden der verlängerten Feuerpause. Wir führen ein ungewisses Leben. Dir wird jegliche Art von Stabilität versagt, doch zum Ausgleich schenken dir die unsichtbaren Verhandlungen einen Tag. Ohne einen permanenten Waffenstillstand zu leben, und auch zu wissen, dass es keinen geben wird, ist ein bisschen wie durch einen Tunnel zu gehen, dessen Länge du nicht kennst. Es gibt keinen Lichtschein am Ende, und wenn du denkst, du siehst doch etwas, ist es nur eine Reflexion des Lichtschimmers hinter dir. Du sagst dir, dass du schon so lange unterwegs bist, dass es wahrscheinlich mittlerweile dunkel draußen ist und du das Ende des Tunnels also erst erkennen wirst, wenn du dort ankommst. Allerdings glaubst du dir selbst nicht.

Wenn ich nachts im Dunkeln dasitze, so wie jetzt auf meinem blauen Sofa, erscheint mir »Morgen« weit entfernt. Ich meine »Morgen« wortwörtlich. Es mag nur ein paar Stunden hin sein, aber du kannst es nicht greifen, nicht planen. Stattdessen kannst du dich glücklich schätzen, wenn du dich plötzlich *im* »Morgen« befindest, am anderen Ende der Nacht, froh, dass du eine weitere überlebt hast. Ob du die nächste überlebst, liegt nicht in deiner Hand. Auf »Morgen« kannst du dich nicht verlassen. Du findest dich mit dem endlosen, zählebigen Tunnel von heute ab.

Wenn du dir erlaubst, auszumalen, wie es »Morgen« sein könnte, erwartest du stets, enttäuscht zu werden. Nichts wird genauso eintreffen, wie du es dir vorstellst. Später denkst du an deine farbenfrohen Fantasien zurück und siehst sowohl die hoffnungsvolle Vergangenheit als auch die unbefriedigende Gegenwart. Enttäuschung besteht aus verschiedenen Schichten. Jede von ihnen hat einen anderen Geschmack. Die Zukunft ist nicht undenkbar, du musst nur diese unterschiedlichen Schichten abschätzen, die sich häufen, je mehr du darüber nachdenkst. Das ist das, was wir hier in Gaza unter »Morgen« verstehen.

Mein Tag verläuft wie der jedes anderen Bewohners der Stadt. Ich wache auf – ohne Erwartungen, ohne Pläne, ich kann die Uhr keine einzige Sekunde weiterdrehen. Aber dann endlich, und ohne mein Zutun, endet der Tag, und wenn ich Glück habe, kommt der nächste, ohne sich allzu sehr vom vorherigen zu unterscheiden. Wir zählen die Tage nur als Maßeinheit, um zu wissen, wie viele Kriegstage wir schon überstanden haben, aber sie fühlen sich eigentlich nicht wie einzelne Tage an. Der alleinige Trost ist, dass je größer diese Zahl wird, desto größer auch die Wahrscheinlichkeit ist, den Rest des Krieges auch noch zu überleben.

Du hast keine Macht, die Tage anders zu gestalten. Du gibst dich vor ihrer Gleichheit geschlagen. Während ich hier sitze und meine Familie um mich herum schläft, merke ich, dass es nur zwei Arten gibt, wie sich der Anfang des Tages unterscheiden kann: Erstens wache ich auf und höre, dass der Krieg vorbei ist, dass ich es überstanden habe und endlich wieder beginnen kann zu leben! Oder ich wache gar nicht auf, nur meine Lieben und meine Freunde, die merken, dass der Tunnel sich gerade noch mehr verdunkelt hat.

Mit dem »Nicht-Morgen« lebe ich seit der Grundschule. Ich habe die Schule geliebt. Jetzt kann ich das zugeben und stolz darauf sein. Jeden Abend saß ich auf dem Boden und machte gewissenhaft meine Hausaufgaben. Meine Mutter half mir dabei. Ich habe mich sehr darauf gefreut, meine Hand zu heben, wenn der Lehrer eine Frage stellte, auf die ich die Antwort wusste, und darauf, dass meine Antwort mit seinem Klatschen belohnt werden würde. Dem »Morgen« sah ich immer gern entgegen. Und dann kam nachts oder gegen

Sonnenaufgang ein gepanzerter Wagen vorbeigefahren, aus dem ein israelischer Soldat durch einen Lautsprecher verkündete: »Der militärische Oberbefehlshaber dieses Bezirks hat eine Ausgangssperre verhängt. Niemand darf das Haus verlassen. Wer dieser Anordnung zuwiderhandelt, bringt sich selbst in Gefahr.« Meine Pläne für »Morgen« waren durchkreuzt. Der Applaus meines Lehrers vereitelt. Nur die Hand meiner Mutter auf meinem Kopf konnte mein Weinen anhalten und mich wieder einschlafen lassen. Aber »Morgen« konnte ich aufgeben.

Also wurde die Feuerpause um einen weiteren Tag verlängert. Sowohl der Krieg als auch ein dauerhafter Waffenstillstand wurden verschoben. Gleichermaßen auf »Nicht-Morgen« verlegt.

Mit Aed gehe ich zum Markt im Lager von Al-Shati'. Hanna hat mir aufgetragen, Tomaten und Kartoffeln zu kaufen. Doch als wir auf dem Markt ankommen, schlage ich vor, gleich alles zu besorgen, falls die Verhandlungen bis heute Abend nicht weiterkommen. Alle denken so und kaufen so viel Obst und Gemüse, wie sie in die Finger kriegen können. Nur das Fleisch bleibt liegen, da es keine Garantie für einen funktionierenden Kühlschrank gibt.

Mein Schwiegervater kommt vorbei. Er bringt Reis und Mehl mit für unsere Vorräte. Er möchte eins der Kinder zu sich nehmen, die Familie für den Ernstfall aufteilen. Entweder Na'im oder Yasser sollen ihn begleiten. Er entscheidet sich für Na'im, woraufhin Yasser zu weinen beginnt. Für meine Jungs bedeutet der Besuch bei ihrem Großvater großen Spaß – mit Freunden auf den Spielplatz der Schule nebenan gehen, die Cousins sehen, und natürlich, sich von ihren Großeltern verwöhnen zu lassen. Yasser weint noch eine Weile weiter, nachdem Na'im gegangen ist.

Hanna ist mit der Bedienung der neuen Waschmaschine beschäftigt, die ihr Vater, Mustafa und ich gestern gekauft haben. Als wir die alte aus der Wohnung zerren, murmelt ihr

Vater etwas von guter Wahl und richtigem Modell. An diesem Vormittag haben wir Glück mit dem Strom, er bleibt für weitere fünf Stunden an, was uns genug Zeit für die Hausarbeit gibt.

Am Abend treffe ich mich mit Tarik und Sohail bei Abu Annas. Alle drei sind sicher, dass es dieses Mal eine dauerhafte Waffenruhe ist. Ich zweifle das an, doch sie lächeln, als wüssten sie etwas und ich nicht. Ich frage sie, ob sie in geheime Informationen eingeweiht wären, doch das leugnen sie. Nur eine Vorahnung, meint Abu Annas. Wenn es um Vorahnungen und Rätselraten geht, dann könnten wir ebenso gut eine Münze werfen. Sohail gibt mir eine. Kopf steht für dauerhafte Waffenruhe und Zahl für Gefechte.

Wenn es Zahl ist, dann habe ich recht. Mehr Krieg.

Mein Leben und das Leben von Abu Annas, Tarik, Sohail und unzähligen anderen hat keine Ordnung. Chaos bestimmt es. Die Münze ist glücklich gefallen, deshalb haben wir überlebt. Wir folgen ihr, wie sie zuerst einen Salto in der Luft macht und dann auf dem Tisch herumwirbelt. Hilflos.

Mittwoch, 20. August

Der schlimmste Tag

Heute habe ich Geburtstag. Vor einundvierzig Jahren gegen elf Uhr morgens wurde ich im UNRWA-Krankenhaus im Lager von Jabalia geboren. Ich war das zweite von zehn Kindern. Aber heute fühlt es sich, abgesehen von den Glückwünschen von Hanna, den Kindern, einigen Verwandten und Freunden, nicht an wie Geburtstag. Normalerweise gehen wir an diesem Tag an den Strand. Hanna hätte eine Torte vorbereitet, die auf uns wartete, bis wir vom Schwimmen zurück sind. Trotz der gegenwärtigen Umstände möchte ich den Tag eigentlich als einen fröhlichen sehen, einen, an dem man feiert, auch wenn alles dagegen spricht. Fröhlichkeit findet man nicht oder kriegt sie geschenkt, sondern man macht sie selbst.

Wir überlegen gerade, wie wir den Tag verbringen wollen, als Hannas Handy klingelt. Ihr Vater teilt mit, dass der Sohn meiner Stiefmutter, Mustafa, heute Nachmittag zusammen mit seinem Vater bei einem Drohnenangriff getötet wurde. Sie waren auf dem Weg zu ihrem Hof, zum ersten Mal seit Kriegsbeginn, um die Kühe und ein paar Pferde zu tränken. Sie befanden sich westlich von Beit Lahia, schon fast am Ziel. In ihrem Auto transportierten sie lediglich Wasser für die Tiere. Die Rakete traf meinen einunddreißig Jahre alten Stiefbruder unvermittelt. Sein Vater lag unter einem Baum am Straßenrand. Er versuchte aufzustehen, um seinem Sohn zu helfen. Dann kam das zweite Geschoss. Mein Stiefbruder wurde zerfetzt. In einem Plastiksack kamen seine Überreste nach Hause. Sein Vater verlor ein Bein und einen Arm und starb auf dem Weg zum Krankenhaus. Mustafa hinterlässt drei Kinder sowie einen Hof mit verängstigten, durstigen Tieren.

Hanna geht zur Trauerfeier für die Frauen, um meiner Stiefmutter ihr Beileid auszusprechen. Heute Abend ist es sehr heiß. Die Feuerpause hatte keinen Bestand. Noch vor Sonnenuntergang fliegen die Kampfjets wieder ihre sporadischen Luftangriffe über den ganzen Gazastreifen verteilt. Der schlimmste ist der gegen halb elf in Sheikh Radwan, einem Viertel von Gaza-Stadt. Ein Haus der Familie Dalou wird zerstört, drei Menschen sterben, fünfundvierzig werden verletzt[26]. Zur Zeit des Angriffs wurde ich gerade im Studio von Palestine-TV interviewt. Von Zeit zu Zeit stelle ich als Kommentator dort meine Sicht der Dinge dar. Der Reporter vor Ort stotterte, als er beschrieb, was er in Sheikh Radwan sah. Ein weiterer Reporter berichtete aus dem Al-Shifa-Krankenhaus von den Verletzten. Wie unmenschlich dieser Krieg uns allen erscheint, wird uns wieder bewusst, als wir das gerade einmal einige Monate alte Mädchen sehen, das von einem Sanitäter in den Armen gehalten wird. Aus ihrem kleinen, weichen Schädel ragt der Splitter eines Geschosses.

Am Morgen vorher, gegen ein Uhr, schlug eine F16-Rakete ins Haus meines Freunds Tarik ein. Dieses wunderschöne, einladende Haus am Ostrand des Lagers, in einem Viertel, das Al-Shuhada heißt, ist jetzt nur noch ein Haufen Steine. Am Abend gehe ich zu Fuß zum Lager und bei Tarik vorbei. Er sitzt auf einer Holzbank vor den Ruinen seines Hauses mit weiteren Freunden. Worte können den Kummer, den ich in seinem Gesicht sehe, nicht beschreiben. Es ist ganz rot und heiß. Auf Arabisch würde man sagen, man könnte ein Ei auf seiner Wange braten. Nach einer Warnrakete, die durch eine Drohne abgefeuert wurde, war seine Familie nach draußen geflüchtet. Zehn Minuten später schlugen drei F16-Geschosse in sein Haus ein. Während er erzählt, dreht er sich immer wieder um zu seinen Trümmern, dem Haus, das er

26 Wafa Hussein al-Dalou (48), Mustafa Rabah al-Dalou (14) und Ahmad Rabah al-Dalou (Alter unbekannt). Zwei weitere Opfer erliegen später ihren Verletzungen.

von seinem Vater geerbt, in dem er seine Kindheit und seine Jugend verbracht hat. Er muss sich vergewissern, dass es wahr ist. Er hatte das Haus ausgebaut, ein viertes Stockwerk errichtet, sodass auch sein Bruder und seine zwei verheirateten Söhne einziehen konnten. Jetzt ist alles weg. In die Vergangenheit verbannt wie die Seiten einer Geschichte.

Die Haustauben, die Tarik auf dem Dach gehalten hatte, haben ebenfalls ihr Zuhause verloren. Ungefähr zwanzig Vögel kreisen über uns, versuchen, herauszufinden, wo ihr Schlag geblieben ist. Sie verstehen die Sprache der Zerstörung und die Rohheit der Menschen nicht. Als nahe Verwandte der weißen Taube verstehen sie nur Frieden. Nach einer Weile landen sie, hocken sich aufs Geröll und die Trümmer. Sie scheinen verloren, wissen nicht, wohin und wo sie schlafen sollen. Tarik wohnt jetzt im Haus seines Schwiegervaters, doch die Tauben haben keine Schwiegerväter, bei denen sie einziehen könnten. Wohl alle spüren wir das Schicksal der Tauben, Haustauben ohne Haus. Was sie sich wohl zuflüstern, jetzt, wo die Sonne gerade wie eine Apfelsine über dem Meer untergeht?

Als die Finsternis endlich ihren Mantel über uns ausbreitet, beginnen Tariks Freunde aufzubrechen. Auch ich muss mich auf den Weg machen. Er soll ebenfalls zu seinem Schwiegervater gehen. Ich frage mich ernsthaft, ob Tarik vor Kummer sterben könnte. Jeder Blick, den er über den Schutt schweifen lässt, tötet ihn. Er will nicht gehen. Er muss einen Weg finden, seine Tauben zu füttern.

Um meine Anteilnahme zu zeigen, gehe ich zum Haus meines Stiefbruders. Niemand sagt etwas. Die Tränen auf den Wangen seiner Kinder sind noch nicht getrocknet. Danach gehe ich zu meinem Vater, um meiner Stiefmutter zu kondolieren. Sie ist noch immer bei der Trauerfeier für die Frauen. Als sie gegen halb zehn wiederkommt, sieht sie erschöpft aus. Traurigkeit überzieht ihr Gesicht. Sie kann sich kaum bewegen, liegt still in ihrem Bett, die Tränen rinnen noch immer die Wangen hinunter. Mein Vater bringt ihr Pampelmusensaft, den sie nicht trinkt. Im Haus herrscht Schweigen.

Mein Vater schlägt vor, dass ich bald aufbreche, weil es auf der Straße sonst zu gefährlich wird. Ich könnte auch bei ihnen übernachten. Doch ich gehe nach Hause. Bei meinem Gang durch das Lager werde ich wie üblich vom Sirren der Drohnen begleitet. Der Krieg dauert nun fünfundvierzig Tage, und jeder hat sich seinem Rhythmus angepasst. Die Menschen haben sich daran gewöhnt, wissen, wie man ihn liest. Mehr Menschen sind auf der Straße, mehr Autos fahren vorbei.

Als ich nach Hause komme, schlafen schon alle tief und fest im Flur. Da es keinen Strom gibt, setze ich mich mit einer Kerze vor meinen Laptop, um die letzten Worte für diesen Tag zu schreiben. Heute hatte ich Geburtstag.

Donnerstag, 21. August

Das Zischeln der Schlangen

Am Nachmittag bringe ich Jaffa in die Klinik. Seit einer Woche beschwert sie sich, dass ihre Augen wehtun. Sie sind rot und jucken, und mit ihrem Kratzen macht sie alles noch schlimmer. Sharif gab Hanna eine Salbe für Jaffa, die sie von einem Arzt im UNRWA-Krankenhaus verschrieben bekommen hatte. Aber sie hat nicht geholfen. Jaffas Augen sind nicht besser geworden. Ich bringe sie zu einem Spezialisten in der Al-Nasser-Augenklinik. Mit dem Auto dauert es nur zehn Minuten, aber Jaffa ist trotzdem ganz aufgeregt, dass sie nach draußen darf. Aus dem kleinen Schrank neben der Wohnungstür bringt sie meine Schuhe, als ich ihr sage, dass es losgeht.

In der ganzen Klinik sind nur zwei Ärzte. Alle anderen sind in die größeren Krankenhäuser abgeordnet worden, um den Verletzten zu helfen. Es gibt viele Kopfwunden, viele Operationen, auch an den Augen. Die beiden verbliebenen Ärzte müssen sich um eine große Anzahl an Patienten kümmern. Nach einer halben Stunde können wir in den Behandlungsraum. Ein paar Sekunden spielt der Arzt mit Jaffa und versucht, herauszufinden, was sie hat. Dann gibt er mir ein Rezept, das ich in der Krankenhausapotheke einlösen soll. Die Apothekerin sitzt draußen unter einem großen Baum und lackiert sich die Fingernägel. Von den drei verschriebenen Medikamenten ist nur eins vorrätig.

Krankenhäuser in Gaza leiden ständig unter Engpässen an Ausstattung, Medikamenten und Material, das für Operationen benötigt wird. Zu Kriegszeiten arbeiten die Ärzte unter hohem Druck, manchmal müssen die Chirurgen fünf Operationen an fünf Patienten gleichzeitig durchführen. Die

Krankenhäuser sind für solche Situationen wie in den letzten anderthalb Monaten nicht ausgestattet und haben auch nicht das Personal dafür. Zudem gibt es Bewegungseinschränkungen für die Mitarbeiter, und während der israelischen Angriffe Schwierigkeiten, Materialien, Patienten und Medizin zu transportieren. Es könnte kaum schlechter stehen. Ich danke meinen Sternen, dass ich Jaffa nicht in eines der allgemeinen Krankenhäuser bringen musste und sie vom Anblick der Gräuel verschont wurde. Die anderen beiden Medikamente kaufe ich in einer Apotheke in der Nähe.

Während ich mit Jaffa weg war, ist Hanna auf die Trauerfeier für die Frauen in der Wohnung meines Stiefbruders gegangen. An diesem zweiten Tag empfängt meine Stiefmutter weitere Beileidsbekundungen von Verwandten, Nachbarn und Freunden.

Am Abend gehe ich zu meinem Vater. Meine Stiefmutter ist gerade zurückgekehrt. Wie gestern bricht sie auf dem Bett zusammen, gleich nachdem sie eintrifft. Keines meiner Worte kann ihren Schmerz lindern, kein Ausdruck das Feuer in ihr löschen. Kein Satz, den ich hier schreibe, kann das genaue Gefühl in diesem Moment einfangen.

Später gehe ich zu Hussain, um Shisha zu rauchen und Kaffee zu trinken. Abgesehen vom Sirren der Drohne, ist es ruhig im Lager. Für Rafah jedoch war die letzte Nacht schlimm. Sieben Personen wurden während eines Angriffs getötet, darunter der Vater, die Stiefmutter und die Nichte meines Freundes Issam Yunis. Issam ist ein erfahrener Menschenrechtsaktivist[27] und betreibt das Mizan-Zentrum für Menschenrechte. Nun, zu spät, muss er die Rechte seines verstorbenen Vaters und seiner Stiefmutter verteidigen. Hussain ist sehr pessimistisch. Seiner Meinung nach wird der Krieg noch mindestens einen Monat weitergehen. Bei dem Ge-

27 http://alray.ps/en/index.php?act=post&id=5191#.VHt5PmcjHFw

danken läuft es mir kalt den Rücken hinunter. Hussain sieht keinen Grund, warum er nicht so lange dauern sollte. Wir hätten nicht gedacht, dass er über sechsundvierzig Tage geht, aber das tut er. Warum also sollte er nicht noch einen Monat oder noch länger anhalten?

Auf dem Weg nach Hause höre ich die Granaten, die von den Schiffen abgefeuert werden, über den Himmel sausen. Es klingt wie das Zischeln von Schlangen. Der Duft der Platanen erfüllt das Viertel und erinnert mich daran, dass ich fast zu Hause bin.

Hanna und Mustafa sind noch wach. Über eine Stunde unterhalten wir uns, bis sie endlich einschlafen. Alle sind von den Gräueln gelangweilt, ebenso erschöpft, verängstigt, betäubt, krank. Wir sind ihrer überdrüssig. Wir möchten uns zum Schlafen hinlegen und erst wieder aufwachen, wenn dieser Albtraum vorbei ist.

Streit mit der Freundin

Um durch den Krieg zu kommen, brauchst du ein wenig Glück. Kein Krieg ist vorhersehbar. Du musst lernen, mit dieser Unvorhersehbarkeit zurechtzukommen, dich ihren Mechanismen unterwerfen, um ein Gefühl dafür zu bekommen. Und darüber hinaus brauchst du eben Glück. Die Toten sind keine Angehörigen des Militärs, die traditionellen Kriegsopfer. Die meisten waren deine Mitbürger. Einige sind sogar Verwandte oder Freunde, mit denen du einen Teil deines Lebens verbracht hast. Du bist nicht so weit gekommen, weil du schlauer als sie bist oder die richtigen Vorkehrungen getroffen hast. Viele von ihnen hatten ebenfalls die richtigen Vorkehrungen getroffen, viele waren schlauer als du. Und trotzdem passten sie nicht zur Unvorhersehbarkeit des Krieges.

Familie Balata ist aus einem Vorort zu Verwandten ins Zentrum gezogen, weil sie dachten, das wäre sicherer als ihr Haus. Das Glück lachte sie aus, als sich die Panzer nun dieses neue Zuhause aussuchten, es auf Haufen aus Steinen und Fleisch reduzierten. Ihr Fleisch. Das Haus, aus dem sie geflohen waren, blieb unberührt.[28] Dasselbe Glück ereilte die Menschen, die aus Beit Lahia und Beit Hanun kamen, um in einer der UNRWA-Schulen Zuflucht zu suchen. Wie meine Cousins. Sie starben oder verletzten sich nicht in ihren eigenen Häusern, die noch immer unbehelligt im Kreuzfeuer stehen, sondern am vermeintlich sichersten Ort, der ihnen eingefallen war: in einem Gebäude der Vereinten Nationen.

Dieses Glücksspiel verläuft ohne dein Zutun. Als ich heute

28 Hana Naim Balata, Dua Naim Balata, Isra Naim Balata, Mariam Naim Balata, Yahia Naim Balata, Na'im Nathmi und Sahar Motawia Balata (Alter unbekannt) wurden bei demselben Angriff getötet.

meinen Espresso vorbereite und dabei nach unten auf die Straße sehe, bemerke ich, dass dieser Appetit auf Espresso oder die Sehnsucht nach meinem Schreibtisch im Arbeitszimmer eine Szene im letzten Akt einer Geschichte sein könnte. Jede Handlung, die du vornimmst, jede noch so kleine Geste, kann Teil deines letzten Akts sein. Der Kaffee kocht bereits. Ich schaue aus dem Fenster und frage mich, was passiert, wenn der Pilot in der F16 den Anblick meines Kaffees auf seinem Infrarotschirm nicht mag. Was passiert, wenn den Piloten der Drohne, die über meinem Haus schwebt, der Dampf des Espressokochers stört, der das Fenster beschlägt und ihm damit auf seinem Monitor irgendwo in Israel die Sicht in mein Haus nimmt? Was passiert, wenn der Pilot in der F16-Maschine heute Morgen allgemein missgestimmt ist, er nichts dagegen hätte, nach Lust und Laune einen Knopf zu drücken, weil er Dampf in meinem Fenster aufsteigen sieht, und meint, das wäre Grund genug? Vielleicht hat er sich vorhin mit seiner Freundin gestritten oder hat es gestern Abend nicht fertiggekriegt, mit ihr zu schlafen … und ich soll dafür bezahlen.

Der Kaffee ist übergekocht und hat sich schon zur Hälfte über den Herd verteilt, als ich mich endlich von meinen Tagträumen losreiße. Gegen diese Gedanken kann ich nichts machen. Das Geräusch der Explosionen, das Sirren der Drohnen, das Zischeln der Schiffsgranaten, das Jaulen der Rettungswagen, die Schreie der Menschen unten auf der Straße, die Besorgnis in den Augen meiner Frau und meiner Kinder … Das alles lässt mich an den Augenblick denken, in dem all meine Ersparnisse in der Glücksbank aufgebraucht sein werden. Dieser Moment wird ohne vorherige Benachrichtigung eintreten. Meinen Kontostand kann ich nicht einsehen. Es wird einfach passieren. Eine kleine Tasse Kaffee kochen kann mich ins Fadenkreuz bringen. Oder nachts Radio hören, mit den Nachbarn draußen vorm Gebäude sitzen, zu meinem Vater laufen oder mit meinen Freunden Shisha rauchen. All das könnte den letzten Penny von meinem Konto ziehen. Ich könnte ebenso eine Gefahr für andere darstellen, für jemand anderen ein schlechtes Omen sein, soviel ich weiß.

Gegen Abend bestelle ich ein Taxi, um mit Mustafa zum Haus seines Großvaters zu fahren. Morgen muss ich mit ihm ins Al-Awda-Krankenhaus zu einer kleinen Operation am Arm. Als wir in der Nähe des Falouja-Viertels sind, explodiert vor uns etwas, für einen Moment raubt es mir das Gehör. Granatsplitter fliegen hoch in die Luft. Der Fahrer reagiert sofort, legt den Rückwärtsgang ein und rast die Straße zurück. Granatsplitter, Steine und Mauerstücke verdunkeln den Himmel vor uns wie eine Regenwolke oder ein heraufziehender Sturm. Dann kracht alles herunter, wenige Meter von uns entfernt. Uns hätte jedes dieser Stücke töten können, hätte eines das Auto getroffen.

Ich rufe Hisham an. Er ist gerade von seiner Arbeit im Beit-Hanun-Krankenhaus zurückgekommen. Seine Familie lebt jetzt über den ganzen Gazastreifen verteilt. Er und seine Frau bleiben in ihrem Haus in Beit Hanun. Seine verheirateten Söhne sind bei den jeweiligen Schwiegervätern untergekommen, während seine anderen Kinder bei einer Verwandten wohnen. Er meint, dies sei eine gute Art und Weise, die Familie davor zu bewahren, durch einen einzigen Angriff ausgelöscht zu werden. »Irgendeiner von uns wird überleben, wenn eins der Häuser bombardiert wird.« Ich schlage vor, dass seine Frau und er wieder bei uns einziehen, weil es sicherer als ihr Haus in Beit Hanun ist. »Nirgendwo ist es sicher. Ganz Gaza ist gefährlich.« Dieser Logik sind auch meine Cousins nach dem Angriff auf die UNRWA-Schule gefolgt. Sie sind wieder in ihre Häuser im nördlichen Beit Lahia zurückgezogen. Es ist überall das Gleiche.

Nach siebenundvierzig Tagen Angriffen und der unerträglichen Last des Versuchs zu überleben, ist es letztendlich egal. Du kannst dir nicht aussuchen, ob du lebst oder stirbst.

Samstag, 23. August

Al-Zafir

Wir müssen früh aufstehen, da Mustafa seinen Termin im Al-Awda-Krankenhaus bereits um sieben Uhr morgens hat. Pünktlich finden wir uns im Eingangsbereich der Klinik in Tel Al-Zaatar ein. Mein Schwiegervater, der den gleichen Vornamen wie mein Sohn trägt, begleitet uns. Es scheint ruhig und friedlich zu sein. Heute Nacht hat es nur gelegentlich eine Explosion gegeben, nur hier und da das Sirren einer Drohne oder eine F16, die die Schallmauer durchbrach. Die üblichen Fragen am Morgen – Wo hat es Angriffe gegeben? Wie viele sind gestorben? – gehen langsam in der Alltagslast unter. Es ist nicht so, dass diese Fragen nicht mehr wichtig sind, sondern dass sie mittlerweile einfach dazugehören. Andere morgendliche Themen machen ihnen Konkurrenz.

Nach einer Stunde Untersuchungen und Vorbereitungen wird Mustafa mit in den Operationssaal genommen. Es ist ein recht unkomplizierter Routineeingriff. Schon zwanzig Minuten später bringt ihn eine Krankenschwester in einem Rollstuhl zurück. Mein Sohn ist bei vollem Bewusstsein, weil er nur eine lokale Betäubung erhalten hat. Es gehe ihm gut, sagt die Pflegerin mit einem traurigen, dünnen Lächeln. Zwei Stunden sollen wir noch abwarten, bevor wir nach Hause fahren. Ich fühle mich ein bisschen schuldig, dass ich die Zeit der Ärzte und Chirurgen in Anspruch genommen habe, weil mein Sohn eine Fettgeschwulst am Arm hatte. Andere liegen verkrüppelt, verstümmelt und sterbend hinter diesen Türen. Vor drei Tagen hatte Mustafa die Schmerzen nicht mehr ausgehalten, deshalb habe ich den Termin vereinbart. Zuerst versuchte ich, ihn auf das Kriegsende zu vertrösten, aber dann konnte er seine Finger nicht mehr richtig bewegen, weil die

Geschwulst auf seine Pulsader drückte und seine Sehnen beeinträchtigte. Ich erinnere mich an den Blick der Apothekerin im Al-Nasser-Krankenhaus vor zwei Tagen, als ich ihr das Rezept gab. Sie sah nicht aus, als würde sie sich überhaupt aus ihrem Stuhl erheben, in dem sie sich die Nägel lackiert hatte. Sie muss sehr überrascht gewesen sein, dass jemand nach Augentropfen für ein Kind gefragt hat, während andere Kinder gar keine Köpfe mehr hatten.

Ganz Gaza ist jetzt krank, stelle ich mir vor. Jeder leidet an etwas. Aber da in den Krankenhäusern höchste Alarmbereitschaft herrscht, traut man sich nicht, mit einem simplen Schmerz in der Brust oder dem einen oder anderen Wehwehchen einen Arzt aufzusuchen, auch wenn die Symptome Zeichen für etwas Ernsteres sein könnten. Wenn einfache Beschwerden überhaupt nicht mehr behandelt werden, besteht die Gefahr, dass das Land immer kränker wird.

Es ist eine gut dokumentierte Tatsache, dass die Zahl der Krebserkrankungen in Gaza in den letzten fünf Jahren erheblich gestiegen ist. Das Gesundheitsministerium in Ramallah hat im Februar 2013 berichtet, dass 2011 Krebs die Ursache von 12,4 % der Todesfälle in Palästina war, verglichen mit 10,8 % im Jahre 2010. Eine der vielen Hypothesen legte nahe, dass die Ursache in der hohen Konzentration von weißem Phosphor in den israelischen Waffen, die im Krieg von 2008/2009 abgefeuert wurden, zu finden sei. Mehrere Bekannte von mir bekamen in den Folgemonaten dieses Kriegs eine Krebsdiagnose, und bei einigen von ihnen war die Krankheit schon so weit fortgeschritten, dass sie nicht einmal mehr therapiert werden konnte. In Gaza gibt es keine richtigen Behandlungsmöglichkeiten für diese Patienten. Sie müssten dafür nach Israel, Ägypten oder Jordanien fahren. Vielen fehlen jedoch die Verbindungen, die ihnen eine Reiseerlaubnis verschaffen könnten, die seit 2007 wegen der Blockade und den fast immer geschlossenen Grenzen dafür erforderlich ist.

Später stoße ich auf meinem Weg nach Hause auf Mu'in, von dem ich im Sommer immer Feigen und Weintrauben kaufe. Er vertraut mir an, dass an diesem Abend eigentlich die Hochzeitsfeier seines ältesten Sohnes geplant war. »Ich habe sie abgesagt.« Mu'in präsentiert die frischen Früchte stets in Kisten vor der UNRWA-Mädchenschule auf der Makbara-Straße. Er hockt sich auf einen der leeren Plastikbehälter und raucht Wasserpfeife, während sein Sohn sich um die Kunden kümmert. »Mann, ich kann keine Party schmeißen, wenn rundherum Menschen sterben. Fünf Verwandte von mir sind letzten Monat gestorben, was die Nachbarn und Freunde denken, ist mir egal.« Ich verstehe, aber warum führt er die Hochzeit nicht einfach ohne die Feier durch? Er inhaliert und lässt dann dicke Rauchschwaden in den Sommernachmittag ziehen. »Bist du verrückt? Mein erstes Kind heiratet! Ich möchte fröhlich sein, ich will feiern.« Also wird sein Sohn noch einige Monate warten müssen.

»Was passiert, wenn dieser Krieg niemals endet?«, fragt mich Mu'in. »Guck mal, er geht schon in den zweiten Monat, was ist, wenn sie ihn einfach weiterlaufen lassen?«

Jetzt muss ich ihm Hoffnung machen. »Denk nicht so viel darüber nach. Irgendwann wird er vorbei sein.«

Mu'in lächelt. »Weiß ich. Eines Tages muss er aufhören. Aber ich will, dass er das bald tut, damit ich die Hochzeit meines Sohnes feiern kann.« Er gibt mehr Kohle auf den Tabak. »Man weiß es nicht. Der Krieg ist wie Feuer.« Er deutet auf die Kohle. »Er frisst alles.«

Ich nehme die Trauben und Feigen, die er für mich vorbereitet hat, und erinnere ihn daran, mich zu der Party einzuladen. Wann auch immer sie stattfindet. Er lacht. »Du bist der Erste auf der Liste.« Als ich mich wieder auf den Weg mache, rufe ich ihm zu, dass die Saison für Weintrauben in zwei Wochen zu Ende ist und ich versuchen werde, in diesen zwei Wochen noch so oft wie möglich vorbeizukommen. Er braucht sein Obst nicht zu bewerben, er braucht mir nicht zu sagen, dass seins das beste ist. Seit sieben Jahren bin ich Kunde bei ihm.

An diesem Abend erfahren wir von dem Angriff auf den Al-Zafir-Turm in Tel al-Hawa.[29] Dieses Hochhaus ist mit seinen vierzehn Stockwerken und fünfundvierzig Wohnungen eines der schönsten Gebäude Gazas. Oder eher *war*. Eine kleine Rakete schlug zuerst ins Dach ein, woraufhin die Bewohner das Gebäude räumten und auf die Straße strömten. Wenige Minuten später wurden zwei weitere Raketen abgefeuert, und das Hochhaus stürzte ein. Ein Geschoss traf einen der wichtigsten Stützpfeiler, sodass Al-Zafir seitlich zusammenbrach. Stundenlang standen die Trümmer in Flammen, die zerschmetterte Möbel, Kleider, Familienerbstücke, wohlgehütete Habseligkeiten vertilgten.

Mehr als dreihundertzwanzig Personen wussten nicht mehr, wo sie schlafen sollten. Mein Freund Hisham Saqallah[30], ein Journalist und Blogger, der mit seinem Rollstuhl gerade noch rechtzeitig das Haus verlassen konnte, beschrieb sofort auf seiner Facebook-Seite die Verwüstung seiner Traumwohnung. Sämtliche umliegenden Hochhäuser wurden durch die Explosion ebenfalls beschädigt. Eine Freundin, die in einem der benachbarten Gebäude wohnt, sah sich Flammen gegenüber, die durch das Fenster hereinschlugen. Neben den Bewohnern des Al-Zafir-Hochhauses mussten auch Bewohner umliegender Gebäude ihre Wohnungen verlassen, weil die Türme durch die Schäden einsturzgefährdet sind. In den Folgestunden höre ich unzählige Geschichten von unterschiedlichen Freunden darüber.

Und je mehr Geschichten es werden, desto mehr Sorgen macht Hanna sich wegen unseres Gebäudes. Ich versuche, sie zu beruhigen. Es ist nicht logisch. Nur weil ein Kampfjet

29 http://electronicintifada.net/blogs/ali-abunimah/gazas-911-israeldestroys-high-rise-building-gaza-video
30 https://hskalla.wordpress.com/

ein modernes Gebäude wie das Al-Zafir-Wohnhaus angreift, heißt das nicht, dass sie es auch mit anderen modernen Häusern im Gazastreifen, wie unserem, tun. Es hat schließlich nur fünf Stockwerke, es ist kein Turm. Sie lächelt. »Wo ist der Unterschied? Es geht nicht um den Unterschied. Es geht um die Nicht-Logik des Krieges!«

Ich versuche zu erklären, dass es einen Grund für die Zerstörung eines Hochhauses mit vierzehn Stockwerken geben muss, die dreihundertzwanzig Menschen zu Obdachlosen macht. Und was immer es sei, es gelte nicht für unseren kleinen Block. Doch später, als ich allein bin, merke ich, dass Hannas Argument schlüssig ist.

Sonntag, 24. August

Gekleidet für den Ernstfall

Es ist früher Nachmittag, und für das Mittagessen ist nichts mehr da. Also breche ich zum Markt in Sheikh Radwan auf, um ein paar Hühnchen und Gemüse zu kaufen. Auf der Ahmad-Yassen-Straße gehe ich nach Süden, und als ich sie schon zur Hälfte zurückgelegt habe, schlagen drei Raketen hinter mir ein. Durch die Explosionen schießen die Flammen hoch in den Himmel, als würden Hände ärgerlich danach greifen. Das genaue Ziel kann ich nicht ausmachen. Es könnte in der Nähe unseres Hauses sein, die Distanz einzuschätzen, fällt mir allerdings schwer. Hanna geht nicht an ihr Mobiltelefon. Vielleicht hat sie es nur in einem anderen Zimmer abgelegt, versuche ich, mich zu beruhigen. Die Angriffe können nicht auf unser Haus erfolgt sein. Es ist näher dran, und die Flammen ersterben recht schnell. Wenn es unser Gebäude wäre, würden sie stundenlang wüten. Denke ich. Mehrere Male versuche ich es auf dem Festnetzanschluss. Beim dritten Versuch nimmt Hanna ab. Auch sie scheint in Panik geraten zu sein. Sie dachte, dass ich vielleicht getroffen wurde. Beide sind wir froh, uns vertan zu haben.

Sie besteht darauf, dass ich sofort zurückkomme. »Was sollen wir dann essen?«

»Wir brauchen nicht zu essen!«

Trotzdem gehe ich zum Markt und kaufe Geflügel und Gemüse. Zurück nehme ich den gleichen Weg, den ich gekommen bin. Da es sehr heiß ist, versuche ich jetzt, im Schatten der Bäume und Gebäude auf der linken Straßenseite zu gehen, obwohl ich weiß, dass das falsch ist. Der Krieg lehrt dich, stets in der Mitte der Straße zu gehen, damit du keine Granatsplitter oder Trümmerteile abbekommst, wenn ein

Haus getroffen wird. Ebenso solltest du dich von Autos oder Motorrädern fernhalten, wenn sie dir entgegenkommen. Mindestens sechs Meter sollten dazwischen liegen. Fahrzeuge sind bewegte Ziele. Du solltest das nicht sein.

Als ich nach Hause komme, schimpft Hanna, weil ich Shorts anziehen will. Ihrer Meinung nach sollte ich immer vollständig angezogen sein. Sie selbst hat seit über einem Monat weder Shorts noch ein Nachthemd getragen. »Wir müssen darauf vorbereitet sein, schnell das Haus zu räumen. Es kann jeden Augenblick passieren, und was wir in dem Moment anhaben, könnte alles sein, was wir dann noch besitzen. Außerdem sehen wir dann anständig aus, wenn wir wegen einer Verletzung ins Krankenhaus müssen.«

Mir ist das ganz egal. Wir werden dann eh nichts mehr fühlen, und die Nachbarn interessiert es nicht, ob wir nackt ins Krankenhaus fahren oder komplett angezogen. Hanna zupft an mir herum, sie akzeptiert das nicht. »Du weißt nie, was passiert. Vielleicht müssen wir auf der Straße schlafen oder in einen anderen Stadtteil laufen. Oder in eine Klinik oder in eine Schule einziehen.« Diese Idee bringt mich zum Lachen, doch eigentlich hat sie nicht unrecht. Anscheinend schreibt uns der Krieg sogar vor, was wir anziehen sollen.

Ich rate Hanna, sich nicht mehr die Nachrichten anzuhören. Jedes Mal, wenn sie das Radio anschaltet, fürchtet sie um die Wohnung, oder dass sie eines der Kinder verliert. Die Nachrichten bestehen quasi aus *unserem* Leben, also gibt es keinen Grund, noch frustrierter und deprimierter zu werden, weil man sich noch mehr Nachrichten anhört. Wenn man dem Radio lauscht, bekommt man bald das Gefühl, dass alles um einen herum zusammenbricht. Wenn du von einem Verlust irgendwo im Gazastreifen hörst, berechnest du automatisch die Distanz zwischen dir und dort. Du hast die Karte des Gebiets vor Augen, mit der Markierung des letzten Ziels und mit dem nächsten: dir. Die Anzahl der Toten, die Schreie der Verletzten, das Weinen ihrer Familien – sie sind die Hintergrundmusik zu der Karte mit dem Kreuz über deiner Wohnung.

Im Minutentakt gibt es neue Eilmeldungen. Wenn du alles verfolgen willst, kannst du nichts anderes mehr machen als das. Freunde aus Beit Hanun, die momentan in der UNRWA-Schule gegenüber wohnen, sind noch süchtiger nach Nachrichten als Hanna. Heute Abend treffe ich mich mit zweien – Abu Basil und Ibrahim. Nicht eine Sekunde hören sie auf, darüber zu sprechen, was die Nachrichten hierzu und dazu gesagt haben. Beide kennen die Positionen jedes einzelnen Politikers, jeder Partei und jedes Landes, die an den Gesprächen in Kairo beteiligt sind. Und warum? Die Nachrichten bestimmen jeden einzelnen Augenblick ihres Lebens. Sie warten darauf, dass verkündet wird, der Krieg sei in einer Stunde, in zehn Minuten zu Ende. Oder besser noch: Er sei jetzt, in diesem Moment, bereits vorbei.

Doch in den Nachrichten geht es ja um *sie* – die Flüchtlinge in den Schulen, den Verlust des Zuhauses –, sie berichten meinen Freunden nichts, was sie nicht schon wüssten, besser als jeder andere. Und trotzdem verfolgen sie sie. Sie wollen überrascht werden, sie wollen erfahren, dass sie einen wichtigen Aspekt die ganze Zeit übersehen haben. Ibrahim möchte gute Nachrichten, damit er wieder in sein Haus zurückkehren und sein Badezimmer benutzen kann. Während der letzten fünftägigen Feuerpause konnte er in seinem eigenen Bett schlafen, duschen und die Privatsphäre seines eigenen Bads genießen. Er versucht zu erklären, wie er sich auf sein Badezimmer freut. Wenn man in der UNRWA-Schule ins Bad geht, weiß man, dass draußen drei Dutzend Menschen in einer Schlange stehen, die dir ständig sagen, du sollst dich beeilen.

Ich versuche, ihnen zu erklären, warum sie nicht im Radio auf gute Neuigkeiten warten sollen. Wenn sie da sind, braucht man kein Radio, um davon zu erfahren. Du wirst es auf der Straße hören. Gute Nachrichten klopfen an deine

Tür. Sie kommen wie eine kühle Brise oder ein Schwarm Schmetterlinge durchs Fenster.

Am Abend kommt mein Vater vorbei, um Mustafa einen Krankenbesuch abzustatten. Im Zimmer ist es sehr heiß. Nachdem er ungefähr eine Stunde mit den Kindern gespielt hat, bricht er wieder auf. Mustafa und Talal wollen mitkommen. Seit über einer Woche konnten sie nicht mehr mit ihren geliebten PlayStations im Internetcafé im Nachbarhaus spielen. Mit dem Taxi fahren wir zu ihm. Zwei Stunden dürfen die beiden ins Café, bevor sie zu ihrem Opa gehen.

Die Nachbarschaft ist stockdunkel. Seit dreißig Stunden gibt es hier keinen Strom mehr. Durch einen Granatenangriff im Norden ist dieser Bezirk länger von der Energieversorgung abgeschnitten als andere. Ich besuche Faraj, halte es aber nicht mehr als eine halbe Stunde bei ihm und Abu Asil aus. Nachdem ich mich entschuldigt habe, laufe ich nach Hause. Jetzt, um zehn Uhr abends, scheint die ganze Stadt zu schlafen.

Krieg gegen die Schönheit

Immer wenn ich des Nachts durch die Stadt gehe, halte ich meinen Blick fest in die Höhe gerichtet. Vor dem tiefblauen Augusthimmel sieht eine Drohne aus wie ein Stern. An ihrer zufälligen Position schimmert sie am Firmament. Ich weiß, dass sich stets mindestens eine Drohne dort oben zwischen den Konstellationen versteckt. Gezielt suche ich sie, und bereits nach kurzer Zeit kann ich eine ausmachen. Ein winziges Licht, das durch das dunkle Meer über mir schwimmt. Dem Monster muss ich in die Augen sehen, damit ich mitkriege, wenn es eine Rakete auf mich abfeuert. Ich will beobachten, wie sie aus dem Unterbau der Drohne herausfällt. Sie wird einige Sekunden brauchen, um mich zu erreichen, das ist der Zeitraum, in dem ich verschwinden muss. Zuerst dachte ich, ich würde unter einen Baum rennen und hoffen, dass die Äste ein wenig vom Aufprall abfedern, dann hatte ich die Idee, einfach die Richtung zu ändern und die Straße entgegengesetzt hinunterzulaufen. Was auch immer ich tun werde, ich muss sehr aufmerksam sein, damit ich jede kleinste Bewegung der Drohne mitbekomme. Sie bewachen, während sie mich bewacht. Damit ich sie nicht an die Dunkelheit verliere, muss ich mich sehr konzentrieren. Ich möchte mich selbst auch nicht an die Dunkelheit verlieren. Plötzlich sehe ich eine weitere Drohne zu meiner Rechten, dann eine dritte auf der linken Seite und noch eine hinter mir. Eine Schwadron von Drohnen umgibt mich. Unwillkürlich denke ich: Ihr Plan lautet, mich zu töten, und sie streiten sich um den ersten Schuss. Wenn ich losrenne, sehe ich noch mehr wie ein angemessenes Ziel aus, eine gefährliche Bedrohung, die sich bewegt.

Also gehe ich in gleichmäßigem Rhythmus weiter und

wechsle ab und zu die Straßenseite. Wenn ich mich einem Haus nähere, bin ich sicher, dieses oder das daneben soll getroffen werden. Daraufhin gehe ich wieder auf die andere Seite. Bis ich merke, wie blöd das ist. Jedes Haus, egal ob links oder rechts, könnte angegriffen werden. Auf einmal fällt mir ein, dass ich die Aufmerksamkeit des Drohnenpiloten noch zusätzlich auf mich lenke, wenn ich mich weiterhin so ziellos bewege. Er könnte denken, dass ich nicht gesehen werden will, weil ich etwas zu verbergen habe. Es wird besser sein, sich offensichtlicher zu verhalten. Also gehe ich wieder zu meiner alten Taktik über und schlendere mitten auf der Straße, damit mich der Drohnenpilot in aller Deutlichkeit sieht und merkt, dass ich nichts zu verheimlichen habe. Doch was ist, wenn jetzt hinter mir ein Auto angerast kommt? Vielleicht höre ich es nicht oder kann nicht schnell genug reagieren. Oder schlimmer, was passiert, wenn das Auto in dem Moment, in dem es an mir vorbeifährt, beschossen wird? Diese Gedanken führen dazu, dass wir Bewohner Gazas nachts ein bisschen schneller unterwegs sind.

Die Israelis vernichten sorgfältig jegliche Schönheit, die dieser Stadt noch geblieben ist. Sämtliche modernen Gebäude, jedes architektonisch attraktive Stück wurden von ihnen angegriffen. Sie wollen nicht nur, dass wir hässlich aussehen – hässlich in unserer Trauer –, sie wollen auch, dass Gaza hässlich aussieht. Sie wollen, dass nichts weiter als ein grauer, schuttübersäter Slum zurückbleibt. Heute Abend hören wir im Radio, dass eine Drohne vier kleine Raketen in den Italienischen Komplex geschossen hat. Die israelischen Streitkräfte haben bekannt gegeben, dass sie vorhaben, den gesamten Block zu zerstören. Er besteht aus einem fünfzehnstöckigen Wohnhaus, einem Einkaufszentrum und vielen wunderschön ausgestatteten Cafés. Mit meinen Freunden habe ich oft in ihnen gesessen, besonders bis vor ein paar Jahren, als ich noch dort ganz in der Nähe wohnte.

Die Armee verkündete, den Komplex so lange zu bombardieren, bis nichts mehr übrig ist. Sie wissen ganz genau, wie viel er den Bewohnern Gazas bedeutet, weil es eines der schönsten Gebäude ist. Bevor der Krieg endet, lassen sie es sich nicht nehmen, etwas auszulöschen, was wir alle lieben. Seht es euch an, sagen sie. Seht, wie er nach und nach zusammenfällt, ein Stück nach dem anderen, seht, wie wir das Bombardement live im Fernsehen übertragen.

Mit Hanna sitze ich pflichtbewusst vor dem Fernseher. Es gibt eine Live-Übertragung vom Italienischen Turm, der zwischen den Angriffen in Finsternis getaucht ist. Ich blicke zum Südfenster, das nach Al-Nasser rausgeht, wo der Komplex sich befindet. Der Blitz der Raketen wird in der Scheibe reflektiert, jedes Mal eine halbe Sekunde vor dem Blitz im Fernsehen. Ich stehe auf und gehe zum Fenster, um einen besseren, unverstellten Blick zu haben. Eine schwere Explosion lässt das Gebäude erzittern. Schnell lese ich die Kommentare auf Facebook. Eine weitere Detonation. Die Geschosse zerfressen uns wie Fäulnis einen Apfel. Traurigkeit gerinnt in unseren Herzen. Der Moderator im Fernsehen teilt mit, dass die Raketen den Komplex von allen Seiten befeuern, er aber noch immer nicht eingestürzt ist.

Hanna und ich schauen uns den langsamen Tod des Turms an. Wie ein Martyrium, das sich entfaltet. Erschöpft sitze ich auf dem blauen Sofa, um mich herum ein Chor von Stimmen aus dem Radio und dem Fernsehen. Als eine weitere Rakete die Fensterscheibe erleuchtet, springe ich auf, um zu sehen, ob ich die Richtung ausmachen, sehen kann, welche Seite getroffen wurde. Das Haus wackelt. Das Keuchen des Reporters, der wegen der Berichterstattung hin- und herrennt, erfüllt meine Ohren. Das Flüstern des Windes klingt wie das Klagen auf der Straße umherstolpernder Frauen.

Sie berauben die Stadt ihrer Schönheit. Sie wollen uns hässlich machen, uns von der klaren Quelle zum verseuchten Wasser stromabwärts hinunterzerren. Der Italienische Komplex ist nun in die Vergangenheit übergegangen. Das hübsche Café im Erdgeschoss ist weg. Die luftigen, blumenbepflanzten Gärten, in denen ich gern gesessen habe, haben dieser unruhigen Stadt Lebewohl gesagt. Die hölzernen Tische und Stühle, die Wasserpfeifen, die aus den Regalen gefallen sind, wurden einfach weggepustet. Es gibt keinen Beweis mehr für unsere Erinnerungen an diesen Ort. Auch der Beweis für das Gespräch mit meinem Freund Ramzi, mit dem ich vor zwei Wochen dort an einem Tisch gesessen hatte, ist ins nasse Gras des Gartens gefallen und dann von Schutt und Staub bedeckt worden. Unfertige Gedanken, die mit Freunden über einer Shisha geteilt wurden, sind mit dem Rauch und den Flammen, die auf den Angriff folgten, weggeweht.

Der Italienische Komplex wurde genau wie der Al-Zafir-Turm ausradiert. Die schönsten Gebäude sind nun alle niedergewalzt oder, wenn sie noch stehen, zerschunden – mit fehlenden Seiten, herausgedrückten Fenstern, statisch angegriffen. Wahrscheinlich hat sich der Drohnenpilot an diesen Schönheitsflecken, die Gaza hervorgebracht hatte, gestört. Vielleicht war er überrascht, dass die Stadt überhaupt so erblühen konnte, wie ein Mädchen zu einer Frau erblüht. Er wollte ihre Weiblichkeit herausreißen.

Gerade als wir die letzten Scherben vom Italienischen Turm krachen sehen, hören wir von dem Angriff einer F16 auf das Al-Basha-Hochhaus am Ende der Jalla'-Straße. Al-Basha war eines der ersten hohen Gebäude, das in Gaza errichtet wurde. Das Kulturministerium hatte sein erstes Büro im Jahre 1994 dort eingerichtet. Es hatte mehrere Zimmer, bevor es in ein anderes Gebäude zog. Der Al-Basha-Turm ist bis heute das Haus mit den meisten kulturellen Einrichtungen und vielen Künstlerateliers. Das Institut für Kunst und Kultur in Gaza befindet sich dort. Majdal Natil, eine Künstlerin und Freundin, hat hier ihr Atelier eingerichtet. Ebenso andere Künstler wie Iyad Sabah und der Filmregisseur Khalil Muzain. Außerdem ist das Studio eines der wenigen nichtislamistischen Radiosender in Gaza, Al-Sha'ab, dort ansässig. In diesen Ateliers und Büros habe ich so viele Tassen Kaffee getrunken und so viele intensive Gespräche geführt – Meinungsaustausch mit den einen, Meinungsverschiedenheiten mit anderen. Ich erinnere mich noch an den Tag im August 1995, als ich die Stufen des Hochhauses das erste Mal hochging. Zu der Zeit war ich zweiundzwanzig Jahre alt und in meinem letzten Jahr an der Universität. Ich wollte mit dem damaligen Generaldirektor des Kulturministeriums, Ahmad Dahbur, sprechen. Er ist einer der größten noch lebenden palästinensischen Dichter und wurde 1946 in Haifa geboren. Sein Werk kenne ich aus dem Studium. Das Gedicht »Der palästinensische Junge« lernen alle Studenten auswendig. Ich wollte ihm einige meiner Texte zeigen, Auszüge aus meinen Kurzgeschichten. Nie werde ich vergessen, wie nervös ich war, als ich an die Tür klopfte. Mit Stolz kann ich behaupten, dass wir gute Freunde geworden und uns nah geblieben sind, bis er, wie so viele Dichter, Gaza den Rücken gekehrt hat. Sein Büro ist jetzt auch verschwunden.

Dienstag, 26. August

Der Tag der Tage

Der Krieg ist vorbei. Und ... das ist kein Scherz! Manchmal geschehen doch Wunder und übertragen ihre eigenen Nachrichten, erzählen ihre eigene Geschichte. Tausende feiern unter freiem Himmel. Salven werden in die Luft gefeuert. Autos fahren hupend die Straßen hoch und runter, junge Männer brausen mit wehenden Flaggen auf Motorrädern vorbei, Frauen schauen sich die Feierlichkeiten von Hauseingängen und Balkonen aus an. Ältere Männer haben sich auf Bambusstühle an den Straßenrand gesetzt und rauchen. Der Duft des Tabaks breitet sich aus. Die Blätter des Jasminstrauchs, der die Wand des Nachbarhauses hochklettert, flattern fröhlich in der Brise, die von Westen hereinkommt. Freude, wohin man auch blickt. Ein Bazar der Klänge!

Von einem Moment auf den anderen änderte sich alles. Noch vor einer Stunde hieß es, es würde wochenlang so weitergehen. Den ganzen Tag hatte es wieder Berichte von den Verhandlungen in Kairo gegeben, auch Andeutungen über einen dauerhaften Waffenstillstand. Die Mehrheit der Berichterstatter war skeptisch. Seit dem Nachmittag hatte Hanna Radio gehört. Ein Reporter vermutete, dass es gegen sieben Uhr eine Art Durchbruch geben könnte. »Vielleicht ist es das!«, rief Hanna. Doch nichts konnte diese Hoffnung untermauern. Die Drohnen schwebten noch immer über uns, aus einigen Kilometern Entfernung hörte man Explosionsgeräusche. Ehrlich gesagt, hatte ich es für einen weiteren Witz der Politik im Nahen Osten gehalten. Hanna schimpfte mit mir. »Das ist kein Witz! Diesmal ist es anders!«

Präsident Abbas wolle um sieben Uhr eine Rede an die Nation halten, verkündete das Radio. Wahrscheinlich würde er erklären, dass die palästinensische Delegation den Vorschlag der Ägypter zu einem permanenten Waffenstillstand angenommen hatte. In den letzten Tagen hatten sich die Gespräche vor allem um vier Themen gedreht: die Wiederherstellung des internationalen Flughafens von Gaza, die Errichtung eines Seehafens oder zumindest einer Hafenanlage, die Öffnung des Grenzübergangs nach Ägypten bei Rafah, der die meiste Zeit des Jahres geschlossen gewesen war, und auf welchem Wege der Wiederaufbau der während dieses Krieges zerstörten Gebäude stattfinden sollte. Jeder Punkt war ein Versuch, die Belagerung, die Israel dem Gazastreifen seit über acht Jahren aufzwang, zu beenden oder zumindest abzumildern. Das ambitionierteste dieser Vorhaben ist wohl der Flughafen. Der kurze Zeitraum, in dem Palästinenser von ihrem eigenen Flughafen in Freiheit in die Welt hinaus reisen konnten, klingt für uns eher wie ein Märchen als ein tatsächlicher Abschnitt in der Geschichte. Ich werde den Tag, an dem die erste palästinensische Maschine startete, niemals vergessen. Es war der 23. November 1998. Zu der Zeit befand ich mich zum Studium an der Universität Bradford in England. Wie die Mehrheit der Palästinenser verbrachte ich viele fröhliche Stunden vor dem Fernseher, um ein Land zu sehen, das fünfzig Jahre auf seinen eigenen Flughafen gewartet hatte! Im Oktober 2000 schossen die israelischen Streitkräfte ihn zu Schutt zusammen. Heute wächst dort nur noch Unkraut.

Menschen aus dem Westen wissen es kaum zu würdigen, was es bedeutet, frei reisen zu können, ohne sich durch Checkpoints und Grenzübergänge gedemütigt fühlen zu müssen. Niemand weiß den Wert dieser Freiheit mehr zu schätzen als Palästinenser. Hanna fragt mich, ob ich wirklich daran glaube, dass wir eines Tages wieder Flugreisen unternehmen können. Mustafa zieht einen Seehafen vor. Liebend gern würde er mit dem Schiff unterwegs sein. Nie hat es ein ganzes Land gegeben, das an und in der Nähe einer Küste liegt, aber nicht die Möglichkeit hat, zur See zu fahren. Ein weiteres Paradoxon von Gaza.

Doch plötzlich, inmitten dieser müßigen Spekulationen, wird klar, dass wir über das alles gar nicht reden würden, wäre es dieses Mal nicht ganz anders als sonst. Auf einmal ist auch der Fernsehmoderator voller Zuversicht, er verkündet einen strahlenden Neuanfang für den Gazastreifen. Eine Zeit, in der die Stadt wieder frei wäre, einen See- und einen Flughafen hätte, man den Grenzübergang bei Rafah nutzen, nach Jerusalem reisen und pilgern könnte, in der Baumaterial ohne Einschränkungen importiert werden und alle Waren und alle Menschen sich frei bewegen könnten. Sein Grinsen ist so breit wie der Bildschirm.

Es ist beinah sieben Uhr, und noch immer hören wir gelegentliche Detonationen. Der Drohnenpilot sieht kein Fernsehen, so wie wir. Oder er möchte aus seiner vorerst letzten Runde im Spiel einfach das meiste herausholen.

Auf Facebook posten viele Freunde Gesprächsfetzen über die Verhandlungen in Kairo. Stück für Stück rückt das Kriegsende näher.

Dann gibt es – unabhängig von den Nachrichten und den sozialen Medien – weitere gute Neuigkeiten. Die Moscheen glauben ebenfalls an das Kriegsende. Sie lassen feierliche Lieder durch Megafone, von den Minaretten und in den Straßen singen.

Zu Hanna sage ich: »Wir haben es geschafft! Wir haben überlebt!« Wir haben diese einundfünfzig Tage, die sich eher wie einundfünfzig Monate anfühlten, überstanden. Das einzig Gute am Krieg, wenn klar wird, dass du ihn überlebt hast, ist, dass er nun ein Teil der Vergangenheit ist. Endlich. Er ist vorbei. Obwohl du noch immer seinen Gestank in den Straßen spürst, seinen Schatten auf den Mauern der Stadt und in den Lücken, in denen einmal Gebäude gestanden haben, siehst. Aber du hast es geschafft! Wenn man bedenkt, dass du noch vor ein paar Minuten nicht sicher warst, ob du in diesem Krieg leben oder sterben würdest. Und plötzlich ist es vorbei.

Die Straße unter unserem Balkon ist voller Menschen die sich vor den Läden auf der anderen Seite versammeln. Aufgeregt tauscht man Interpretationen und Theorien zu den Nachrichten aus. Von den Muezzins werden wir an das Versprechen Gottes erinnert, das hin und wieder durch Koranverse belegt wird. So feiern jetzt alle Moscheen in Gaza. Ein Milizionär hält von einem herumfahrenden Auto aus ebenfalls eine Ansprache. Jungen brennen Feuerwerke ab. Fernseher, Facebook oder Radio braucht man jetzt nicht mehr. Die Nachrichten verbreiten sich von selbst in den Straßen.

In den einundfünfzig Tagen habe ich manchmal gezweifelt, ob ich eigentlich noch am Leben bin, und ob diejenigen, die sich um mich herum befanden, Hanna und die Kinder, auch tot sind. Ich fragte mich, ob wir alle zusammen stattdessen eine Art Zwischenwelt bevölkerten, in der im Hintergrund die reale Welt und der Krieg weiterliefen. Vielleicht wurden wir alle während eines Drohnenangriffs in der ersten Woche getötet? Und mitunter besuchen die Toten die Welt der Lebenden, und die Lebenden kriegen davon gar nichts mit. Das hat meine Großmutter Aisha immer gesagt. In den letzten einundfünfzig Tagen war ich mir nicht immer sicher, welchen Part ich spielte.

Es war ein Albtraum. Du kannst jedes beliebige Adjektiv vor dieses Wort schreiben – ein *entsetzlicher* Albtraum, ein *unwirklicher* Albtraum –, aber das Schlimmste ist, dass es eigentlich gar kein Albtraum ist. Nie ist es vorbei. Manchmal möchtest du deinen Kopf gegen die Wand schlagen, um zu sehen, ob du aufwachst. Ich erinnere mich an eine Nacht, in der ich wegen der Explosionsgeräusche nicht schlafen konnte. Ernsthaft überlegte ich, in die Steckdose zu fassen, um zu sehen, ob ich träumte. Um zu sehen, was der Schlag bewirken würde. Beinahe habe ich das wirklich gemacht. Nur die nächste Explosion hielt mich davon ab, ließ mich zum

Fenster springen, wie immer, um zu sehen, was passierte, um in die Finsternis zu starren und mir erneut zu wünschen, dass ich träumte.

Jetzt ist die Grenze zwischen Schlaf und Wachzustand wieder scharf gestellt. Es ist real – die Feuerwerke, die in die Luft sausen. Es ist wahr – diese fröhlichen Farben, die den Himmel erblühen lassen. Es ist wirklich – die Feiern finden statt!

Von unserem Balkon aus sieht man Tausende in Richtung Saftawi-Platz strömen. Sie umarmen sich, Jungen zünden Böller, Flaggen werden Richtung Himmel geschwenkt, als wollte man die Drohne ärgern, die dort noch immer herumschwebt. Ich weiß, dass die Jüngeren da unten bereits vom Reisen träumen – die Welt sehen wollen, die ihnen in ihrem bisherigen Leben die meiste Zeit verwehrt geblieben ist. Von unserem Balkon aus kann ich auch gerade noch die Äste der alten Platane erkennen, die verlässlich an dem Platz steht, wo sie immer gestanden hat, und mich daran erinnert, dass ich überlebt habe.

Die Kinder sind überglücklich. In unterschiedlichen Varianten fragen sie mich: Ist es wirklich vorbei? Ohne meine Antwort abzuwarten, sind meine Söhne schon nach draußen gerannt, knallen die Tür zu und lassen die kleine Jaffa weinend zurück. Sie wollte so gerne mitkommen. Sie schreit so laut wie noch nie, als wüsste sie, dass sie jetzt den fröhlichsten Moment ihres jungen Lebens verpasst. In diesem Augenblick wird uns bewusst, dass auch sie überlebt hat. Nach ein paar Minuten hat sie sich beruhigt und geht auf den Balkon, um zu sehen und hören, wie draußen gefeiert wird, will ein Teil davon sein. Doch sie kann nicht über das Geländer schauen. Auf einmal lächelt sie. Über uns dekoriert ein Feuerwerk den Himmel in den schönsten Farben. Sie lacht und zeigt darauf: »Tüüüüür!« Dann springt sie hoch und hält sich dabei an meinem Bein fest. Damit sie besser sehen kann, nehme ich sie auf den Arm. Ganz aufgeregt schaut sie sich die neue Welt an, in der sie nun lebt.

Es ist kaum zu glauben, aber heute ist tatsächlich unser Hochzeitstag. Nie vergesse ich ihn, aber wenn der Krieg dieses Jahr weitergegangen wäre, hätte er sämtliche Freude daran aufgezehrt. Nun ist es einfach ein toller Tag.

Am Morgen wachten wir von den explodierenden Mörsern auf. Hanna murmelte ich noch halb schlafend zu, dass uns die Kriegsmaschinen ein Ständchen singen, genau wie wir bei unserer Hochzeit besungen wurden. Ein Lächeln flackerte auf – das gleiche Lächeln, das Hanna auch bei unserem allerersten Date im Strandcafé zeigte. Doch heute bleibt dieses Lächeln nicht lang. Angst und Sorge kriechen wieder über ihr Gesicht, jetzt war keine Zeit zum Feiern.

Ich sage ihr: »Denk dran, der 26. August ist immer ein glücklicher Tag.«

Und das stimmte. Alle feiern auf der Straße, alle sind fröhlich. Hanna ist fröhlich, die Jungs sind fröhlich. Solche Augenblicke enden irgendwann. Die Fröhlichkeit betrügt dich vielleicht nach einer Weile, ich weiß das. Aber die Hoffnung betrügt dich nicht. Sie ist da, wenn du sie brauchst, du musst nur an sie glauben und sie tief in dir drin bewahren. Gib sie niemals auf.

Der Krieg ist vorbei. Wer von uns konnte vorhersehen, dass wir diesen Tag erleben würden? Welche Analyse konnte das errechnen? Nur die Hoffnung.

Etwas, das wir unbedingt tun sollten, schreie ich Salim und Aed über den Lärm der Feiernden hinweg am Telefon zu, ist, unsere Körper im Hammam al-Samra vom Geruch des Krieges zu reinigen. Normalerweise würden wir abends gegen halb sechs gehen, wenn sonst niemand dort ist, und uns im Dampf des mittelalterlichen Badehauses unterhalten. Mein Vater geht jedes ’Id noch vor den Gebeten ins Hammam. Er verlässt dafür lange vor Sonnenaufgang das Haus.

Es ist vorbei.

Zu überlegen, was man morgen machen könnte, erscheint mir besser, als beim Schmerz von gestern zu verweilen. Es war hart. Es war schrecklich. Aber es waren nicht wir, die diese Hölle erschaffen haben. Das Einzige, was wir erschaffen können, ist ein Morgen.

Es ist jetzt vorbei. Ich muss schlafen und will von nichts träumen. Nur im Dunkeln liegen und alle Bilder, alle Geräusche fallen lassen. Ich möchte in Jaffas kleines Gesicht blicken und ihr eine Zukunft versprechen, in der sie ohne Todesangst leben kann. Ich möchte die Jungen gefahrlos auf der Straße spielen sehen. Ich möchte zu meinen alten Lebensgewohnheiten zurückkehren – mit Freunden in ein Café gehen, in Ruhe ein Buch lesen, bis spätabends mit Hanna einen Film gucken, morgens nicht mit dem Gedanken »Wer hat die Nacht überlebt?« aufwachen müssen.

Jetzt kann ich alleine frühstücken, ohne dass eine Drohne mich dabei bewacht. Auch der Pilot in der F16, der Kapitän auf dem Kriegsschiff draußen auf See, die Soldaten, die in einem Panzer drei Kilometer von hier entfernt hocken, der Drohnenpilot an seinem Schreibtisch in Israel oder Netanjahu frühstücken nicht mehr mit mir. Zum ersten Mal seit einundfünfzig Tagen esse, trinke, denke, schlafe und dusche ich allein, niemand anders ist da. Die Luft gehört nur mir, und ich werde sie atmen.

Nachwort

Seit Kriegsende ist nun fast ein halbes Jahr vergangen. Wenn ich jetzt dieses Tagebuch lese, fühle ich mich angesichts der im letzten Eintrag ausgedrückten Hoffnungen ein wenig töricht. Für Tausende Bewohner Gazas ist das Leiden nicht vorbei, und die Versprechungen, die im Zuge des Waffenstillstandes gemacht wurden, sind anscheinend nie eingehalten worden. Die Bedingungen des Waffenstillstandes, auf die sich am 26. August 2014 alle Parteien geeinigt hatten, wurden nie veröffentlicht oder auf eine andere Art und Weise mitgeteilt, sodass es eigentlich kaum eine Möglichkeit gibt, jemanden dafür zur Rechenschaft zu ziehen. Man ist sich im Allgemeinen darüber einig, dass Folgendes vereinbart wurde: a) ein multilateraler Waffenstillstand, b) die Öffnung sämtlicher Grenzübergänge, c) eine Ausweitung der Fischereizone von drei auf sechs Meilen, die innerhalb eines Monats noch einmal erweitert werden soll, d) die Verkleinerung der »Sicherheitszone« innerhalb Gazas von 100 auf 300 Meter, e) eine Wiederaufnahme der Gespräche ab dem 26. September unter der Vermittlung Ägyptens zu den Punkten: Freilassung von Gefangenen, Öffnung eines See- und/oder Flughafens und andere offene Themen. Keiner dieser Verpflichtungen ist man nachgekommen. Grenzübergänge von und nach Israel waren in letzter Zeit zwar etwas öfter geöffnet, wahrscheinlich teilweise, um die komplette Schließung der Grenze nach Ägypten bei Rafah zu kompensieren, aber von »offenen Grenzübergängen« ist man weit entfernt. Es gab keine weiteren Gespräche über eine eventuelle Lockerung der Blockade, was z. T. an der gescheiterten Stabilität einer palästinensischen

Einheitsregierung von Hamas und Fatah liegt. Offiziell endeten die Kampfhandlungen am 26. August, aber für diejenigen, die obdachlos sind, einen Verlust erlitten haben oder deren Lebensgrundlage zerstört wurde, geht der Krieg weiter. Der einzige Unterschied ist, dass die Welt nicht mehr zuschaut. Die UNRWA gab am 28. Januar 2015 die Einstellung ihrer Unterstützung für palästinensische Familien, die ihr Haus in der israelischen Offensive verloren hatten, bekannt. Der Grund war ein Ausbleiben von internationalen Spenden. Die UNRWA gab an, statt der 724 Millionen US-Dollar, die ihnen versprochen worden waren, habe sie nur 135 Millionen erhalten.

Tausende Bewohner Gazas leben noch immer in den UNRWA-Schulen, die während des Krieges in Notunterkünfte umgewandelt wurden. In seinem Bericht vom 26. Januar 2015 gab das Amt für die Koordinierung humanitärer Angelegenheiten der UN (Office for the Coordination of Humanitarian Affairs, OCHA) bekannt, dass rund 12 000 Binnenflüchtlinge noch immer in den von der UNRWA verwalteten Zentren im Gazastreifen leben. Geschätzt wird, dass insgesamt etwa 100 000 Personen unter prekären und lebensgefährdenden Bedingungen leben. Das bedeutet, dass andere Schulen nun doppelt so viele Schüler in ihre Klassenräume aufnehmen müssen. Im Dezember besuchte ich eines dieser dauerhaften Provisorien, und was ich dort sah, erinnerte mich sofort an den Krieg: Wäsche in jedem Fenster, brechend volle Klassenzimmer, Mädchen, die geduldig vor dem Wassertank auf dem Spielplatz in der Schlange standen. Die Blicke der Menschen waren voll Anspannung und Sorge. Nicht so sehr von der Vergangenheit oder von der Trauer werden die Bewohner Gazas verfolgt, sondern vielmehr von der Zukunft und der Ungewissheit, ob sie sie bewältigen können.

Der Wiederaufbau lässt auf sich warten. Noch immer ist die Verwüstung überall zu sehen. Manchmal denke ich, dass wir alle so von der Zerstörung abgehärtet sind, dass ein weiterer Krieg eigentlich keinen Unterschied macht. Wir sind daran gewöhnt, alles zu verlieren. Wir schnappen uns das bisschen Freude, das uns im Leben bleibt, nur viel ist das nicht. Neulich fragte mich Mustafa: »Papa, wann kommt der nächste Krieg?« Er ist elf Jahre alt und hat schon drei Kriege erlebt. Nun bereitet er sich auf den vierten vor.

Die Gespräche auf dem Markt drehen sich um Zement. So wie es einmal die nächste Feuerpause oder die Verhandlungen in Kairo gewesen sind. Wann erreichen die Betonlieferungen Gaza denn endlich? Wann wird die Importerlaubnis für das Baumaterial erteilt? Abu Annas findet die ganzen Spekulationen sehr witzig. Er meint, Gaza sollte sich einen weiteren Krieg gönnen, in dem die Hauptforderung Zement ist. Bis Anfang Januar 2015 haben laut OCHA 40 000 Bewohner des Gazastreifens die Erlaubnis erhalten, Baumaterial zu erwerben, das wegen der Blockade nicht zugänglich war. Nicht einmal 40 Prozent von ihnen konnten sich die Einfuhr bisher leisten.

Mein Freund Tarik, der im Sommer sein dreistöckiges Wohnhaus verlor, hat es satt, auf Baumaterial zu warten, um endlich mit der Wiedererrichtung anfangen zu können. Jeden Morgen sämtliche Ersparnisse in Trümmern zu sehen, macht ihn depressiv. Drei Monate wartete er vergeblich auf Unterstützung durch die Regierung. Ganz auf sich allein gestellt, begann er schließlich mit der langwierigen Arbeit, den Schutt zu entfernen und sein Haus auf eigene Kosten wieder aufzubauen. Die Mieten sind parallel zur Nachfrage nach Wohnraum in den Himmel geschossen. Manche nutzen diese Situation aus und kriechen bei Verwandten unter, um ihre eigenen Wohnungen zu astronomischen Preisen weiterzuvermieten. Niemand überprüft das.

Nafiz ist in meine Wohnung im Nasser-Viertel gezogen, um von dort aus auf Baumaterial für die Wiederherstellung seines Hofs zu warten. Jeden Morgen begibt er sich in den Osten Beit Hanuns, um zu erfahren, warum die Lieferung sich dieses Mal verspätet. Er erzählte mir, dass er fast nichts von der ganzen Bürokratie – wie man sich für Material bewirbt, es kauft oder wie es ausgeliefert wird – versteht. »Alles, was ich möchte, ist mein Haus wieder aufbauen, der Rest interessiert mich nicht.«

Hisham, der Krankenhausangestellte, hat begonnen, sein Haus im Viertel Masrin in Beit Hanun zu reparieren. Er hat neue Türen und Fenster eingepasst und angefangen, die Küche, die auf der zerstörten Seite des Hauses liegt, wiederherzustellen. Zum Einziehen reicht es. Er ist dankbar. »Wir hatten mehr Glück als andere. Wenigstens haben wir einen Platz zum Schlafen.« Vor zwei Wochen, als ich ihn zuletzt besuchte, saßen wir um den Ofen vor seinem Haus herum. Hisham schürte das Feuer nur zögerlich, das er mit dem Holz der Oliven-, Pfirsich- und Orangenbäume, die von den Bulldozern der Israelis aus seinem Garten herausgerissen worden waren, angezündet hatte. Alle waren für die Wärme, die das Feuer an diesem kalten Januartag verbreitete, dankbar. Nur Hisham nicht.

Der politische Streit zwischen Gaza und Ramallah fügt den Verletzungen des Krieges auch noch Kränkung hinzu. Die Menschen, die jetzt in Gaza leiden, brauchen Unterstützung, nicht mehr und nicht weniger. Es ist ihnen egal, was richtig und falsch ist, worüber sich die politischen Parteien streiten, welche Partei Hilfe anbietet. Das Einzige, was zählt, ist, *dass* sie Hilfe bekommen.

Ein Journalist aus Schweden fragte mich nach dem Krieg: »Was glauben Sie, wer gewonnen hat?«

»Ich!«, antwortete ich. »Ich habe gewonnen, weil ich überlebt habe.« Doch wenn ich an diese einundfünfzig Tage denke, merke ich, dass Gräuel und Angst mich immer noch beherrschen. Auch nach dem Waffenstillstand hatte ich noch wochenlang das Gefühl, mich mitten im Krieg zu befinden. Wie die meisten Menschen fühle ich mich durch die Todesnähe betäubt und habe gelegentlich irritierende Flashbacks.

Im Januar 2015 strich eine Gruppe von Künstlern um Dalia Abdel Rahman die Steinquader am Kai von Gaza bunt an. Diese Mauer besteht nur aus wenigen übereinandergestapelten Blöcken, und das Wasser, in dem die Boote der Fischer liegen, ist nur einige Meter tief. Als ich bei einem Besuch im Tamer-Institut, in dem Dalia arbeitet, mit ihr sprach, erklärte sie, dass das Bemalen der Steine in leuchtenden Farben ihre Art und Weise sei, voranzugehen, den Fischern und den Bewohnern Gazas zu vermitteln, dass es wirklich weitergeht.

Nach dieser ersten Farbexplosion haben andere damit begonnen, die Blöcke zu beschriften. So wie Palästinenser im Westjordanland Wörter und Sprüche auf die Sperranlagen schreiben. »Für ein freies Gaza«, und die Titel der propalästinensischen Lieder »Ich wähle dich, mein Land« und »Ich fordere dich auf« des libanesischen Sängers und Komponisten Marcel Khalifa steht jetzt auf der bunten Hafenmauer. Durch die Graffiti verbindet sich diese bescheidene, zusammengezimmerte Steinwand mit den viel hässlicheren, hochragenden Sperranlagen, die von den Israelis als Instrument der Gefangenschaft errichtet wurden. Gestern sind Hanna, die Kinder und ich in den Hafen gegangen, um das entstehende Kunstwerk zu besichtigen. (Hier sollte ich vielleicht hinzufügen, dass das Hafenareal als eine Art Stadtpark fungiert. Für die meisten Bewohner Gazas ist es einer der schönsten Orte für Erholung und Treffen mit anderen.) Als wir uns die Graffiti ansahen, schlug ich vor, dass der Papst hierherkommen und an dieser Mauer beten sollte, wie er es auch an den Sperranlagen bei Betlehem im Mai letzten Jahres getan hatte. Hanna lachte. »Genau. Wir waren ein bisschen neidisch.« Die Kinder lieben es, an den Hafen zu gehen, auch wenn ich Na'im nie eine exakte Antwort geben kann, wenn er auf den Horizont deutet und fragt, wie weit wir mit unseren Booten hinaussegeln dürfen. Laut OCHA gab es allein in der vierten Kalenderwoche des Jahres 2015 dreizehn Zwischenfälle, in denen die israelische Marine das Feuer auf palästinensische Fischerboote eröffnete, die sich Berichten zufolge innerhalb der Sechs-Meilen-Zone befanden.

Da die Fischbestände innerhalb der Sechs-Meilen-Zone schrumpfen, bieten einige Fischer inzwischen Hafenrundfahrten auf ihren Booten an. Dies geht einher mit Dalias Idee, die Kaimauer als Galerie zu gestalten, die man nun von der See aus besichtigen kann.

So viel Einfallsreichtum wurde dem ausgedienten Flughafen von Gaza bisher nicht zuteil. Als ich ungefähr sechs Jahre alt war, arbeitete mein Vater für einige Monate in Saudi-Arabien. Immer wenn ich meine Mutter nach seiner Rückkehr fragte, sagte sie: »Guck nach oben zum Himmel. Wenn du ein Flugzeug siehst, sitzt er vielleicht darin.« Also suchte ich jeden Morgen den Himmel über Gaza nach seinem Flugzeug ab. Momentan sind dort nur Kampfjets und Drohnen zu sehen. Aus den Rissen der Startbahn des Flughafens wächst Gras. Nicht ein einziges Mal konnte ich von Gaza aus irgendwohin fliegen. Niemand in meiner oder der nachfolgenden Generation konnte das. Und so wie es aussieht, werden wir es auch nie können.

Saed Lolo, ein Aktivist der »Jugendkoalition des 15. März« und einer der Wortführer bei der großen Demonstration gegen die Grabenkämpfe zwischen Fatah und Hamas in Gaza im Jahre 2011, organisierte mit seinen Kameraden am 7. Januar 2015 eine Kundgebung, um die Menschen zu unterstützen, die im Krieg ihr Zuhause verloren haben. Saed und seine Freunde versammelten sich, nur mit Boxershorts und Westen bekleidet, auf der Nazaz-Straße in Shaja'iyya. An diesem Tag fror und regnete es gnadenlos. Hinterher, als er zitternd im Karawan-Café saß, sagte er, dass sein Frieren nichts sei im Gegensatz zu dem, was Tausende Bewohner Gazas diesen Winter durchmachen müssten. Zähneklappernd fragte er: »Warum wird nichts zur Unterstützung dieser Menschen getan? Sie müssen schon fünf Monate ohne Zuhause leben, und anscheinend ist es allen egal!«

Wenn ich dieses Tagebuch lese, fühle ich mich auch wegen anderer Dinge töricht. Unter anderem wegen der Rituale, die ich gepflegt habe. Warum, zum Beispiel, habe ich jeden Tag auf dem Weg zum Internetcafé mein Leben riskiert, nur um diese Seiten zu tippen? Man muss wohl einfach töricht sein, um diesen Wahnsinn zu überleben. Ich war es ganz bestimmt.

Seit Ägypten es Israel in den scharfen Kontrollen seiner Grenzübergänge gleichtut, glauben immer mehr Palästinenser aus dem Gazastreifen, dass ein Seehafen ihre einzige Hoffnung auf Freiheit und Unabhängigkeit ist. Vor vier Tagen ließ die Regierung zwei Schilder am Hafen aufstellen. Auf dem einen steht »Ankunft«, auf dem anderen »Abfahrt«. Freunde haben bereits ein mit Photoshop bearbeitetes Bild auf ihre Facebook-Seiten gestellt, auf dem das erste Schild und dahinter die in den Hafen einlaufende Titanic zu sehen ist. Ein anderer Freund postete auf seiner Pinnwand: »Eilmeldung: Die Öffnung des Seehafens und des Grenzübergangs bei Rafah wurde auf den Tag des Jüngsten Gerichts festgelegt!«

Wie aberwitzig auch immer die »Ankunft«- und »Abfahrt«-Schilder am Kai mit der Handvoll hölzerner Fischerboote im Hintergrund aussehen mögen, sie dienen als Symbole. Sie versuchen – genau wie Dalia so wunderschön vor ein paar Wochen – zu zeigen, dass es Fortschritte gibt. Für mich und meine Familie deuteten sie bei unserem Hafenspaziergang gestern auf noch etwas anderes, etwas Unbestreitbares: die Existenz der Welt jenseits des Meeres, eine Welt, auf die uns das Wort »Abfahrt« Hoffnung macht.

Atef Abu Saif
Gaza, im Februar 2015

Der Gazastreifen

Detailplan Lager Jabalia

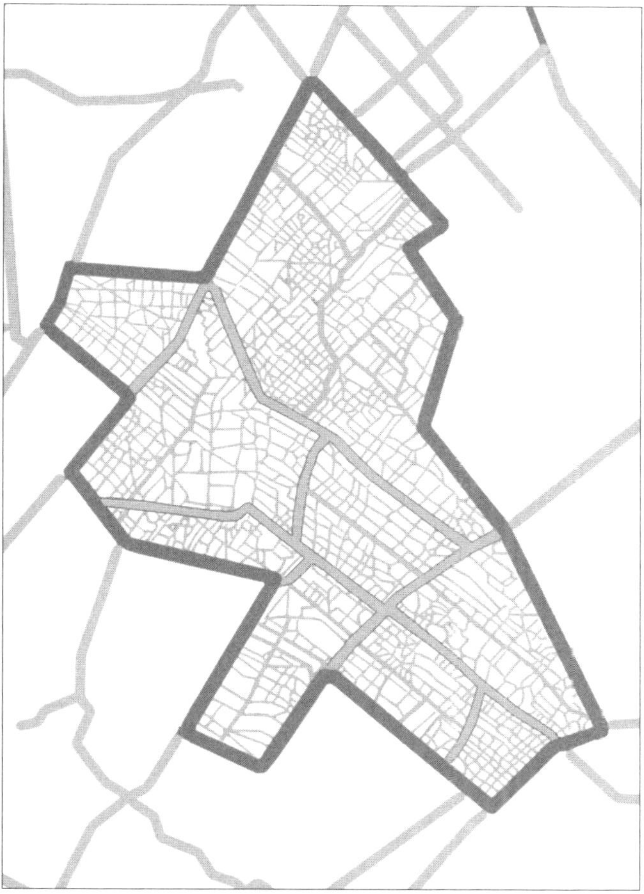

Worterklärungen

Ahmad, Fayza Ägyptisch-syrische Sängerin und Schauspielerin (1934–1983)

Al-Ayyam 1995 gegründete, heute zweitgrößte Tageszeitung in den palästinensischen Gebieten mit Sitz in Ramallah www.al-ayyam.com

Awama Süße, in Fett gebackene Teigbällchen, ähnlich wie Donuts

Dahbur, Ahmad Palästinensischer Dichter (*1946 in Haifa)

Darwisch, Mahmud Bekanntester Dichter Palästinas (1941–2008), ein Symbol der Widerstandsbewegung. Die zitierten Zeilen stammen aus: Die Unvergänglichkeit des Feigenkaktus. In: Warum hast du das Pferd allein gelassen? Verlag Hans Schiler, Berlin 2015. Übersetzung von Christine Battermann

Fairuz eigentlich Nuhad Wadi Haddad, libanesische Sängerin (*1934)

'Id eigentlich *'Id al-Fitr,* Fest des Fastenbrechens am Ende des Ramadan

Iftar Fastenbrechen am Abend eines Fastentages im Ramadan

Jujube Chinesische Jujube, Azufaifa, Rote oder Chinesische Dattel. Man isst sie auch getrocknet und kandiert als Snack.

Kanafani, Ghassan Palästinensischer Romanautor und führendes Mitglied der PLO (1936–1972). Zusammen mit seiner 17-jährigen Nichte Lamis Najim wurde er von einer Autobombe des israelischen Geheimdienstes getötet.

Katayef Populäre Süßigkeit, die im Ramadan gereicht wird. Sie besteht aus einem Pfannkuchen, der auf einer Seite gebacken, auf der anderen mit Pistazien und Nüssen bedeckt, dann gefaltet und in Sirup getaucht wird.

Knafeh Käsepastete, die mit Sirup auf Zuckerbasis getränkt ist. Sie besteht aus vielen Lagen Filo-Teig. Der Käse ist typischer Nabulsi-Käse, der aus der Stadt Nablus stammt.

Siyasat Vierteljährlich erscheinende Zeitschrift, die sich palästinensischer Politik widmet und vom Institut für Staatswissenschaften herausgegeben wird.
www.ipp-pal.ps/english/about.html

Sobia Milch mit Kokosnuss

Suhur Mahlzeit, die während des Ramadan vor Sonnenaufgang, also vor Fastenbeginn, eingenommen wird. Findet der Ramadan im Frühsommer statt, wird gegen drei Uhr nachts gegessen.

Toktok Dreirädriges Mini-Taxi

UNRWA United Nations Relief and Works Agency For Palestine Refugees in the Near East. Das Hilfswerk der Vereinten Nationen für Palästina-Flüchtlinge im Nahen Osten wurde 1949 gegründet und hat seit 1996 einen seiner Hauptsitze in Gaza-Stadt.

Wadi Flussbett oder Tal, das nur nach heftigem Regen mit Wasser gefüllt ist.

Zanana Lautmalerische Bezeichnung für eine Drohne im Dialekt von Gaza

Stichworte zum Gazastreifen

Flüchtlingslager

Das **Lager von Jabalia** ist das größte der acht Flüchtlingslager in Gaza. Es befindet sich nördlich von Gaza-Stadt in der Nähe eines Dorfes mit dem gleichen Namen. Nach dem Arabisch-Israelischen Krieg von 1948 ließen sich 35 000 Flüchtlinge dort nieder, von denen die meisten aus Dörfern in Südpalästina geflüchtet waren. Heute leben dort ca. 110 000 registrierte Flüchtlinge auf einer Fläche von nur 1,4 km². Jabalia ist zentral gelegen und am weitmöglichsten von jeder Grenze entfernt, sodass es als einer der sichersten Bereiche im Gazastreifen angesehen wird. Außerdem hat das Lager eine große Dichte an UNRWA-Schulen, die eine temporäre Zuflucht bieten können.

Das **Lager von Bureij** befindet sich im Zentrum des Gazastreifens östlich der Salah-al-Din-Straße im Gouvernorat Deir al-Balah Das Lager wurde 1949 mit 13 000 Einwohnern gegründet, die aus einem größeren Gebiet rund um Gaza stammten. Ein kleiner Prozentsatz der Flüchtlinge kam zuerst in britischen Militärbaracken unter, aber die Mehrheit lebte in Zelten, die von den Vereinten Nationen 1950 durch Betongebäude ersetzt wurden. Im Jahre 2005 wurden in Bureij 34 951 Einwohner gezählt, von denen 28 770 registrierte Flüchtlinge waren.

Das **Lager von Al-Shati'** ist das drittgrößte von Gazas acht Flüchtlingslagern und das mit der höchsten Bevölkerungsdichte. Es wird auch »Strandlager« genannt. Ursprünglich lebten hier 23 000 Flüchtlinge aus Lod, Jaffa, Be'er Scheva und anderen Orten Palästinas. Heute beherbergt es über 87 000 Flüchtlinge, die auf einer Fläche von 0,5 km² wohnen.

Das **Lager von Nuseirat** befindet sich in der Mitte des Gazastreifens, in der Nähe der Lager Bureij und Maghazi und trägt den Namen eines Beduinenstammes. Anfänglich beherbergte es nach dem Arabisch-Israelischen Krieg von 1948 16 000 Flüchtlinge aus den südlichen Teilen Palästinas, inklusive der Küste und Be'er Scheva. Bevor das Lager eingerichtet wurde, mussten die Flüchtlinge in

einem britischen Militärgefängnis leben. Momentan ist Nuseirat das Zuhause von 66 000 Flüchtlingen.
Shuja'iyya ist mit 100 000 Einwohnern eines der größten Wohngebiete in Gaza-Stadt. Es befindet sich südöstlich der Innenstadt und breitet sich um einen Hügel auf der Salah-al-Din-Straße herum aus, die von Norden nach Süden durch den Gazastreifen läuft.

Zur Infrastruktur

Palästinensische Autonomiebehörde: Ursprünglich eine nach dem Friedensabkommen von Oslo 1993 eingesetzte Interimslösung, um den Gazastreifen und zwei der drei Gebiete des Westjordanlands zu regieren. Obwohl der Gazastreifen seit 2007 unter der Kontrolle der Hamas steht, wird die staatliche Infrastruktur intern noch immer »Palästinensische Autonomiebehörde« genannt. Dies gilt auch für die Lehrpläne in den Schulen, die sich seit 2007 kaum verändert haben.
Stromversorgung: Seit dem Angriff Israels auf das einzige Kraftwerk in Gaza im Jahr 2006 ist dessen Versorgungsleistung stark eingeschränkt. Gaza wird seitdem zum Teil mit Strom aus Israel und Ägypten versorgt. In der Konsequenz müssen die Bewohner Gazas damit leben, dass der Strom abwechselnd für acht Stunden an- und ausgeschaltet wird. Zu Kriegszeiten ist die Versorgung selbstverständlich noch knapper.
Wasserversorgung: Wasserengpässe hängen in Gaza von mehreren Faktoren ab. Zum einen vom Treibstoffmangel, denn wegen der Blockade kann kein Wasser aus den Brunnen gepumpt werden. Vor allem seit dem Bombardement der Abwasseraufbereitungsanlagen während der »Operation Gegossenes Blei« ist die Abwasseraufbereitung unzureichend, und die Konzentration von Stickstoff und Chlor in Gazas einziger Grundwasserquelle so hoch, dass neunzig bis fünfundneunzig Prozent des Leitungswassers ungenießbar sind (www.btselem.org/gaza_strip/gaza_water_crisis).
Telekommunikation: Die gesamte palästinensische Telekommunikationsinfrastruktur ist sowohl im Westjordanland als auch im Gazastreifen abhängig von der israelischen. Es gibt einen palästinensischen Anbieter namens »Paltel«. Zu ihm gehören eine Tochtergesellschaft für den Mobilfunk, »Jawwal«, und ein Internetprovider, »Hadara«. Allerdings ist Paltel nur ein Wiederverkäufer der israelischen Netzkapazität. Beispielsweise läuft jeder Telefonanruf, der innerhalb des Gazastreifens, vom Gazastreifen ins Westjordanland

oder in den Rest der Welt getätigt wird, durch Kabel in Israel. Palästinenser zahlen für ihren Festnetzanschluss, ihr Mobiltelefon und Internet direkt an Paltel oder seine Tochterfirmen. Paltel wiederum zahlt an israelische Provider für die Bereitstellung der Kapazität. Paltel ist es verboten, Netzkapazitäten aus den Nachbarländern Jordanien oder Ägypten zu erwerben. Internationale Verbindungen darf es ebenfalls nicht selbst bereitstellen.

Weitere im Text erwähnte Stichworte

Ktzi'ot ist ein 70 Kilometer südwestlich von Be'er Scheva gelegenes Strafgefangenenlager, das größte der Welt. Laut Human Rights Watch saß dort im Jahr 1990 ungefähr jeder fünfzigste männliche Bewohner aus dem Westjordanland oder dem Gazastreifen, der älter als sechzehn war, ein. Die Palästinenser nennen es »**Ansar III**« nach einem ähnlichen israelischen Gefangenenlager, das während des Südlibanonkonfliktes (1982–2000) erbaut wurde.
Mavi Marmara: Im Frühsommer 2010 versuchte die Gaza-Solidaritäts-Flottille, angeführt von den Organisationen Free-Gaza-Bewegung und der türkischen Stiftung für Menschenrechte, Freiheiten und humanitäre Hilfe (IHH), mit Hilfsgütern und Baumaterial an Bord, die israelische Blockade des Gazastreifens zu durchbrechen. Zu Ehren der neun Aktivisten, die am 31. Mai 2010 getötet wurden, als israelische Soldaten die Mavi Marmara, eines der sechs beteiligten Schiffe, enterten, obwohl sich der Schiffskonvoi noch in internationalen Gewässern befand, wurde am Strand von Gaza ein Mahnmal errichtet.

Palästina und Israel im Unionsverlag

ALAIN GRESH

Israel – Palästina. Hintergründe eines Konflikts

Alain Gresh widmet sich sowohl den Wurzeln des Konflikts zwischen Israel und Palästina, als auch den allerjüngsten Entwicklungen. Über die faktenreiche und übersichtliche Darstellung hinaus stellt er die in diesem Zusammenhang heiklen und immer wieder tabuisierten Fragen – und scheut sich nicht, Stellung zu beziehen.

»Eines der Werke zum Palästinakonflikt, die man wirklich gelesen haben muss.«

Martin Woker, Widerspruch

RAJA SHEHADEH

Wanderungen in Palästina –

Notizen zu einer verschwindenden Landschaft

Seit mehr als fünfundzwanzig Jahren erwandert der bekannte Schriftsteller und Menschenrechtsanwalt Raja Shehadeh seine Heimat Palästina. Doch mehr und mehr zerschneiden Mauern, Sperrgebiete und Checkpoints Berge und Felder Palästinas. In sechs Wanderungen führt Shehadeh den Leser durch die Geschichte und die Schönheit des Landstrichs.

»Wenige Autoren haben ihren Verstand, ihre Seele und ihr Herz mit solcher Freimütigkeit geöffnet wie Raja Shehadeh.«

New York Times Book Review

Palästina und Israel im Unionsverlag

Sahar Khalifa *Heißer Frühling*

Madschid und Ahmed hatten ihre Jugendträume. Doch die Ereignisse haben ihre Leben aus der Bahn geworfen. Ahmed verschließt sich seiner Familie und seinen Freunden, wird immer radikaler in seinen Ansichten – bis er schließlich handelt. Ein Verzweiflungs- oder ein Terrorakt? Sahar Kalifa zeichnet ein authentisches Bild des Lebens im Westjordanland.

»Das wunderbar geschriebene neue Buch der ›Grande Dame des palästinensischen Romans‹ öffnet den Blick in die Welt hinter den Schlagzeilen aus der jahrzehntealten Konfliktregion.«

Sabine Brendel, Westfälische Rundschau

Yitzhak Laor *Ecce homo*

Eine Odyssee durch Tel Aviv zur Zeit des zweiten Golfkriegs: Adam Lotem, General der israelischen Armee, wird von seiner Vergangenheit bedrängt: Vor Jahren wurde während einer verdeckten Operation ein als arabischer Hirte getarnter Soldat durch seine Kameraden getötet. In einer wahnwitzigen Aktion will Lotem die quälenden Erinnerungen auslöschen.

»Laor hat einen großartigen Roman über das gegenwärtige Israel, seine Zerrissenheit und Identitässuche, seine nationalen Mythen und politischen Verfehlungen geschrieben.«

Thomas Meissner, Frankfurter Allgemeine Zeitung

Palästina und Israel im Unionsverlag

Sahar Khalifa *Heißer Frühling*

Madschid und Ahmed hatten ihre Jugendträume. Doch die Ereignisse haben ihre Leben aus der Bahn geworfen. Ahmed verschließt sich seiner Familie und seinen Freunden, wird immer radikaler in seinen Ansichten – bis er schließlich handelt. Ein Verzweiflungs- oder ein Terrorakt? Sahar Kalifa zeichnet ein authentisches Bild des Lebens im Westjordanland.
»Das wunderbar geschriebene neue Buch der ›Grande Dame des palästinensischen Romans‹ öffnet den Blick in die Welt hinter den Schlagzeilen aus der jahrzehntealten Konfliktregion.«
Sabine Brendel, Westfälische Rundschau

Yitzhak Laor *Ecce homo*

Eine Odyssee durch Tel Aviv zur Zeit des zweiten Golfkriegs: Adam Lotem, General der israelischen Armee, wird von seiner Vergangenheit bedrängt: Vor Jahren wurde während einer verdeckten Operation ein als arabischer Hirte getarnter Soldat durch seine Kameraden getötet. In einer wahnwitzigen Aktion will Lotem die quälenden Erinnerungen auslöschen.
»Laor hat einen großartigen Roman über das gegenwärtige Israel, seine Zerrissenheit und Identitässuche, seine nationalen Mythen und politischen Verfehlungen geschrieben.«
Thomas Meissner, Frankfurter Allgemeine Zeitung